凝煉知識品味閱讀

凝煉知識品味閱讀

兒童文學
批評導論（第二版）
廖卓成 著
五南圖書出版公司 印行

再版序

再版除了改正筆誤之外，補充了幾處正文和註解，介紹了我這幾年對英文兒童傳記、兒童百科的研究成果，整體而言，改動不大。

我在中文系當學生時（1978-1992）沒有學過兒童文學，1994年8月從世新共同科轉到國北師語文教育系時，才開始分擔兒童文學課程，趕在開學前蒐集圖書來閱讀。在備課的過程中，常發覺書中說法有可疑之處。經過自己不斷找資料，閱讀作品，參考英文論述，甚至對照英、法作品原文，確認之前讀到的中文概論、尤其牽涉到外國作品的，常與事實不符。譬如《格林童話》，英文論述早就指出，他們不是忠實的記錄，但當時中文的介紹還是強調忠實。法國Charles Perrault的童話，其中有藍鬍子陸續割喉宰殺眾多妻子，把屍體一具一具掛在暗室牆壁上蔭乾，流到地板的血凝固如鏡；而中文提到他的童話，還說每一篇都很美，很適合兒童閱讀。

此外，發現有些經典童話，竟然沒有詳細的中文評論，以供參考。於是不揣淺陋，從1998-2001年，先後撰文析論《貝洛童話》、《木偶奇遇記》、《柳林中的風聲》、《噗噗熊維尼》、《豪夫童話》。當時能蒐集到的資料不多，自己也沒有很多心得，但總算讓臺灣的中文讀者，開始有論文可以參考。後來我發覺有些非常暢銷的兒童歷史故事，譬如根據《史記》的，和原著頗有出入，甚至常誤解原文，而增飾的細節又違反歷史文化常識，於是陸續撰寫評論，提醒讀者注意。

後來，又發覺兒童圖書館收藏的大量兒童傳記之中，有些中國人傳記，捨近圖遠，根據日文少年版改寫，而且有時採用了小說內容，或杜撰沒有根據的童年瑣事。寫西方人物，如林肯、居禮夫人等，也不得要領。但這些早年出版的兒童傳記，卻常被抄襲模仿。所以，我花了不少時間，一再撰文攻瑕指失。又分析1988年Newbery獎得主Russell Freedman備受推崇的《林肯畫傳》，讓臺灣的兒童文學作家參考。當初我在中文系當研究生，學位論文就是研究傳記理論和自傳文，二十年後又和自己的教學融合。

近年注意到知識性兒童讀物乏人研究，於是開始投入心力，已撰文評論最通行的兩套兒童百科全書。這些研究，從2006-2017年，都曾受到國科會（科技部）的支持。雖然這是教科書，不是學術論文，我仍力求言必有據，而非轉述陳言。希望願意了解兒童文學的讀者，獲得啟發。

自　序

當初濫竽充數教兒童文學，至今轉眼已經十七年。學生初學兒童文學，不知如何入手討論作品的好壞，對文類的特徵也不夠清晰，這本書正為針對這兩方面而寫。我介紹了英語兒童文學教科書常用的主題、情節、人物、敘事觀點等等分析方法，並嘗試透過很多實例，加強讀者的了解。書中各章篇幅參差，和我對各文類的了解深淺有關；基本觀念、童話、傳記、故事等章，以發表過的單篇論文和專書章節為基礎，修訂而成。小說一章，我介紹了敘事觀點，也舉例析論四部中外作品。詩歌一章，有部分取自舊作，神話、寓言、散文、圖畫書、知識性讀物等章節全是新撰。

本書重點，在指引讀者評論兒童文學的門徑，使選擇作品介紹給小讀者時，取捨有度。書中評論名家作品，並不迴避其缺點，希望讀者也能效法〈國王的新衣〉裡的小男孩。我的評論，尤其是針對本土作品的，和時賢未必同調。童話一章析論西方經典童話，我引用了不少西方學者的批評，希望能提供參考。兒童故事和傳記的評論，一直缺少憑藉，我唯有大幅引錄自己近年的研究成果；感謝國科會近五年的支持。民間文學我所知不多，所以對其中適合兒童閱讀的民間故事，沒有舉例評論。

有些文類，我直率的向讀者介紹評論的入門書（譬如圖畫書），但我既然缺少心得，或不免外行之譏。書中不少觀念，當初由於學生疑不能明，激發我思考設想，如何簡要說明；如今撰寫成書，可供從容閱覽。

感謝同事孟樊兄的鼓勵，和寫作過程中曾為我解惑的師友，以及幫我打字、查資料、校讀文字的學生郭采文、蘇嗣雅、黃昱升、劉芊伶。更要感謝多年來啟發我的眾多學生，和國北教大語文與創作學系的工作環境，讓我可以隨遇而安，時時努力。

雖然學養不足，應教學所需，還是貿然著書。將來學問增益，或可修訂不足之處，讀者如有賜教，我的電郵是：lcs@tea.ntue.edu.tw

目　次

第一章
兒童文學的基本觀念

本章開宗明義先說明兒童文學的定義、範圍，然後比較幾種分類，以及臺灣現在通行分類的不嚴謹之處。其次，介紹敘事作品最基本的主題、情節、人物三要項。兒童文學大部分是故事體裁，如果能掌握這三項，面對一篇沒有讀過的作品，自己可以嘗試就這幾方面分析評論，就能有讀後意見。而進一步的分析，如敘事觀點（point of view），將會在〈小說〉一章介紹。

第一節　定義

「兒童文學」是指：適合兒童閱讀的文學作品。臺灣的〈兒童與青少年福利法〉把兒童定義為十二歲以下，青少年則定義為十八歲以下。如果要細分，還可以分成幼兒文學，大約指適合六歲以前幼兒看（聽）的；兒童文學，大約指適合六歲之後看的；和少年文學，通常指十二歲之後看的。大概相當於幼稚園、小學、中學三階段。幼稚園學童看不懂少年小說，中學生對幼兒讀物大概也缺乏興趣，但兩階段相鄰處，卻並非涇渭分明：國小高年級生往往能讀少年小說，而幼稚園大班和小一的閱讀能力也難以截然劃分。

也有人用「少兒文學」涵蓋全部，更常見的是以「兒童文學」涵蓋全部，包括幼兒和少年的文學。換言之，說話的人如果說：「這是兒童文學，不是少年小說。」則其所用的「兒童文學」一詞是狹義的。另外，臺灣常見「少年小說」一詞，卻較少出現「少年文學」的說法。本書所指的是廣義的「兒童文學」，包括了兒歌和少年小說。

文學作品無論古今中外，作者不論成人或兒童，只要適合兒童閱讀，都是兒童文學。這樣的定義，重點在讀者的認定。此外，也有人認為「兒童文學」是指：特定為兒童而創作的文學作品。後者的定義，重點則在作者的寫作意圖。但很多公認是兒童文學的作品，當初都不是特定為兒童而寫的；更遑論以前根本沒有特別為兒童讀者而創作文學作品的觀念。甚至，學者指出，以前根本沒有「童年」的觀念，童年的觀念是文化的產物。[1]所以，「特定為兒童而創作」這樣定義是不周延的。當然，有些作家寫作時就預定是給兒童看的。至於寫出來之後，也可能有人認為那雖然是文學，卻兒童不宜；或者雖然沒有不宜兒童之處，卻不是文學作品。

文學都是讀物（可以讀的東西），讀物卻不一定是文學；兒童文學一定是兒童讀物，兒童讀物卻不只包括兒童文學而已，還有適合兒童閱讀的非文學的東西。[2]現在，兒童文學不一定是紙本印刷的，也可能以錄音帶、錄影帶、光碟、電子書等等媒材表現。

第二節　分類

對兒童文學的分類，學者的意見不盡相同。林守為分為三大類：散文、韻文、戲劇。

散文類之下分：1.兒童故事 2.童話 3.神話 4.寓言 5.小說 6.遊記 7.傳記 8.笑話。

韻文類之下分：1.兒童詩歌；包括兒歌、民歌、詩歌（寫景、抒情、敘事等語體詩）2.謎語 3.其他；如急口令、彈詞、鼓詞。

戲劇類之下分：1.話劇 2.歌舞劇 3.舞劇 4.啞劇 5.木偶劇 6.廣播劇 7.電視劇。

---

1 Postman（1931-2003）著的《童年的消逝》有引人入勝的說明，遠流出版社蕭昭君的中譯文字流暢可讀。

2 較新的介紹可參考林文寶、許建崑、周惠玲、張嘉驊、陳晞如、洪志明等六人合著的《兒童讀物》（2007年空中大學初版），十六章介紹十四種讀物，小說擴充成五類佔五章，民間故事、遊記各獨立一章，沒有散文、歷史故事，傳記見於最後一章知識性讀物。

吳鼎則將兒童文學分為：散文、韻文、戲劇、圖畫等四種形式：

散文形式有童話、故事、寓言、小說、神話、傳記、遊記、日記、笑話。

韻文形式有韻語、兒歌、歌謠、詩歌、彈詞、謎語。

戲劇形式有話劇、歌劇。圖畫形式有連環圖畫、故事畫。

大陸學者往往有比較不同的分類，譬如黃雲生主編的《兒童文學概論》將體裁分為十二種：兒歌、兒童詩、童話、寓言、兒童故事、兒童小說、兒童散文、少年報告文學、兒童戲劇文學、兒童影視文學、兒童科學文藝、圖畫文學。

林文寶則把兒童文學列表分為散文、韻文、戲劇三大類。散文大類下分散文（再分為敘事、抒情、說理、寫景的四種）、故事、寓言、神話、童話、小說六類。他將童話限定在散文大類下，未必是不容置疑的分類。不僅理論上我們不應以為童話不可能用韻文，實際上，有些很好的童話作品就是韻文；郝廣才出色的童話大都是押韻的，而且為數不少。用不用有節奏感的文字來敘事，是作家經營文體（style）的抉擇（當然也跟篇幅和運用文字的功力有關），和童話的敘事、幻想本質沒有衝突。而且，觀念或社會風氣的改變，也可能會影響到文學現象，譬如越強調親子同樂，兒童故事書要讀出聲音，或大人念給小孩聽，就可能會產生更多講求文字的節奏感、押韻的敘事作品，尤其是字數不多的圖畫書若要押韻，比長篇作品容易；無論圖畫書的文字是童話或其他體裁。其實，童話之外，別的體裁也可能用韻文來寫。法國拉封丹（Jean de la Fondaine）的寓言就是韻文而不是散文。貝洛（Charles Perrault）童話除了大家較熟悉的八篇是不押韻的散文外，另有三篇是押韻的；八篇散文童話篇末也都有韻文的「教訓」。

分類系統中的散文有廣義（大類）與狹義（小類），有時會引起混淆，分類表中的故事也是狹義的，除了狹義的散文之外，其他都屬於廣義的故事體裁，如果一篇兒童文學故事體裁的作品，它不符合童話、小說、寓言、神話的特徵，那它就是狹義的兒童故事。所以，在文類特徵方面，它可以說是比較弱的文類（在數量方面當然不是），是其他故事體瓜分之後剩餘的一類。如果要正面去描述它的定義，是很困難的。

至於狹義散文類，可算是其他類，但卻是一個龐大的類，兒童文學散文大類中非故事體裁的都屬於這一大類。在林守為的分類中，傳記算一類，在林文寶的分類中，傳記不算獨立一類，而是在補充說明裡將它和日記、書信、遊記、笑話、謎語等包含在散文的敘事、抒情、說理、寫景四種之中。如果單論傳記，雖然可算敘事散文（其實用韻文寫傳記也是可能的），但若論傳記在分類系統中的位置，它不應該被置於非故事體的散文類中。傳記往往有很強的故事性，它可看作是傳主一生的故事，有的傳記強調傳主某一方面的優點，譬如一生忠貞，或者在逆境中力爭上游，彷彿是有主題的長篇故事；這不是日記、書信、遊記、笑話、謎語能夠比擬的。若論數量，神話和寓言加起來都還遠不如它。

如果要減少兒童文學分類的破綻，最簡易的修改是刪掉散文、韻文大類那一層，讓童話、小說、散文等和兒歌、童詩同列一層次，這樣就等於沒有限定童話、寓言、小說、散文等一定不押韻。

中文世界對兒童文學的分類，通常都包括戲劇；英美兒童文學分類，大多不包括戲劇。要把歌舞劇（音樂歌舞為主）、默劇（完全沒有語言文字）等歸類於文學，並不是順理成章的。認為戲劇屬於文學的學者，往往同時道出戲劇和文學的不同之處，譬如林文寶等四人合著的《兒童文學》，其中徐守濤撰寫的〈兒童戲劇〉一章就說兒童戲劇是肢體語言表現的綜合藝術。林良也指出，為兒童寫劇本，重點在演出效果，寫兒童劇是給孩子一齣戲，不是寫一本書。可見戲劇和其他文學有不同的特質。戲劇著重舞台演出，有些戲劇很少對白，而默劇根本沒有語言，縱使用最寬的文學定義，都不易涵蓋默劇。

英美學者對兒童文學的分類，和我們習見的中文兒童文學分類不同，譬如呂肯絲（Lukens）《兒童文學批評手冊》（*A Critical Handbook of Children's Literature*）的分類和說明：

1.寫實作品（realism）：分為寫實故事、動物寫實、歷史寫實、運動故事。

2.公式化小說：分為神秘與戰慄小說、愛情故事、系列小說（series novels）。

3.幻想作品（fantasy）：分為幻想故事（fantastic stories，角色與背景是真的，但發生的事是幻想的。例如〈醜小鴨〉、《夏綠蒂的網》、《動物農莊》）、高度幻想（high fantasy，背景往往是想像的世界，時間是可變的，有時所用的時態包括現在、過去與未來，語調嚴肅，甚至敬畏；而最重要的特點是善與惡的衝突）和科幻小說（science fiction，比較強調科學法則與科技發明）等三種。

4.傳統文學（traditional literature，或稱民間文學folk literature）：分為寓言（fables）、民間故事（folktales）、神話（myths）、傳說與英雄故事（legends and hero tales）、民間史詩（folk epics）五種。

5.詩（poetry）

6.非虛構作品（nonfiction），指資料書（informational books）和傳記。她認為這些書常有很高的寫作藝術，稱為文學當之無愧；而孩童常能從中得到歡悅與領悟（understanding）。

7.跨文類界線（across genre lines），指依賴圖畫展開故事的作品和已成經典（classics）的作品。所謂經典，指受人喜愛而歷久不衰；作者知道這和上述分類有部分重疊。

上文引Lukens的分類，並非表示英語世界的分類都一致；不同學者的分類還是略有出入。不過，英美和臺灣的分類差異，於此可略見一斑。

面對大量材料，難免要分類，但類型不是始終不變的，當新的作品加入時，類別也隨之變動。張漢良指出：沒有先驗的、歷萬古而常新的文類。文類產生的文學與非文學因素複雜，無論因素如何，都和歷史時空有關。此外，分類要注意的是，同一層次只能用一個分類標準。而且，要注意這樣的劃分能凸顯什麼，有什麼用？

第三節　詮釋意義

分析文學作品，往往會提到主題（theme），在日常用語中，「主題」一詞用得很普遍，也相當混淆。很多時候，使用這個詞，所指的其實不是theme，而是topic（論題、題目、話題），譬如電視談話節目的主持人說：「我們今天的主題是……」所指的其實是「今天我們談的題目是……」那是topic，而不是theme；theme是分析文學作品（尤其是敘事文）時使用的術語（term），而topic不是分析敘事文的術語。

小學老師在講完故事之後，往往會對小朋友說：「這個故事告訴我們……」故事給人的啟示，就是故事的意義（也可說是「意思」），也就是文學作品的主題。老師講故事，不僅要把故事講得流暢生動，很多時候還要提示故事有什麼意義。一篇故事（指廣義的故事，包括童話等）可能會有眾多的意義，這些意義之中，涵蓋情節範圍最廣的意義，最能稱得上是主要的意義，也就是主題。當我們回答：「這篇故事說什麼？」這樣的問題時，可能有兩種不同的答案。一種是主題，而另一種卻是故事的內容。以《夏綠蒂的網》為例，「在一個農場裏，有一隻一出生就很弱小的小豬，因為很難養得大，主人想要殺死它。但主人的小女兒要養大它……」這是內容，不是主題。「小豬Wilbur得到蜘蛛Charlotte的幫助，免於被宰，還成了大家矚目的人物。」也是內容而不是主題。「一隻小豬和蜘蛛夏綠蒂之間的友誼」同樣只是內容大要。

主題應該是一個能置可否的說法。「友誼」、「愛情」、「家庭」都不是主題，它們都不是讓人可以同意或不同意的說法。「友誼可貴」、「愛情最可貴」、「愛情是生命裏最珍貴的東西」、「家是最美好的」才是主題；因為它們都可以讓人同意或不同意，可以讓人贊成或不贊成，都是能置可否的說法。同樣道理，「友誼最輕賤」、「友誼最不可靠」、「愛情有價」、「愛情是互相欺騙」、「愛就是犧牲一切」、「愛就是佔有」、「家是自由的束縛」、「家是不值得留戀的」等等，都可以被贊成或反對，是或非可以加諸這些說法上。換言之，它們都可以是主題，符合主題的形式；儘管兒童文學很少有這樣的主題。

所謂能置可否，不是指現實生活裏能判斷是非，而是指語句的陳述，在形式上可判斷是非。「友誼」、「愛情」、「家庭」都不能讓人判斷是非。反之，「婚姻是愛情的墳墓」是一句在形式上可以判斷是非的話，我們可以說它對，也可以說它不對——「婚姻不是愛情的墳墓」；儘管此句的內容是難以判斷是非的。在文字方面，中文往往可省略「是」字，而仍有「是」的意思；「友情可貴」和「友情是可貴的」是一樣的意思。此外，「恕以待人」、「待人以恕」和「要以恕道待人」是一樣的，都是主題。但若省略成「寬恕」，就不明確，看不出是肯定還是否定，不能論是非；起碼要說成「要寬恕」。「歌頌愛情」不如「愛情值得歌頌」符合主題的形式。

如果籠統的說主題是「友誼」，或主題是「愛情」，那只是說出主題是和友誼、愛情有關，等於分辨不出到底是否定友誼、愛情，還是肯定友誼、愛情，或是其他意思。這種籠統的說法，是不能具體描述主題、但又覺得是和那個方向有關時的講法。

我們不說〈小紅帽〉有「狼會說人話」的意義，也不說〈三隻小豬〉有「豬會蓋房子」的意義；儘管故事中的確有這樣的描述。那不過是童話裏，作者的一種設計，是從古代寓言開始就有的擬人設計；童話的動物都有人性，是人的化身，故事要講的還是人性、人的事情。同樣道理，我們也不說《夏綠蒂的網》有「蜘蛛認得字」、「蜘蛛能夠和豬溝通講話」、「蜘蛛會說英文」的意思。

無論意義或主題，都應該有普遍性和概括性，角色的名字不應出現在主題或意義的描述裡。「小豬Wilbur覺得友情是生命裏最珍貴的」，這樣的說法只限於主角，缺乏普遍性，不符合主題的形式。若把「小豬Wilbur覺得」刪去就符合了；因為這樣才有普遍性。「Henry對Fern的吸引力勝過Wilbur」這樣的說法，也不符合主題的形式；「男孩對女孩的吸引力勝過一隻小豬」就符合。

主題的表達，有顯露（直接）與含蓄（間接）之分，有時故事完了，敘述者直接說：「這個故事告訴我們……」這是最直接的方式。其次，故事接近尾聲時，由人物中的長者對幼小者教誨。更間接的方式，是在故事中由一個配角，而且又不是老師、長輩等角色口中道出。最間接的表現方式，是沒有敘述者，也沒有人物說出意義，讀者要由情節去揣摩；這種情況，主題是什麼，易有見仁見智的看法。其實，縱然用最明顯的方式來表現主題，讀者也不見得認同。譬如法國貝洛的散文童話每一篇後都有〈道德教訓〉，西方學者指出：在後來流通的版本中（無論法文、英譯），〈道德教訓〉常被刪掉，[3]可見出版商（出版商本身當然也是讀者之一）認為沒有這些教訓比較好，可能他們也不覺得情節含有這樣的教訓。

我們不必以作者的意圖作為判斷作品主題的最後標準。很多古代的作品，作者沒有說明主題為何；縱然有說明，也可能有顧忌而不敢說真話。現代作家儘管沒有顧忌，也願意說真話，卻可能沒有自覺到作品可能含有（其實是被詮釋）某種意思。鼓勵一個因意外而跛了腳的人，跑步跑得比沒有跛腳的時候更快，就算作者（說鼓勵的話的人）原來衷心誠意，聽的人（讀者）很可能會認為對方的話（作品）是挖苦諷刺。

譬如林鍾隆童話〈美麗的鴨子〉，故事敘述一隻美麗、性情又好的鴨子，受盡母親兄姐的愛護，和同伴的羨慕與讚美，而她也不驕傲，對人和氣。有一天，她無故得了怪病，因此跛了腳。大家仍然對她很好，一如往昔。但她卻因自己的殘疾而變得自卑、多疑、乖僻，以為人家是憐憫她，而遠離大家，孤獨自處，很不快樂。後來，無意中發現自己能飛一點點，經過母親鼓勵她努力學飛，最後能遨翔天空，而同伴卻都不

---

3 見Frey and Griffith著*The Literary Heritage of Childhood: An Appraisal of Children's Classics in the Western Tradition.* p. 3.

會飛。她終於重拾自信，雖然跛，卻因能飛而肯定自己。據陳正治《童話創作研究》說，作者寫這篇童話的目的，是要鼓勵有小兒麻痺的兒童不要氣餒。

如果這篇童話的主題是「天生我才必有用，縱然跛了腳也能出人頭地。」的話，作者雖然衷心要傳達這樣的訊息，我認為讀者不僅不會受到鼓勵，甚至可能認為有諷刺之意。因為主角的兄弟姐妹既然都不能飛，顯然這是一種不會飛的鴨子；健全的時候尚且不能飛，跛腳之後卻能飛，這種情節是不合理的。這樣的情節，甚至可以讀成是顛覆「有志者事竟成」的童話常見主題，諷刺童話不合理的教訓。勸一個有肢體殘疾的人努力，要他比健全的人跳得更高更遠、跑得更快是不可能有鼓勵作用的；不如認清無可奈何的肢體限制，選擇和自己缺陷無關的事業（譬如電腦程式設計），努力從中得到成就感。一定要藉著勝過別人才能肯定自己，容易造成挫折感；而且人際關係也會緊張，自己也常焦慮不安。道德修養不牽涉到客觀的條件；但像「考第一」（勝過別人）卻受客觀環境左右。一定要物理成績第一，卻正巧和諾貝爾天才同班，很可能一直不能如願。六十五歲退休後，立志當國際芭蕾舞星，開始去學舞，恐怕在有生之年，都不能夠有志者事竟成。有很多事情受客觀條件限制，一味強調凡事只要有決心一定能成功，恐怕不切實際，徒然產生更大的焦慮與挫折。

晚近文學理論的發展，已使作品意義的詮釋關鍵，由作者意圖轉向讀者。[4]譬如有無諷刺意味，已由作者意圖轉移到讀者的感受。這種情況在文學以外的領域，似乎有相通之處：恐嚇、言語性騷擾的判定，關鍵都在於受害人有沒有覺得恐懼、不快。如果把恐嚇和性騷擾的言詞視為作品，把受害人視為讀者，則恐嚇與騷擾的成立與否，在讀者的感受（即對作品的詮釋反應）。讀者反應學者認為，閱讀不是去發現意義

4　見Hunt著*The Wind in the Willows: A Fragmented Arcadia*. p.75-p.96.

（像人類學家那樣去發現），而是發明意義。[5]作者意圖很難存在文本之外，作為作品意義的最後評判標準。

當然，文學的意義並非「不管怎麼說都對」。敘事學家指出，雖然讀者反應理論強調敘事作品並不含有植根於文字之內的、有待某人發現的確定意義，意義僅僅在閱讀活動中才存在。但是，如果以為讀者有權撇開紙面上的文字，隨意解釋都可以；這種認識卻是錯誤的。[6]假如要說服他人，起碼要能自圓其說，對不符合己見的文本字句，能提出合理的說法，使其不致成為己見的破綻。主題雖然是讀者根據故事想像出來的，並不等於作者對作品的主題無能為力；讀者根據情節設想主題，而情節是由作者設計的，當然會影響讀者對主題的設想。

作品如果有新穎可喜的主題，當然會使得作品出色；但主題新穎很不容易，尤其是兒童文學作家往往避免表現深沈複雜、消極虛無的思想。主題雖舊，只要情節新穎，仍是好作品。光是「有志者事竟成」、「天生我才必有用」、「只要不畏艱難，努力一定能成功。」就有不少作品有這樣的主題。陳腐不是指主題不新穎，而是指主題思想不合現在的價值標準。

好作品未必有明確主題。有些經典童話，雖然不易有公認的主題，仍然很有趣味。譬如《愛麗絲漫遊奇境記》在意義方面，就存在很多神祕難解的謎。此書一反過去重教訓的童話傳統，令人不易設想貫串全書的主題，但仍能欣賞書中的趣味；雖然中譯本的讀者比較不能了解雙關語（pun）和韻文歌詞所諧仿（parody）的對象。書中蘊蓄的意思，如：兒童對自我認同很焦慮、成人的世界是不理性的等等，[7]縱然讀者未必都能設想，仍能欣賞書中的趣味。同樣的，批評家認為《柳林中的風聲》有複雜的主題，而兒童讀者儘管沒有想得那麼深，仍然會喜

---

5 見Benton論文“Readers, Texts, Contexts: Reader-Response Criticism.” p.84.

6 見Martin著*Recent Theories of Narrative*. p.160-p.161，伍曉明中譯《當代敘事學》，頁202。

7 見Frey and Griffith著*The Literary Heritage of Childhood: An Appraisal of Children's Classics in the Western Tradition*. p.116-p.119.

歡有趣的情節和描寫，受書中人物無私友誼的感染，和觀賞蛤蟆瘋狂的執迷與冒險。新穎美好的主題能提升作品的價值，是沒有疑問的；但故事的趣味更重要。故事不吸引人，根本不能吸引讀者，也無從傳達主題。

第四節　情節

在故事體裁的作品中，情節（plot）和趣味有密切的關係。情節指經過作者安排的一序列事件。「故事」（story）一詞是比較籠統的用語，情節則強調對事件的用心安排。經過安排的事件，並不一定按照發生的先後出現在敘事文本中，有時作者覺得從中間說起，最能吸引讀者的興趣，譬如偵探小說往往都不是從頭說起的。

故事情節要吸引讀者，一定要有懸疑感，呂肯絲以懷特（E.B.White）《夏綠蒂的網》為例，認為第一句小女孩問「**爸爸拿著斧頭去那裏？**」就很有懸疑（suspense）效果，吸引讀者看下去。接著，小豬要賣掉；要成為耶誕大餐的佳餚；感到寂寞沒有生趣，渴望友誼；蜘蛛會不會陪小豬去農產展覽會；大豬籠子上已經有表示得勝的藍帶子，小豬第二天還能得獎嗎？小豬要領獎時暈倒，主持人說不能頒獎給死豬；蜘蛛的卵囊能否安全帶回農場？[8]凡此種種，都是童話作者製造懸疑緊張氣氛的情節設計。

譬如貝洛（Perrault）的〈藍鬍子〉（La Barbe bleue），好幾處都充滿懸疑：妻子按捺不住強烈的好奇心，想知道密室有什麼祕密，不聽丈夫的嚴厲告誡，偷偷打開密室的小門；以及藍鬍子提前返家，要她交還鑰匙，而開過禁門的小鑰匙又沾上了洗不掉的血跡，則會敗露她違反誡命；還有藍鬍子要限時殺妻，妻子請姐姐上塔頂看看兩個哥哥來了沒有，第一次只看到白晃晃的太陽和綠油油的草地，第二次仍只是白晃晃

8　見Lukens著*A Critical Handbook of Children's Literature*. p.112.

的太陽和綠油油的草地，第三次看到有一大片沙塵飄來了，卻原來是一群綿羊；一方面藍鬍子已經等得不耐煩，要上去拉她下來了。這些情節都緊張懸疑，吸引人期待事件的發展。[9]朗格（Lang）指出這篇趣味在於妻子的好奇心、被屠殺的妻子們的恐怖景象、和姐姐在塔上觀察遠處的懸疑感。[10]

達爾（Dahl）《巧克力工廠的祕密》的開首亦引人入勝，敘述者先描述主角查理的貧窮，甚至時常挨餓的景況，並且強調他對巧克力的喜愛，一年中只有生日能吃到巧克力，他都是先看幾天之後，才一小口一小口的品味，一小條巧克力能吃上一個多月；然後再敘述他家隔壁是一家大工廠，能製造出各種出神入化口味的神奇巧克力，以及從爺爺口中得知關於這工廠主人的傳說，和耐人尋味的工廠大門永遠深鎖，從不見有工人出入，只是定時有巧克力成品運出來的神秘感；到這裡，懸疑氣氛漸漸升高。然後作者設計了吃巧克力有獎事件，拿到包裝紙中金獎券的五人可以一窺神祕巧克力工廠的祕密，以及帶回終生吃不完的巧克力。因為之前成功營造工廠的神祕感，使得這獎品格外誘人。讀者或許會猜測主角能中獎，問題是作者怎樣安排他中獎；因為他家窮得只買得起一條巧克力。作者沒有草率的讓他一買就中，甚至在他爺爺拿出祕藏多年的六便士給他多一次機會時，作者還不讓他中獎，而已有四張獎券有得主了。這時，讀者幾乎懷疑自己當初以為他會中獎一償夙願的預料是否錯了；至此懸疑感更強烈。然後才峰迴路轉，讓主角撿到五十便士，不過，他買的巧克力還是沒中，他剩下的四十五便士要拿回家買食物的，因為父親失業了，一家更吃不飽。在他忍不住想再嚐好吃的巧克力味道（並不是為了中獎），而再買一條時，才終於中獎。

鄭小凱的〈黃瓜架下的謀殺案〉也充滿懸疑。這篇童話敘述螳螂被謀殺，頭不見了。現場遺下一根昆蟲觸角，後來追查到嫌疑犯是蝗蟲，

---

9 見Rouger編*Contes de Perrault*. p.126-p.127.
10 見Lang編*Perrault Popular Tales*.序ix.

但蝗蟲不久之後也被毒死。蜘蛛太太因沒有不在場證明，最為可疑；最後原來兇手竟是螳螂太太。當初她在應丈夫要求交尾時一口咬掉丈夫的頭，卻被蝗蟲看見，想殺人滅口，但被蝗蟲逃掉，她只抓掉蝗蟲一根觸角，後來運動會時上屆飛行冠軍蝗蟲偏向失常，令人注意他少了一根觸角，正要追查時，他已被毒死。而誘他服食含毒稻葉的三化螟有抗毒性，所以無恙，卻被螳螂太太以消滅害蟲的名義捕殺滅口。另一目擊者蜘蛛太太不敢舉發，是因為她也有交配時殺偶的生物習性。全篇經營佈局像偵探小說，而且破案關鍵在於蟾蜍警長等一再查閱生物學有關資料，與所得的線索相印證發明。最後，因為螳螂太太的行為是自然生活習性，所以交付生物法庭作最後裁判。作者不僅充分發揮懸疑趣味，也藉著抽絲剝繭的調查過程，告訴讀者相關的生物知識。

前幾年風靡全球的《哈利波特——神祕的魔法石》也擅於佈置懸疑，全書一開首就充滿了詭異氣氛：在讀地圖的貓、奇裝異服而竊竊私語的路人、大白天到處飛的貓頭鷹、關於波特的耳語，然後是神祕出現的鄧不利多，由貓恢復人形的女教授，他們對話中的佛地魔等等，一方面漸漸進入故事，一方面不斷產生令人好奇的人物與事件，特別是主角波特的來歷、遭遇——為什麼一個襁褓嬰兒能夠使令人膽寒的佛地魔落荒而逃、不知去向？

陳素宜的《狀況三》也很有緊張懸疑氣氛，一開始就以主角黑山蟻回顧和武士蟻的慘烈戰爭，營造出緊張氣氛，然後回到現在，武士蟻什麼時候又會發現牠們的巢穴？慘烈的生存大戰什麼時候會再爆發？這樣的懸疑感一直瀰漫到全書結束，吸引讀者繼續看下去。

有些童話則破壞了懸疑感，譬如安徒生〈打火匣〉敘述魔法打火匣召喚的大狗載公主和士兵見面時，公主的宮女跟蹤大狗到士兵的住處，並在門上劃上大十字記號。隨後宮女就回去睡覺，不久大狗把公主送回來了。不過當大狗看見士兵住的房子門上畫有一個十字的時候，它也取來一支粉筆，在城裡所有的門上都畫了一個十字。敘述者評論說，大狗這件事做得很聰明，因為所有的門上都畫了十字，老宮女就找不到正確的地方。[11]這樣的寫法破壞了懸疑感，敘述者不應該順序敘述狗兒畫十字（更不必解釋狗兒做得聰明）；他可以先不提到狗兒的聰明舉動，等敘述到翌日大家發現有十字記號的門不只一家時，才補敘是狗兒的傑作。

懸疑感往往由衝突（conflict）產生。作者設計兩股力量對抗，就是衝突；衝突通常就是主角和對手（不僅是人，也可能是物）的對抗。換句話說，衝突的設計和解決，就是作者設計障礙去為難人物，和人物想到怎樣的辦法去排除困難。衝突是情節的重心，有些短篇童話主要就是一個衝突。學者認為兒童文學中的衝突有四種：人與自我的、人與人的、人與社會的、人與自然的。[12]羅素（Russell）則加上第五種：人與上帝的。其實，第一種人與自我的衝突可以包括了羅素的第五種衝突。[13]少年小說的衝突比較多樣化，而在童話中，人與人的衝突佔大多數。所謂「人」，當然指人物角色（character），而不限於人類。呂肯絲強調情節發展要有必然性（inevitability）。如果要靠人物的突然而難以置信的轉變來解決衝突，是情節設計的失敗；因為那樣缺乏必然性。同樣的，批評家往往認為依賴巧合來解決衝突，會使得情節遜色。[14]縱然使用，也要很謹慎，很有節制。[15]

有的童話裡的衝突化解得很符合物理原則，學者指出：鮑姆（Baum）《綠野仙蹤》裡，一行人被熊虎追時，鐵樵夫砍斷一棵樹為橋，過橋後把橋毀了，阻斷追兵。面對四百磅的獅子昏迷，難以搬動

---

11 見葉君健譯（丹麥文中譯），《安徒生童話全集》第一冊，頁7。

12 見Lukens著*A Critical Handbook of Children's Literature*. p.103-p.109.人與自然的衝突，是人物與周遭大自然環境的對抗求生存，譬如小說《魯賓遜漂流記》和《藍色海豚島》主要情節都是主角在荒島上和惡劣的自然環境對抗（衝突），環境（setting）成了主角最大的敵人。在童話中，譬如威廉．史泰格（William Steig）的《亞伯的島》（Abel's Island）就是敘述老鼠亞伯在風雨中為了撿回愛妻被風吹走的紗巾，不慎落水漂流，困在一個荒島上，最後努力在艱困環境裡求生存，並嘗試很多方法脫困回家，最後經歷了秋冬，才終於成功。張澄月中譯名為《老鼠漂流記》，正點出這本童話的情節類型。

13 見Russell著*Literature for Children: A Short Introduction*. p.62.後來在第五版修訂時，Russell就省併了「人與上帝」，改為四種，與Lukens和其他大多數人一致。

14 見Lukens著*A Critical Handbook of Children's Literature*. p.120, p.122; Rand著*The Art of Fiction: A Guide for Writers and Readers*. p.23.

15 見Lodge著*The Art of Fiction*. p.150-p.153.

時，則由稻草人指揮鐵樵夫砍樹枝作車，成千上萬的田鼠銜著繩子來拉車，把獅子拉出罌粟花田。蜜蜂來螫他們，稻草人則挖出稻草覆蓋易受傷的成員，而由鐵樵夫招惹牠們去螫鐵皮。要救河中央的稻草人，則請友善的鸛鳥幫忙。[16]

有不少童話的衝突與解決都設計得很好，譬如王瑞琴中譯《天方夜譚．辛巴達航海歷險記》「第二次航行」中，辛巴達用頭巾把自己綁在神鷹腳上，利用巨鷹帶他離開荒島；後來深陷山谷，又將自己綁在餵巨鷹的牲畜下，利用巨鷹抓走牲畜，帶他離開充滿巨蟒的山谷。「第三次航行」中，辛巴達把自己裹在四塊木板綑成的箱子中，逃過巨蟒的纏勒。「第四次航行」中，他被關進大墓穴中陪葬，跟著闖入墓中啃屍體的野獸，找到另一個只有野獸才知道的出口脫困。「第五次航行」中，用葡萄汁放在挖空的南瓜中，讓陽光使葡萄汁發酵成酒，騙騎在他脖子上奴役他的惡老人，說那是能使人恢復體力的葡萄汁，自己淺嚐，而讓老人痛飲，最後把喝醉的老人除掉，重獲自由。

德國童話《大盜賊霍震波》的衝突也引人入勝：少年卡斯柏爾和崔培爾設陷阱對付大盜，他們用箱子載白沙冒充是黃金，在箱底鑽個小洞，用牙籤塞住洞口，故意讓霍震波搶劫，而棄箱逃走時先拔掉牙籤，使霍震波把箱子搬回賊窟時，一路上留下細沙標出路線，敗露藏身之處。但大盜把箱子搬回家之後，發現裝的是沙子，氣得砍翻了箱子，剁碎了桌子。他走到門口，想吸點新鮮空氣，往門外一看，自然就發現了地上的一道沙跡，而識破了二少年的詭計。無論是箱子裝沙鑿洞塞牙籤，或是大盜開門透氣無意中識穿詭計，都設計得意想不到、又合情合理。

豪夫（Hauff）童話〈怪船〉的衝突則不止有緊張詭譎的氣氛，甚至有驚悚戰慄的恐怖感。作者設計了一個相當恐怖的情境：主角海難餘

---

16 見Frey and Griffith著*The Literary Heritage of Childhood: An Appraisal of Children's Classics in the Western Tradition.* p.171.

生，和老僕爬上一艘路過的船，赫然看見滿船死屍，甲板上都是血跡。更恐怖的是，午夜時分，這些死人都活過來，在船上吵鬧格鬥；但天一亮，一切又恢復到白天他們剛上船的樣子，而且經過一夜航行，船又回到原來的地方，等於沒有前進。

原來五十年前船長和船員殺了一個神聖的行腳僧，僧人死前詛咒他們「既不得生，也不得死」，除非頭觸著了陸地。[17]當夜，船員叛變互砍，都傷重而死。之後每天夜裡，死人都活過來，重複白天的吵鬧打鬥，天亮又都倒下。船白天往前開，晚上活死人又把船開回來，所以永遠沒有前進，怎樣都駛不到陸地。豪夫解決衝突的辦法讓人意想不到但又合情合理：入夜之前，主角用寫上《古蘭經》咒語的羊皮紙把帆包裹，抵抗魔力，使得夜半時分死人不能張帆把船往回開，船才能前進。幾天之後船靠了岸，因為死屍被魔法釘在甲板上，搬不動，於是就把黏著屍體的甲板鋸下來，運到岸上，一接觸到陸地，魔法就解除，死屍化成灰。船長的屍首被釘在桅杆上，總不能把桅杆也砍了，於是把土撒在死人頭上，也等於是頭接觸到了陸地，同時解除了魔法，也讓船長說出了五十年前的原委，補敘了作者在前文為保持懸疑而作的省略。

雖然純靠巧合不是好的解決衝突的手法，但並不表示要完全避免運用巧合。孫幼軍〈炸糕和滑翔機〉，敘述飛天樹的樹木會飛天，主角用這種木造模型飛機的骨架，裹上厚厚的紙，紙的重量抵消了飛天木的浮力，所以參加比賽時飛機能維持在空中不墜。但要得冠軍必須讓飛機降落，主角當初沒有設想到這一點，後來剛好遇上下雨，裹骨架的厚紙吸水增加了重量，飛機才能降落。解決飛機不能降落的難題就有點靠巧合。

此外，伏筆（foreshadowing）也相當重要；伏筆就是暗示情節發展的一些線索，使人對故事的結果覺得合理而不突兀。好的故事情節不

---

[17] 見傅越寰中譯《豪夫童話》，頁35。

只是懸疑，更要用伏筆來平衡，但是伏筆不能破壞懸疑。[18]譬如朱秀芳《齒痕的祕密》的母狗哈利和四頭小狗要被主人分開，哈利在每頭小狗的耳朵上咬一口，留下齒痕，後來它們分別落到不同的主人手中，卻因為參加優秀良犬選拔大會而重逢，就是靠這同一位置的齒痕認得是一家人。分散而能復合，固然是靠選拔會的設計，但能真正確認是兄弟姊妹，靠的卻是齒痕的伏筆。

童話雖然充滿幻想，但不表示可以任意安排情節，違情悖理。出人意表的情節發展，固然令人驚奇，但同時也要合情合理；否則意想不到的發展不能讓人信服，算不上精緻的設計。假如些微不合情理的設計能換取非常豐富的趣味，或許還值得考慮；若是不能因此得到趣味方面的重大補償，就不應該付出令人覺得粗糙的代價。

有些童話情節頗有不合理的破綻，如《格林童話．謎語》中，王子的謎語既然公主猜不出來，眼看他就要勝利，能娶到公主，尤其是他已識破了公主趁他睡中來窺伺，想從夢話中套問出謎底，作者卻設計佯睡的王子故意透露答案給公主，然後又扯掉她的斗篷，作為翌日揭發她潛入他臥室盤問的證據。[19]其實，王子沒有理由如此大費周章，因為他只要保持緘默，第二天自然就能獲勝而娶得公主。

王爾德（Wilde）〈星孩〉的情節設計，也有不合理處。這篇童話敘述樵夫在森林中看到天上掉下一顆很亮很美的星，原來是一個小男嬰。樵夫夫婦把他收養長成一個很美的大男孩，而他自負美貌，又會跳舞、吹笛，看不起窮苦病弱的人，對小動物也很殘忍。有一天，一個窮苦髒病的婦人來到村子討飯，星孩向她丟石頭。這時樵夫出來責備他，婦人從對話得知星孩來歷，原來就是她丟失多年的兒子。但是星孩嫌棄她，要她走得遠遠的，婦人只好傷心的離開。可是這個時候星孩卻突然變得非常醜，反而被大家嫌棄。星孩這時覺得剛剛對母親太殘忍，趕去

18 見Lukens著*A Critical Handbook of Children's Literature*. p.114, May著*Children's Literature & Critical Theory: Reading and Writing for Understanding*. p.200.

19 本書提到《格林童話》，採用武漢大學楊武能教授的中譯本。引用其他譯本時，則另作說明。

尋她母親，但卻尋不著，最後浪跡天涯三年，尋到一個城市，被守城門的士兵賣給一個壞心的魔術家當奴隸。他被差遣去充滿荊棘的樹林中尋找金子，因為救了白兔，得到白兔的幫忙而尋著，卻因可憐一個痲瘋病人而把金子送給對方，寧願回去被打一頓。如是者，一而再、再而三，第三次幫那痲瘋病人後，他在回去路上正擔心又被毒打，但這次他進城時，士兵都躬身行禮，稱呼他為主人（lord），他也恢復了美貌。這時在群眾中他看到那討飯的女人——他母親，旁邊站著他幫助過的痲瘋病人。他跑過去吻母親腳上的傷口，求母親認他，母親不理他，後來他又求痲瘋病人，對方也不答他，最後他要轉身回到林子裡，母親和痲瘋病人才把手放在他頭上。他站起來一看，原來痲瘋病人是國王，母親是王后。最後他被加冕，並統治這個城，仁政愛民，但僅三年就去世了。

這樣的情節安排有不少破綻：當初星孩是怎麼丟失的？如果是王子，為何會那麼容易丟失？而且當初有星從天而降，似乎他不是人為的丟失，而是降生世上。王后為甚麼要化妝成討飯的女人？而且她是偶然聽到樵夫責備星孩，才知道就是她尋遍全世界的兒子，當時還大驚昏倒，顯然不是已有情報，針對他而來的試探。同一個痲瘋病人一天就把施捨給他的一塊金子花光，第二天又向他要金子，他卻寧願自己受毒打，也要把金子送給對方，這是很違背情理的；何況第三天也如此。而且，星孩關鍵的變美變醜，也沒有提到是什麼魔法的作用或是關鍵的事件使然。

達爾《玻璃大升降機歷險記》中，也有不合理的情節：旺卡發明了返老還童片，自己卻不吃，喬治娜外婆問他為什麼不吃這種藥，讓自己年輕四十歲呢？等於說出了讀者心中的質疑，而作者無法自圓其說，只讓旺卡回答說因為它太貴了，不值得浪費在自己身上。這當然不合理。旺卡寧願讓三個令人厭煩的老人瓜分他十二顆藥丸，自己卻捨不得吃，這樣安排情節，不近情理。

又如《杜立德醫生非洲歷險記》中有一幕猴子手腳相連，橫跨山谷搭成一座橋，[20]這設想固然新穎，但不合理——作者無法說明他們怎麼撤橋，因為一側的猴子放開抓著的樹幹，整串猴子就會像繩子甩撞到山壁上了。此外，如《格林童話．十二兄弟》最後邪惡的老王后受到審判，被罰裝入一個裝著沸油和毒蛇的大桶，死得很慘。可是，如果桶中有沸油，豈不是把毒蛇燙死了？[21]又如〈白雪公主〉的最後，王子能夠把白雪公主的繼母——他沒有管轄權的另一國的王后處死，也是不合情理的。

李潼的《獨臂猴王》敘述獵人帶著幼小的孩子去抓猴子，但一直抓不到，於是分頭去找，一個往山頂，一個下山谷。後來小喬奇（從圖畫看來，是個很幼小的孩子）迷路跌落陷阱中，爸爸不見他蹤影，非常焦急。最後是獨臂猴王救了他，送他回去的。猴王告訴他，胳膊就是被人類的陷阱夾斷的。從情節設計而言，抓猴人的孩子遇到危險，猴子以德報怨救了他，感化了捕猴人不再抓猴子，是關鍵情節，要愛護動物的主題也賴此呈現。但父親要那麼小的孩子獨當一面，分頭去抓猴子，雙方又沒有通訊設備可以聯絡，這是不太合理的情節設計。《獨臂猴王》所屬叢書全都宣導環保，每本的頁數也一致，或者因此限制了作者的設計；如果沒有以上的破綻，當然更有說服力。

假如不盡合理的情節設計，能夠獲得很大的文學效果（譬如趣味），或者值得考慮減損合理性，換取趣味；但要兩者兼顧，才算上乘之作。

情節是敘事體兒童文學重要一環，透過衝突的設計，產生懸疑感，是吸引人閱讀的主要因素；除非是以描寫為主，故事性較弱的作品。以情節見長的作品，衝突的設計及解決的方式尤其關鍵。衝突要設計得引人入勝，解決的辦法要令人意想不到又合情合理，才稱得上出

---

20 見羅夫登（Hugh Lofting）著、吳憶帆譯，《杜立德醫生非洲歷險記》，頁78。

21 「老王后」魏以新的譯本作「繼母」（39），但放進「一只裝著沸油和毒蛇的圓桶裡」則是一致的；初版也是如此。（許家祥德文中譯《初版格林童話》冊1，頁45）學者指出《格林童話》裡的刑罰，和歷史上當時當地的罪與罰有驚人的吻合。（見Mueller論文“The Criminological Significance of the Grimms’ Fairy Tales.” p.219.）

色。對於逆轉的情節發展，則用伏筆預先暗示，以平衡過分驚奇意外所產生的突兀感。不合理的衝突和化解，不僅有粗糙之感，如此情節所表現的主題，也不能說服讀者。

第五節　人物

在兒童文學中，人物（character或譯「角色」）不必是人，也包括擬人的物，無論是動植物或無生命的物件；特別是在童話、寓言中。論敘事文的人物設計，往往令人想到《小說面面觀》中圓形人物（round character）和扁平人物（flat character）的一組概念。[22]這分別常被過度簡化，產生扁平人物一無是處的印象；其實佛斯特並沒有摒棄扁平人物，他指出：大作家狄更斯「運用類型人物所獲得的巨大成就，說明了苛刻的批評家低貶了扁平人物。」[23]

刻劃人物，可透過五種方式：1.人物的行為；2.人物的言語；3.人物的外表；4.其他人物的評論；5.作者直接的評論。[24]人物眾多的作品，不易都用人物自己的言語行動來表現，這種刻畫方式，往往限於部分人物，尤其是比較重要的人物。作者用故事外的敘述者直接評論最省筆墨，至於人物的評論，則可能有偏見，尤其是負面人物對其他人的評論。

童話中最常見的，是動植物的擬人。學者論童話的擬人手法，都認為不應違反原物的本性，譬如動物童話的角色應保持動物的本性。而且，這動物特性如果是化解衝突的關鍵則更好。人物眾多的話，最好各有各的個性，才會對比分明，不致於單調。有些童話每類動物只有一頭，不必個別命名，可直接稱之為猴子、大象。長篇童話曇花一現的人物，也不必特意命名，甚至不必多著墨，以免讀者以為他是重要角色，下文還會參與重要情節。

---

22 見Forster著*Aspect of the Novel*. p.67.或譯為「立體人物」和「平面人物」，更為貼切。臺灣一般稱「圓型」和「扁平」。

23 同上，p.72.我自己的中譯。

24 見Lukens著*A Critical Handbook of Children's Literature*. p.77-p.78.

經典童話中的女性角色，用現代的標準來看，常有不合情理之處，譬如《安徒生童話・打火匣》的公主嫁給殺她全家的人，她仍可以「**感到非常滿意**」。[25]或者把女性塑造得拜金、唯利是圖；更常見的是被動、等待王子的出現。經典童話中的繼母，也給人刻板印象——幾乎都是心腸惡毒的。不過，如果認為古典童話中的女性角色全是等待男性救援的弱者，未免一概而論，抹煞了其中勇敢能忍的堅強女性。近代更漸漸有不同形象的女主角出現，1900年出版的《綠野仙蹤》，女主角桃樂絲就勇敢獨立，她不是等待被男人解救的弱女子，而是率領一個團隊（小狗、獅子、鐵樵夫、稻草人）去冒險的領導者；其中的女巫也不全是壞的，東南西北四方女巫，有兩個是好女巫。當代童話則有更多新女性形象的出現。

真實世界之中，好人壞人不是那麼分明，大多數人的人格個性都相當複雜；而兒童文學、尤其是童話世界中，人物往往善惡分明。

有些負面人物只是很多缺點，是小讀者引以為戒的人物，卻不算是很壞的人，譬如包蕾〈豬八戒學本領〉裡的豬八戒，沒有《西遊記》豬八戒好色的毛病（性是兒童文學的禁忌），只是缺乏虛心、恆心、巧心，所以沒有真本領，但又自吹自擂，想博得別人的尊敬。他的缺點是我們身邊的同學朋友、甚至自身都可能有的，不算是什麼邪惡的罪過。只要保持安全距離，甚至可能會覺得滑稽有趣。又如《柳林中的風聲》的蛤蟆是壞孩子，但不是道德的壞，只是未社會化。他以自我為中心，不能控制本能的衝動，也不能從災難中學習成長。[26]他後來還報答和補償了獄卒的女兒、火車司機和損失馬的駁船婦。

有時作者要同情一般人心目中的「壞人」，就會動手腳小心控制「壞」的程度，而且甚至把「好人」設計得不太好。譬如李潼的〈白玫瑰〉同情飆車少年，所以設計他們只純粹飆車，追求速度的快感；不像新聞報導的飆車族，常無緣無故砸車（停路邊的或路過的）打人，傷害

[25] 見葉君健譯，《安徒生童話全集》冊1，頁10。
[26] 見Gaarden論文“The Inner Family of The Wind in the Willows.” p.47.

無辜，甚至冷血殺害人命而毫無悔意。李潼筆下的飆車少年，甚至車禍也不會殃及無辜的行人和車輛。女生抽鑰匙坐後座跟陌生男生飆車，也僅僅是飆車而已；真實世界中，飆車可能只是前戲，之後各自帶開為所欲為，讓青春的肉體不顧後果的奔放發洩，才是主戲。而要讓讀者同情女生去飆車，所以女主角的父親和秘書有外遇，打她媽媽。離婚後媽媽濫交男友，有的男友卻覬覦她，叫她喊「哥哥」，不要稱「叔叔」。在學校，導師只在意成績，嫌她數學不好拉低了全班成績，罵她愛打扮想幹甚麼？暗示她放蕩不檢。甚至教師辦公室裡，有的教師只關心股市行情。既然在家在校都沒有溫暖和成就感，去飆車當然是不可苛責了。

而普羅伊斯拉（Preussler）《大盜賊霍震波三次現身》裡的大盜賊霍震波雖然狡猾機警，但他從未殺傷人命，所以作者讓他被關不久，行為良好而提前出獄，而又厭倦提心弔膽的強盜生活，想改過自新；這樣的設計，就不至於不合情理。而自新的人被人（大人）懷疑賊性難改，也符合常情；經過一翻波折，和二少年的幫助，最後證明清白，重新做人，也使故事有圓滿的結局。而他本來就不是天良喪盡的人，最初在第一集《大盜賊霍震波》中，只是劫磨咖啡豆機，不是謀財害命。而唯一一次使用槍械，也只是用胡椒槍伏擊抓他的少年。

有些童話中的兒童主角，雖然打敗了大壞蛋，但他們的行徑其實也不軌於正義；譬如〈傑克與魔豆〉中的傑克，雖然和母親窮苦相依為命，值得同情，但他攀到天上食人鬼家偷了一袋金子，其實無異做賊。他不好好利用這些金子（一頭乳牛不過幾鎊就買到了），錢花光了又興起念頭再冒險去偷，偷得會下金蛋的母雞之後，他等於自己可以印鈔票，不虞匱乏了。但不久他又不滿足，想再去試試運氣，這次的偷竊已經不是為了生存，似乎只是為了娛樂刺激了。食人鬼的妻子對他不壞，前兩次都招待他吃早餐，而且擔心他被吃掉，不惜背叛丈夫掩護他；但他報答的方式是先後三次偷她家的東西，最後還害死她的丈夫。或許因為失竊的苦主是食人鬼，而且他又比傑克高大強壯得多，所以被害死也就活該了。

學者認為，一旦角色的處境定義他們是好人，不管他們做甚麼，我們都會繼續認為他們是好人，甚至當他們有壞的行為，也不能改變我們認為他們是好人的判斷。〈傑克與魔豆〉中的傑克，因為是受欺凌的受害者，所以我們就不介意他在巨人家的勇敢冒險，其實是竊盜行為——雖然有些現代版本加上說明，說巨人的財富其實是當初從傑克父親那裡偷來的，將傑克作賊合理化。而白雪公主和三隻小豬當初反抗暴力被定義為好人，所以他們後來也用暴力來對付敵人時，我們還是認為他們是好人。童話中的男女主角為了符合好人的角色，都顯得弱小無力，而壞人則往往很有權力而且又濫用權力。[27]

兒童文學的主角通常是兒童，但也不能一概而論。《柳林中的風聲》裡的獾就不像兒童，牠成熟有權威，甚至有點老氣橫秋。懷特（E. B. White）的《小不點司圖爾特》（Stuart Little）的主角，像小老鼠的小孩司圖爾特似乎從未經歷孩童時期，他從一出生開始，舉止、思想、感情都像成人：小心、謹慎、老成、嚴肅認真。他勇敢，不畏困難、勇於冒險，遇到困難會自己想辦法解決，不求助；甚至被壞貓雪鈴（Snowbell）陷害也不分辨，不去告狀，後來曉得壞貓的陰謀，也是獨力去對付，不向大人求助。他唯有在和小女孩約會時，發現船被弄壞而沮喪得不能自制時，才顯得不太成熟。

童話中常常是弱者反敗為勝，善有善報，惡有惡報，帶給現實中處於劣勢的讀者安慰和鼓勵。童話或許不如小說傾力塑造人物，但當代作家如達爾（Dahl）、懷特（White）及張之路等筆下的童話人物，仍然令人印象深刻。

第六節　文體、環境

文體（style）指語言的風格，一般所說的修辭也屬於這一類，運用

---

27 見Nodelman著*The Pleasures of Children's Literature*. p.256.

修辭知識分析兒童文學作品，不應該僅止於指出用甚麼修辭格，限於分類，而應該要進一步指出：運用這樣的修辭有甚麼效果。除此之外，譬如用不用方言，用到甚麼程度？用不用俚語，用得如何？用不用成語，怎樣用？規規矩矩的用，還是變化著用？用白描還是愛用比喻？都偏愛用甚麼來比喻？用不用典故、隱喻、象徵？[28]文字有沒有節奏？[29]有時候，流暢的節奏感有活潑輕快的感覺，引導讀者用怎樣的態度看待故事。同時，語調（tone）——即敘述者的態度，也透過文體來表達，對一件事的不同措辭，會傳達不同的態度。[30]能體會文體風格，對寫作技巧的分析能更入微。

環境（setting）指故事發生之處，偏重在空間方面。我們說故事的背景是民國抗戰時的上海租界，這是環境。但環境不一定是有歷史地理座標的空間，「從前，有一座很大的森林，森林的深處，有一座城堡……」這也是環境；雖然沒有明確的時間和地點（哪一國哪一座森林）。有的作品，環境不是關鍵所在，但有的作品，和主角對抗的力量來自環境（譬如絕地求生的「絕地」環境），環境的作用就非常關鍵。環境如果和情節很有關係，分析作品時就不可錯過它的作用。呂肯絲的《兒童文學批評手冊》，對文體、環境等，都有專章論述，值得參考。

分析敘事體裁的作品，如果能夠掌握主題、情節、人物的分析方法，面對陌生的作品，就不至於無從入手；選擇作品介紹給小讀者，也不至於漫無頭緒。能夠讀懂情節和主題的關係，重述故事時，也不會忽略關鍵的事件或細節。為小讀者說故事，起碼要能初步掌握這三方面的要領。如果能更進一步分析其他因素，當然更能評斷作品的優劣。

---

28 兒童文學用隱喻、典故、象徵等，當然會有限度——和讀者閱讀經驗有關。

29 譬如郝廣才的改寫童話、哲也的作品常有節奏感，包蕾的〈豬八戒學本領〉也經得起朗誦。假如是詩歌，押韻、節奏感的作用當然比在敘事散文中更重要。

30 「通姦」、「外遇」、「婚外情」，對同一件事不同的措辭，就有不同的態度。對人的稱謂也是。

第二章

童話

本章首先分辨童話的定義和範圍，釐清常見的混淆，論述作家如何設計魔法的限制，以免敵對的兩股力量強弱懸殊；同時介紹和超自然有關的環境（setting）。然後，選擇部分經典童話，介紹作者及成書過程，並析論其內容及寫作技巧。

第一節　童話的定義與特質

童話是指：適合兒童閱讀，有仙子、魔法或其他超自然成分的幻想故事；情節較寓言曲折，敘述者對超自然現象，視為理所當然，不用作科學解釋，也沒有神話的敬畏之情。

故事和超自然成分是童話的必要條件，但不是充分必要條件。也就是說：有超自然成分的故事不一定就是童話（也可能是科幻小說或其他），沒有超自然成分的故事就一定不是童話。

同屬兒童文學故事體裁，有些文類易與童話混淆，但學者已努力釐清，譬如林良有一篇重要的文章〈童話的特質〉，勾畫出「現代童話」的輪廓。而且論辨童話與神話、傳說、寓言、小說、兒童生活故事、民間故事、兒童故事的區別。此外，林良也在《淺語的藝術》中論及神話有種令人湧起虔敬感情的莊嚴氣氛，神話是人類運用想像力，來處理科學一時沒法兒解釋的現象。所以，神話雖有神或其他超自然成分，和童話是不同的。

童話要有超自然成分，應該是多數人都能接受的，縱然有寫實感的童話（譬如故事的環境是真實的），它的寫實還是不同於一般的寫實，譬如童話中，動物會幫人抄筆記、寫作文，那是永遠無法實現的。（洪

汛濤《童話學》）

至於科幻小說與童話的區別，比較易使人混淆。分辨二者的關鍵，除了有沒有科學根據之外，童話對超自然的描寫，可以視為理所當然，敘述者無須加以解釋，彷彿是讀童話的默契；而科幻小說對超自然的描寫，敘述者必須加以解釋，縱然這解釋在有科學知識的讀者看來，不見得是合理的。譬如同樣寫小狗跟人說話，童話可以把它寫得像有人問路般自然，縱然人物剛開始會訝異，馬上就能處之泰然，敘述者不必說服讀者相信。如果是科幻小說，敘述者可能要說主角得了天才博士的祕笈，或觸電改變了腦電波頻率，能接收和了解動物的語言。

雖然童話作者有時會安排動物有一番解釋，但這是可有可無的；尤其是動物之間能對話，敘述者更是毫不解釋，不然真有多此一舉之感。此外，敘述觀點也有助於區分小說與童話：小說不會直接寫進動物的內心，表現動物的想法、感覺。敘述者如果要讓讀者知道，只能透過外在的觀察和猜測，無論是透過故事中人的眼光或由敘述者自己觀察（這時候敘述者既說且看）。

在英文的論著中，fairy tales（即fairy story）最近似中文「童話」一詞；fantasy包括科幻小說等次文類，範圍比童話為大。但是英文兒童文學論著中，提到整個兒童文學的文類劃分時，大多數不用fairy tales作為文類的名稱。我們認為是童話的作品，舉例時都出現在fantasy大類和folktales類中（譬如《格林童話》）。

英文fairy tales一詞，據說來自法文contes des fées，敘述古時魔法、仙子故事。[1]此外，雖然英文用fairy tales翻譯德文märchen一字（中文常把這個字翻譯為「童話」，德國《格林童話》的「童話」就是此字。）兩者並不相等。因為märchen也可以指沒有仙子的故事，tales算含混類似，但未盡其意。學者曾指出這個字的來源，源於中古高地德語Maere，指重要的、值得謹記的訊息，含有強烈的法律意涵，律師

---

1 見Carpenter & Prichard著*The Oxford Companion to Children's Literature*. p.177.

可能會傾向譯作「判例」（precedent）[2]哈佛德文系教授泰妲（Tatar）研究《格林童話》的專著*The Hard Facts of the Grimms' Fairy Tales*雖然書名沿用習稱的fairy tales，但在內文就堅持將德文書名*Kinder-und Hausmärchen*翻譯成*Nursery and Household Tales*。

上文之所以要辨明這一點，是因為可能有人不察覺格林兄弟的書名，本來就容許書中收錄非童話的寫實故事。所謂寫實，不見得如歷史般真有其人其事，而是在現實裡是有可能發生的，雖然人物的憨厚（或愚笨）或許有點誇張；譬如〈幸運的漢斯〉。如果沒有超自然現象（魔法、仙子、會說話的動物和死物）就不是童話，《格林童話》裡有些故事並不是童話（或許可算是民間故事）。我們不必因為中譯名為「童話」的書中有這些寫實故事，就誤以為童話的範圍應包括民間故事。

《安徒生童話》中也有不少這樣的寫實故事。一位研究安徒生的北歐學者指出：安徒生稱他自己的作品為Eventyr og Historier，丹麥文Eventyr相當於fairy tales，有超自然成分；而Historier則沒有超自然成分，例如〈國王的新衣〉。[3]換言之，我們習稱的《安徒生童話》作品，其中也包含非童話作品（除非認為沒有超自然成分也算是童話）。和《格林童話》的情形一樣，我們不應惑於中譯安徒生「童話」之名，反過來以其中寫實（雖然誇張）故事為標準，以為童話的範圍應包括這類寫實故事。

日文所稱「童話」，也不全等於中文「童話」。小川未明的「童話」，包括一些沒有超自然成分的寫實故事。曾受日文教育的鄭清文，筆下自稱「童話」的作品，有些也沒有超自然成分，大概是日文的觀念，而不是中文的。早年周作人等人所指的童話，也有類似的情形。我們如果沿襲這樣籠統的定義和範圍，就不能分辨童話和民間寫實故事了。

2　見Mueller論文"The Criminological Significance of the Grimms' Fairy Tales." p.218.
3　見Bredsdorff著*Hans Christian Andersen: The Story of His Life and Work*. p.313.

英美的兒童文學分類中，民間文學（或稱傳統文學）往往指口頭流傳而後來經寫定的作品（縱然寫定者會加以增刪竄改），而幻想作品（fantasy）則指近代以來的創作；譬如安徒生的大部分作品，及其後作家充滿幻想成分的作品，也包括科幻小說。

第二節 童話的超自然設計

神仙、魔法、動植物或無生物能像人一樣說話，這些都是童話的基本特質，本章要探討的是童話作者對這種超自然成分的設計。有學者認為，當好人遇到麻煩時，或要協助好人脫困時，魔法才會出現，現實才會暫停。譬如像灰姑娘這樣的弱者（underdogs）已有夠多的麻煩，需要讓現實暫停時，南瓜才會變成馬車；一旦讓她獲勝，魔法就會中止。[4]其實，魔法不專為好人或強者、壞人或弱者服務，而是童話推展情節發展的利器，也是童話文類的特色。童話中仙人或寶物雖然有法力，卻總是法力有涯，不會無遠弗屆，否則對手（往往就是衝突的來源）就難以抗衡，不堪一擊；因而不易往復拉鋸，使情節緊張，引人入勝。而魔法常有時效，貝洛版〈灰姑娘〉的南瓜車、隨從、華麗的衣服等，在午夜十二點之後，都會消失，一切恢復原狀。

並不是所有童話都會有魔法。有些童話主要的情節發生在非現實世界，很多場景都是奇幻的；有些是發生在現實世界的人的故事，只是會有打破自然規律之處；這兩種都比較會有魔法。但有些童話，故事發生在現實世界，是動物或植物甚或無生物的故事，只不過它們都像人一樣會說話、有感情、能思考。這一種固然可以有魔法，但也可能沒有，其中超自然設計僅是擬人而已；如果物性在情節裡不起作用，那不過是把人的故事裡的角色改成動物而已。僅是擬人而沒有魔法的童話數量不少；沒有魔法，並不表示這種童話就一定不精彩。童話一定要有超自

---

4 見Nodelman著*The Pleasures of Children's Literature*. p.257.

然的成分（包括動物如人般說話），否則不算童話；但童話卻不必有魔法，因為超自然設計不僅限於魔法。

更值得探討的，或許是擬人時，對擬人之物溝通的設計與限制。童話作者將動物或無生物擬人時，往往同時賦予不同的限制，以達到不同效果，譬如杜沃森（Duvoisin）的《皮杜妮》（*Petunia*），動物都能用人話溝通，但不認得字，所以才會崇拜隨身帶著一本書的鵝皮杜妮，也因為皮杜妮冒充識字，才會胡亂解釋爆竹箱上警告的文字，而鬧出笑話。在設計上有不識字這一點關鍵的限制，情節才能如此發展。

懷特（E. B. White）《天鵝的喇叭》中的天鵝之間能用言語溝通，但他們雖然能聽得懂人的話，卻不能對人說話。其中的主角路易士（Louis）是啞巴，但他學會了文字，能用文字和人溝通；其他的天鵝都不會寫字和閱讀，所以儘管路易士聽得懂他爸爸說的，但他爸爸不能懂路易士的意思。喇叭手天鵝本來應該有悅耳的聲音，偏偏他失聲成啞，這個衝突因為他爸爸為他搶來喇叭得以紓緩，從此他可以藉著樂音與人或其他天鵝交流。但他爸爸搶喇叭背上了犯罪的羞恥感，引出更大的衝突。於是由路易士演奏賺錢來償還樂器行，來解決衝突。如果路易士的爸爸能跟人溝通，或許不必用搶的，就能給兒子提供喇叭。

葉聖陶的〈稻草人〉裡的稻草人像人一樣有思想，也聽得懂人和動物的言語，但卻不能說話（要透過全知敘述者代言，說出他心坎的話），而且不能動，所以心有餘而力不足，不能幫助老婦人趕害蟲，不能幫助漁婦，也不能幫鯽魚從木桶裡逃走，更不能阻止婦人自殺（不願被好賭貪杯的丈夫賣掉）；就像面對悲慘的社會現實，卻無可奈何的知識分子般，充滿痛心和無力感。

王家珍〈月亮過生日〉的月亮沒有說話，卻設計從月亮出現開始，小孩積善就能聽得懂池塘周圍各種動物的話。這個設計很好，剛開始積善發現動物不尋常的圍繞在池塘邊時，他聽不懂牠們在說什麼，只是看到平常是死對頭的動物，現在乖乖的共聚一池塘，非常好奇，當然這也把讀者的好奇心引發了，尤其是對氣氛、環境都描寫得很美。這一篇基本上是以積善的視角來敘述，如此才有懸疑氣氛，如果積善一直都聽不懂動物的話，接下來的情節描述起來就很累贅，此時，以月亮的出現來作為人聽懂動物語言的開始，就可以繼續維持用小孩積善的視角，不寫進動物內心，卻可描述牠們的對話。只描述月亮的舉動，不用全知描述月亮內心或解釋其動作，則可維繫月亮的神秘感，產生既奇幻但又很有真實感的效果。她另一篇〈螃蟹的守護神〉裡的月亮，則直接能和擬人的螃蟹說話。這一篇沒有人，角色是很多螃蟹和一個月亮同處奇幻世界，就沒有前者的效果。

米恩（Milne）的《噗噗熊溫尼》裡的動物都能和小孩羅賓（Robin）溝通，羅賓和牠們都住在百畝林，是牠們唯一的人類朋友。鮑姆（Baum）的奧茲（Oz）系列童話中，很多動物也是如此。

但很多時候，童話的人和動物常有難以踰越的界限，例如懷特《夏綠蒂的網》，動物之間能溝通，但動物與人不能溝通，雖然當初芬兒（Fern）聽懂動物在說話，並轉述牠們的話，但大人不相信她聽得懂，而她也不能和牠們說話。同樣的，動物也不能對她說話，所以實際上他們之間沒有真正的溝通，作者在之後的情節中，也不再提到她能聽懂動物的說話。（或者這和她漸漸把心思由動物轉到男孩身上有關。）曇花一現聽懂動物的話的描述，在情節發展方面也完全不起任何作用。動物和人之間唯一溝通的橋樑是蜘蛛夏綠蒂用絲網織出文字，但動物能夠了解人的行為，所以能告訴小豬牠會成為聖誕大餐。並由此引出下一個衝突。

懷特另一本童話《小不點司圖爾特》的人與動物也不能溝通，但父母是人，外貌和體型都像老鼠的主角能和動物溝通對話，只是他從來不對家人轉述動物的話。許多有趣的情節都和他的體型小有關，前四章居家生活的有趣小事都由於他個子小而產生，這或許頗能引起小讀者的共鳴，大人常忽略有些傢具對小孩而言不方便。同時，他因為個子小才能駕駛模型船，而航行時一個丟棄在水池中的紙袋都成了小船可怕的阻礙。同樣的理由，小鳥才能救他，讓他抓著雙爪飛回家，他也因為個子小，才能駕駛牙醫的小汽車。而他有如小動物，所以會愛上小鳥瑪歌蘿（Margalo）。

有時候，童話裡的物我溝通設計，會出現破綻，例如《杜立德醫生非洲歷險記》原先設計不同動物有不同語言：鳥有鳥語，狗有狗語。但本來只會人、鳥兩種語言的鸚鵡，卻一下子變成也會狗語，甚至教杜立德學會馬語和其他各種動物語言，於是之後各種動物之間都能用言語自然溝通，不用翻譯，可見各種動物之間語言相通（如果不通，故事敘述起來就大費周章了），當初的設計留下了破綻。

郝廣才的《小紅帽來啦》，也有設計不周密處：被海婆婆收養的小狼毛頭，初時聽不懂人話，後來卻聽得懂了，最後不但會聽，還會說人話，這樣前後不一致的設計，就有破綻。

童話故事發生的環境（setting）有時是現實界，即現實界中有超自然的成分；但有時故事主體發生在超現實的另一個世界（簡稱「他界」）。人物由現實世界進入他界，最後又回到現實世界。譬如路易斯（Lewis）的《獅子．女巫．魔衣櫥》裡的四個小孩，是通過一個衣櫥，到達那尼亞（Narina）奇幻世界；回來時也是經由同一通道。〈傑克與仙豆〉的傑克攀爬豆莖到天上的世界，豆莖是他往返他界的工具，巨人想要像他爬豆莖下來，但傑克砍斷豆莖摔死巨人，同時也斷絕了通往他界之路。《哈利波特與神祕的魔法石》則通過倫敦王十字車站的「九又四分之三月台」到學校所在的另一世界，回來也是如此。

鮑姆《綠野仙蹤》的往返他界方式卻不由同一路徑，桃樂絲（Dorothy）當初是龍捲風把她帶到奇幻的奧茲國，回來卻是靠魔法銀鞋的力量；不過，回到現實世界之後，魔法鞋子就不見了。他另一本《歐茲法師地底歷險》裡，桃樂絲因為大地震，所坐的馬車跌到大地裂開的大坑洞裡，而進入了地底世界，最後則是歐茲瑪女王用魔帶把她送回到現實世界的家。

《愛麗絲漫遊奇境記》則是以夢為媒介，一切都在夢中發生，奇幻世界其實只是夢，不是她真正的經歷。（針對這一點，甚至可以爭辯說《阿麗絲漫遊奇境記》不算真正的童話。）學者指出：她所遇到的生物都是瘋瘋顛顛的，她所處的不是大自然，而是夢——潛意識的世界。那裡沒有風、海浪、山等自然景物，所遇到的動物不像格林、安徒生等童話般，友善而幫助人，卻像人類社會中充滿競爭、驕傲、壞脾氣。[5]《愛麗絲鏡中奇遇記》則是藉著鏡子進入另一個世界，但也可以說那也不過是另一個夢。

郝廣才童話《拯救獨角人》（圖畫書）的主角小男孩康康，也是藉著做夢進入另一世界，最後也由於醒來了，而回到現實世界，但他往窗外一看，赫然看見獨角巨人巨大的鞋子就在街上，警察和記者都圍在現場，似乎又不完全是夢。這設計有虛實交織、疑幻似真的感覺。

王家珍的〈腳趾頭的怪事〉則以怪婆婆的腳趾頭縫裡的牙齒，咬住兩棵樹之間無形的東西，然後用力把腳一縮，一片風景被撕下來，露出一扇紫色的門。門後就是另一個世界。不過，她們從他界回到現實世界，則沒有明顯的通道或過程，而是剎那之間，樓梯們和牙齒們全不見了，她們又回到黑得公廟前空地上，而老太婆正坐在地上吃她們的軟糖、豆干，喝她們的汽水。她同書另一篇〈孩子王大鬧閻王殿〉，敘述閻羅王要把活潑的孩子帶到閻王殿，讓死氣沈沈的閻王殿有點生氣，於是讓判官把船弄翻，淹死孩子們，他們自然就到了陰間，這是利用中國讀者熟悉的民間傳說，來設計進入他界，但重點在頑皮的孩子大鬧地府，連閻王爺都受不了，所以他界的描寫絲毫沒有恐怖氣氛，反而充滿童趣。後來回到陽間，也不必特別設計過程和方式；利用民間傳說的設計，同時有民族童話的色彩。

進入他界，並不是最後總會回到現實世界，譬如王家珠撰文繪圖的《星星王子》，主角小女孩亮亮的父母很少在家陪她，有一晚她進入森林，然後走進洞穴，跌入大黑洞，一直不停的往下掉，昏昏的睡著，後

---

5 見Frey & Griffith著*The Literary Heritage of Childhood: An Appraisal of Children's Classics in the Western Tradition.* p.116-p.117.

來醒了，躺在溫暖的床上，但不是在現實世界的家中。而且，平日盼望的小王子就在身邊，最後她和小王子手牽手飛向天空，在太空中旅行，敘述者也沒有提到她回家。

通常都是主角從現實世界進入奇幻世界，但小野的《布袋開門》則是奇幻世界——畫中人走入現實世界，和畫畫的老人對話，進入人間四處走動，最後，敘述者也沒有交代這些畫中的和尚、美女到哪去了。

更有一種情況，主角不是真正進入他界，而只是看到了，就好比看電視。或者像超級倍數的顯微鏡一般，譬如小野的《尋找綠樹懶人》，小男孩多多凝視自己種的植物的葉子，發現其中另有一個微小世界，有陽光、有森林。接著敘述者說了很多主角心中的疑問和想法，敘述者的視角回到現實世界來。換言之，主角多多沒有和他界裡任何人物溝通對話，他也沒有走入所見的世界中，他僅僅是看。而且，因為他可以收到綠樹懶人的禮物，來自他界的種子改變了現實世界；所以，也可以說，是他界的綠樹懶人進入到多多的現實世界。

學者認為，現代幻想故事的價值，是使兒童透過進入一個不同世界的各種經驗，發展他們的想像力，使他們考慮到現實世界的各種可能性。童話當然也能娛樂讀者，逃避現實（並不是每個小孩的現實生活都是美好的）。而且，以幻想故事來表達嚴肅的主題，比寫實小說更易令人接受。[6]

第三節　貝洛童話

夏爾・貝洛（Charles Perrault, 1628-1703）是童話史上重要的作家，臺灣直到1997年才有較完整的中譯本（齊霞飛譯，志文出版社，應該不是直接從法文翻譯。）貝洛出身中產階級家庭，父親是巴黎議會的治安推事，他愛激怒老師，十五歲時，和老師吵架後輟學在家自修

6　見Tomlinson & Lynch-Brown著*Essentials of Children's Literature.* p.121-p.122.

（竟然有同學隨他出走），隨興讀書。二十三歲時取得律師執照，但才接過兩三件案子。三十五歲被當時很有權勢的財政部長兼皇家建築監督柯爾伯（Colbert）任命為秘書，成為部長的聽差、親信、可靠的顧問。他協助哥哥設計皇宮羅浮宮有名的廊柱，無意中影響了法國的藝術品味，由意大利的巴洛克風格轉向新古典主義。四十三歲當選最高學術機構法蘭西學院院士，當時的院長是巴黎大主教，忙得很少出席會議，貝洛就被選為執行院長，五十八歲更當選院長（Directeur）。他的許多改革都成為法蘭西學院的傳統，直到今日。他遲至1672年四十四歲才結婚，妻子十九歲（六年後去世）。他有三個兒子，1697年以十九歲的小兒子署名出版了散文童話*Histoires ou Contes du temps passé*，此書在英法兩地，都以*Contes de Ma Mère l'Oye*（《鵝媽媽故事集》）之名為人所知。[7]

貝洛童話很多都是我們熟悉的，但在有趣的故事之中，卻有值得討論之處，尤其是其中的主角，他們的行為值不值得小讀者效法？譬如〈穿靴子的貓〉（*Le Maître Chat*，又名*Le Chat botte*）敘述一個磨粉匠死了，三個兒子分遺產，老三只分得一隻貓，他抱怨得到太少，可是貓求他給它一雙可以在草叢中行走的長靴，說可以證明其實他得到的並不少。貓穿了靴子之後，連番用計捕得了一些小動物，陸續以卡拉巴侯爵（貓為主人胡謅的身份）的名義送給國王，得到國王的好感。貓並且設計使主人得到美麗的公主：牠趁國王將要經過的時候，要主人在路邊的河裏泡著，然後藏著他的衣服，等國王來時，大喊有強盜偷去主人的衣服。國王認得是牠，就送一套漂亮的衣服回報侯爵先前多次的餽贈。英俊的老三穿上漂亮的衣服之後，頓時引起國王和公主的注意，邀他同車。而貓預先跑到前面，威脅路旁割麥子的農夫，當國王問起時，要回答說土地都是卡拉巴侯爵的。國王很訝異他如此富有，愈加喜歡他。後

7 這一節取材自〈貝洛生平及其童話〉（廖卓成撰，臺北師院學報11期，1998年），資料出處可參考原論文。中譯可參考志文出版社齊霞飛的《貝洛民間故事集》。法裔學者孟丞書以中文出版《法國童話文學論述——十七世紀夏爾・佩羅童話故事》（臺中市文化局，2009年），也可以參考。

來他們來到一座很豪華的城堡前，這城堡的主人是食人鬼。而貓先用激將法說食人鬼的法力只會變凶猛的動物，不能變小動物，在食人鬼中計變成小老鼠時，貓一口把他給吃了，為主人佔據了城堡和無數的財物。等國王來到之後，在驚歎侯爵的財富之際，就馬上把公主嫁給他了。貓也從此變成大貴人，除非是為了消遣，不再追逐老鼠了。

這篇童話的場景比較多變化，曲折有趣的情節都圍繞著貓進行，主人只是因貓成事，沒有多少言語動作。擔任主角的貓忠於主人，機警而殘忍；牠可以裝死來捕兔子，把兔子騙進袋子，毫不留情的將兔子給殺了。牠用激將法對付城堡主人食人鬼，卻老練的不直接說不信食人鬼能變小成老鼠，而又在對方變成獅子時，馬上跳到屋頂上以防被吃掉。不過，題目提到的靴子在情節中似乎沒有發揮什麼作用，反而讓牠在屋頂上不易站穩。或者靴子只是使人相信貓有不同凡響的身份，有利行騙恐嚇。

這一篇有兩個〈教訓〉，但篇中無論貓或老二，都不是值得學習的人物；貓雖然機智過人，但牠的手段是不足為訓的。貓讓主人躋身榮華富貴的手段無異欺騙與恐嚇，老三更是坐享其成，從頭到尾都沒有付出過半點心智或氣力的努力；他最後能夠得償所願，除了貓的鼎力協助之外，唯有他天生的英俊外表而已。這樣的故事很不容易說出有甚麼道德教訓的意味。學者就直率的說，這篇沒有什麼好教訓的，所以貝洛只好自己發明個教訓。

類似的動物幫助主人故事，在很多國家的文學傳統中都有。有一個版本貓在不知感激的主人想殺牠時匆匆離開。挪威、瑞典都有類似故事，瑞典版本是一個女孩擁有貓，他們漫步來到一個城堡前，貓吩咐女孩脫掉衣服，躲在樹上，然後跑到城堡裏，說牠的高貴女主人被搶了。王子給女孩打扮得雍容華麗，而且愛上女孩，想去拜訪她華麗的宮殿。貓先去恐嚇沿路的農人，要他們回答王子說所有土地都是公主的。最後，貓到精靈有黃金柱子的宮殿，一直和精靈講話，直到太陽照射到不能曬太陽的精靈身上，使精靈爆炸為止；因而牠佔據了精靈的華麗宮殿，迎接王子的光臨。不過，這故事沒有說貓最後如何。或許這些故事吸引貝洛改寫之處，是動物主角的機智、情節的引人入勝，而不是故事的主題。

〈小拇指〉（*Le petit Poucet*）也有類似情形。這是八篇散文童話中最長的一篇，敘述一個窮樵夫和妻子有七個小孩，最小的最孱弱，叫「小拇指」。他們窮得養不活小孩，只好商量把孩子們丟棄在森林裏。但是他們的話被小拇指聽到了，等到天亮時，他先開門去溪邊檢了一袋白色的石子。後來樵夫帶他們兄弟到森林中工作，趁他們不注意時悄悄離開後，哥哥們都只會哭，只有他很鎮定，循著來時路上撒下的石子，尋路回家。而樵夫因為剛得了十塊金幣的債款，一時不愁生活，所以夫妻倆歡天喜地的迎接小孩。但好景不常，錢很快就用完了，樵夫夫婦只好再次丟棄他們。這次小拇指也聽到了，但他沒有預先檢到石子，因為早上門鎖緊了。於是他只好用早餐的麵包屑當石子用，但卻不幸被小鳥啄食光了。他們失去回家路的蹤跡，在黑暗的林中跟著微弱的燈光找去，卻走到了食人鬼的家。食人鬼的妻子可憐他們，要他們趁她丈夫回來之前趕快離開。小拇指覺得與其在林子裏被野狼吃掉，還不如冒險過一夜，就懇求婦人向她丈夫求情。婦人心想如果把他們藏好，或者可以到明天丈夫都不會發現，就答應了。不過，回到家的食人鬼還是聞到新鮮人肉的味道，而發現了他們。經過妻子的勸告，食人鬼終於答應先吃已經準備好的牛、羊、豬，留著小孩明天殺。他高興的喝得大醉。妻子讓小拇指他們和自己七個有獠牙、會喝血的小女兒睡一間房。七個女兒戴著金王冠，睡一張大床；七個男孩睡另一張大床。小拇指想到食人鬼半夜可能會來殺他們，於是偷偷把男孩的睡帽換掉女孩的金王冠。果然半夜食人鬼酒醒，擔心明天他們會逃走，就先摸黑把他們殺了，然後繼續睡。其實他靠摸索睡帽來分辨，錯殺了自己七個女兒，而小拇指帶著哥哥逃亡。第二天食人鬼起來，氣得不得了，穿著一步行七里的靴子追他們。快要追到的時候，他卻累得睡著了。小拇指偷偷脫下他的靴子穿上，跑到食人鬼家裏，騙婦人說她丈夫被強盜抓住，要把家裏所有的錢拿去當贖金，派他穿七里靴來拿錢；於是就騙了食人鬼的財產回家了。另一種結局是小拇指偷了七里靴之後，用它為國王服務，賺了很多錢。

主角害死七個小女孩或者情有可原，因為他為了活命，何況她們長大也會吃人。但食人鬼的妻子當初收留他們，又冒險隱藏他們，之後又拖延宰殺，而主角卻騙她的財產，真有恩將仇報之感。

這個故事的情節相當引人入勝，主角一再遇到困難，使讀者好奇，期待他要怎樣去解決，情節有懸疑感。就主題而論，除了說不要輕視最弱小的孩子之外，也可以讀出這樣的教育意義：遇到危險不要慌張，要冷靜想辦法出奇制勝。而朗格（Lang）指出，這樣的情節，很多地方都有跡可尋，可以追溯到古代，如：一、窮父母要把他們的小孩遺棄在森林裏。二、這詭計被最小的孩子發現，他循線索帶兄弟回家。三、同樣的事件，但線索被小鳥吃了。四、小孩到了食人魔鬼的家，受他妻子招待，但被食人魔鬼發現。五、小拇指換了食人鬼小孩的金冠，使他誤殺自己人。六、食人鬼用七里靴追逃走的小孩。七、不只一個結局。八、一個結局是偷了七里靴騙去食人鬼的家產。九、另一個結局是偷了七里靴，以此幫助贏得王室的好感。

〈穿靴子的貓〉和〈小拇指〉都與道德無關，主角的成功由於無恥的欺騙。這兩個故事中，最年輕的小孩在家中所得的利益最少，最後都由於富於機智而較優勝。這兩個故事教給兒童讀者的不是好與壞的選擇，而是給他們一個希望：一個人無論多渺小都有機會得到最後的成功。

又如〈仙女〉（*Les Fées*），這一篇是〈小紅帽〉之外最短的，故事敘述一個脾氣傲慢討人厭的寡婦有兩個女兒，大的像她，小的卻美麗善良。寡婦喜歡大女兒，嫌惡小的，頤指氣使，視同奴僕。一天，小女兒去汲水時，遇上仙女化身的老婆婆，因為她對老婆婆很和氣體貼，所以得到報償，張口說話會吐出玫瑰、珍珠或鑽石。寡婦命大女兒也去，她遇上仙女化身的貴婦，可是這大女兒對仙女態度粗魯傲慢，結果仙女讓她說話都吐出蛤蟆和蝮蛇。寡婦遷怒小女兒，要打她，她只好逃家而去，後來遇上打獵的王子看上她，就成了王妃。而大女兒被母親嫌棄趕走，到處不受歡迎，流浪死在森林中。這故事也是前有所承，是典型的善有善報的故事，它的教訓意味顯而易見，而貝洛還是不厭其煩在說完第一個〈教訓〉之後，又補上另一〈教訓〉說善良有好報。而第一個〈教訓〉說溫柔的話語比鑽石更動人，更有價值；但衡諸情節，也有牽強之感。因為女孩雖然美麗，但按照故事的敘述，吸引王子的卻是她口中吐出來的珍珠和鑽石，沒有文字說他被女孩的溫柔話語所吸引。強調代表教養的溫柔話語，只為洗刷王子唯利是圖的色彩；有掩飾庸俗的功利主義教訓的嫌疑。

此外，有些故事如〈睡美人〉、〈小紅帽〉等，貝洛的版本不是我們熟悉的版本（今日兒童熟悉的可能是迪斯尼改編卡通電影版）。譬如〈小紅帽〉（*Le petit chaperon rouge*）篇末長長的〈教訓〉說野狼跟在年輕姑娘後面，悄悄溜進家裏寢室，再張牙舞爪的撲過來。這些話教讀者小心衣冠禽獸的色狼，是很顯然的；小紅帽就因為違反這樣的告誡，而得到悲慘的下場。有學者就認為貝洛企圖藉童話教化兒童，使成為有貴族氣息的中產階級優秀分子。貝洛版是目前所知寫定本中最早的，故事中的小紅帽因為讓野狼搭訕，最後被吃了，並沒有獵人救她。貝洛安排這樣的結局，可能和他想要傳達的教育訊息有關。這不僅是小紅帽和野狼之間的故事而已，更影射社交的男女關係。

又如〈森林中的睡美人〉（*La belle au bois dormant*），王子對公主一見鍾情，公主被吻醒後也愛上王子。他們在一起兩年多，生了兩個小孩，但王子不敢帶她回家，因為他母親是食人族，常有吃小孩的衝動。直到老國王死了，王子繼位，才帶她回去行婚禮。不久年輕國王去打仗，太后就陸續要吃掉他們母子三人，幸虧善良的廚師長都用適當的動物嫩肉騙過食人的太后。但最後還是無意中被太后發覺了，她準備了一大桶毒蛇要害人，千鈞一髮之際，年輕的國王趕回來，太后見大勢已去，就投到桶裏自殺了。這篇童話的情節很明顯可以分成前後兩部分，到公主醒來愛上王子的時候，其實也可以結束，不會有不完整的感覺；

一般人熟悉的正是前半部。後半的人物情節在前半完全沒有伏筆，好像兩個獨立的故事連接在一起的感覺。據說，在貝洛之前的每一個版本，公主都被發現她的人強暴，而且懷孕生子才醒來。他把這故事淨化了，因為他不能對宮廷聽眾和孩童講這麼暴力的故事。

還有值得注意的是〈藍鬍子〉（*La Barbe bleue*），故事敘述一個有可怕藍色鬍鬚的有錢商人，很想娶鄰居漂亮姐妹中的任何一個，初時她們都因他的外表而不答應，後來接受過招待之後，妹妹喜歡上藍鬍子，嫁給他。一次，藍鬍子出門做生意，臨行時給她一串鑰匙，交代她不可打開走廊盡頭的小房間。可是她受不住好奇心的驅使，用鑰匙開了門，最初由於門窗緊閉，所以開始時，什麼都看不到。過了一會，漸漸發現地板上濺滿了凝固的血跡，而發亮的血跡上，則映照出吊在牆壁上的一排女人的屍體，一個個喉嚨被割開——那些就是藍鬍子以前的妻子。她嚇得幾乎昏倒，門鑰匙掉在地上，沾到血，因為鑰匙被施過魔法，所以血跡洗不掉，後來被丈夫發現了，要殺她；她一直拖延，緊要關頭兩個哥哥趕到，殺了藍鬍子。因為藍鬍子沒有兒子，她繼承所有財產，分一部分給兄姐，哥哥用錢升了隊長，姐姐嫁了年輕貴族。她跟一個出色的男人結婚，恐怖回憶忘得一乾二淨。

這個故事的場景主要設定在藍鬍子的城堡中，並鋪寫傢俱器物的華貴。情節最緊張處是藍鬍子要限時殺她，她請姐姐上塔頂看看兩個哥哥來了沒有；貝洛很善於營造緊張氣氛，而且一層比一層逼人。另一方面，寫妻子打開藏屍小房間時，氣氛有驚悚恐怖效果；貝洛不直接寫看到牆壁上的一排女屍，而透過地上血跡來反映，尤其恐怖。換言之，他在此處收斂全知觀點的敘事，退回到用角色（妻子）的視覺感受次序來寫她所見，以營造強烈的緊張氣氛，由此亦可見貝洛用心之處。

學者指出這篇比較沒有超自然的內容；沒有仙女，沒有會說話的野獸，沒有食人鬼，除了鑰匙外，也沒有魔法。這篇的趣味在於妻子的好奇心、被屠殺的妻子們的恐怖景象、和姐姐在塔上觀察遠處的懸疑感。這個殘忍丈夫的故事，前無所承，應該是貝洛發明的。不過，這麼血腥的描寫，是否適合兒童閱讀，就很值得斟酌了。這個故事在情節上還有值得注意之處：藍鬍子如果不要讓妻子發現他的秘密，只要不給她鑰匙就可以了，但他偏要把所有鑰匙都給她，卻又鄭重交代不可以用那一把鑰匙（後來妻子還他鑰匙的時候，獨缺小房間的鑰匙，可見一串鑰匙是能拆散的。）顯然這是要試探妻子的忠誠，結果發現妻子沒有絕對服從，他就要處以極刑；不料這種試探的結果，失去控制，反而引來自己的覆滅。而且，不聽話的妻子最後接收了自己的財產，拿去再嫁一個非常出色的男人。

故事中很強調妻子（女性）受到很大的誘惑，她因為抗拒不了好奇心誘惑而險遭不測，睡美人當初也是因為太好奇而遭紡錘刺到手，但她們最後都能有驚無險；小紅帽就沒有那麼幸運了。這些故事似乎暗示好奇心會殺死一個女孩。曾有學者認為貝洛這些故事有教訓女孩要自我克制欲望、抗拒誘惑、服從命令之意；小紅帽就因為不服從「不要隨便和陌生人講話」的規矩而自食惡果。〈藍鬍子〉的第一個〈教訓〉說得很清楚：好奇心有無比的魅力，可是一旦輸給了好奇心，就會帶來無限的悔恨。但同一篇的第二個〈教訓〉卻改而調侃丈夫，說那是古代的事，現在沒有丈夫敢要求妻子做這種不可能做到的事了；現代所有的丈夫都怕老婆，誰是誰的主人都還不曉得呢！我們不易斷定哪個教訓代表貝洛想傳達的訊息，可能頭一個符合他為貴族化中產階級對年輕人一貫的教誨，而後一個代表一個機智作家難掩的幽默個性，群體性格和個性在此處不一致而現出破綻。

貝洛童話中除了〈藍鬍子〉之外，都前有所承，無論人物與情節，都不完全是他原創性的發明；但學者重申：貝洛的童話不僅是記錄口述傳統的民間故事而已。他吸收通俗傳統作材料，既記錄亦創作，他常用前人的文本作為靈感的來源而自由創作。雖然貝洛曾說他在記錄兒時所聽故事，但這句話的意義，與其說是揭示來他童話故事的來源，還不如說是表示了當時的文學成規；當時沒有人會爽快承認自己是兒童故事的作者，一定會強調故事是從父母、祖父母、家庭女教師等處聽來的。無論如何，他還是承認寫這些童話來娛樂自己的小孩。他的童話也被譯成外文，不只在法國流傳而已，而且反過來給口述傳統很大的影響。當格林兄弟收集出版他們的民間故事時，發現所有貝洛童話都有德語口述故事，有些連題目都像法文的翻譯。第一版的《格林童話》就有〈藍鬍子〉的故事，後來的版本卻刪掉了，大概覺得太相像了，於是用另一個類似的德國故事取代。而有些德國口述故事甚至幾乎是貝洛版逐字的重現。事實上，十八世紀的歐洲很嚮往法國禮儀、文化和制度，很多德國小孩從法國家庭女教師處聽到貝洛的童話，雖然他們不知道貝洛是誰，對他的童話卻是耳熟能詳。

貝洛童話的文本有明顯的、類似口述的痕跡。敘述者雖然沒有參與故事中的情節，但他不僅止於描述他所見，他也描述人物內心所想，和交代人物舉動的前因後果；換言之，是以全知觀點在敘述。但這敘述者並不安分守己的只是敘述故事中人物的思想、行動，和場景背景而已，他還不時插入事件與事件之間，發表他對人物和事件的心得見解；這也可能跟作者的強烈教化意圖有關。至於〈教訓〉部分，因為不是故事的一部分，當然更適合直接表示作者的見解；只不過，後人不見得欣賞他的教訓，他在篇末的韻文道德教訓在後來的版本中常被刪去。

貝洛童話雖然不是他原創發明，卻經他的寫定而家喻戶曉。他設計的故事情節，富有趣味，娛樂了廣大的兒童讀者，成為很多人童年美好回憶的一部分。然而，他的童話不完全是優美愉悅的，也有恐怖血腥的敘述；尤其是他發明的〈藍鬍子〉故事。而且，他寫童話可能不僅是取悅小讀者而已，更是寓教誨於故事中。只不過，從今日眼光看來，他的教訓所蘊涵的功利色彩，女性的行為準則，未必能讓人悅服；也不見得適合兒童接受。就文學觀點而言，他的故事情節未必能傳達他的教訓，時有牽強之感。至於敘事之中，旁白和議論雖然詼諧，卻會干擾人物言語、行動的描述，雖是他童話的敘事特色，卻未必值得後人取法。

第四節　格林童話

《格林童話》是非常重要的童話作品，其中好些故事，中文讀者也相當熟悉，並一再被選錄或改寫出版。但若從現代中國讀者的眼光，來審視《格林童話》二百篇的作品，會發現其中有些故事或描寫，似乎並不適合兒童閱讀。其中有亂倫未遂（故事65〈雜毛丫頭〉）；有親手擊殺哥哥，取代他娶得公主（故事28〈會唱歌的骨頭〉）；或者砍掉丈夫的腦袋，好讓自己能嫁給心上人（故事126〈忠實的裴雷男和不忠實的裴雷男〉）；也有種族偏見（故事110〈荊棘叢中的猶太人〉）；和令人不安的恐怖氣氛（故事154〈騙來的銀毫子〉）[8]。此外，更有血腥暴力的描寫，或是殘酷的刑罰，而且不見得和所犯的錯相稱。又有涉及男尊女卑思想和濃厚的宗教說教。這些不當的成分，都不應該因為《格林童話》的隆崇地位而被忽略，以下略述其有待商榷之處。

一、血腥的描寫

現代童話作家大都有共識，在作品中避免血腥的描寫，但在《格林童話》中，卻有一些很殘忍的場景，譬如〈訓練有素的獵人〉（故事111）中的砍頭割舌（收在背囊中）和分屍；〈快活老兄〉（故事81）的肢解煮屍使人復活；〈兩個漫遊者〉（故事107）中飢餓的裁縫為了交換兩片麵包，被先後挖出兩隻眼睛。此外，更有大段的描寫，如〈杜松子樹〉（故事47）不只描述惡繼母殺害兒子，熬成湯，而且不知情的生父還吃得津津有味。後來，妹妹傷心地把骨頭埋在杜松子樹下，樹動起來，冒出煙火，飛出一隻美麗的小鳥，一再唱著這樣的歌：「我的母親宰了我，我的父親吃了我……」[9]整首歌詞重複出現了八遍。最

---

8 〈騙來的銀毫子〉敘述死去的小孩懺悔生前騙母親兩枚銀元，說要把錢施捨給窮人，卻自己藏起來；死後鬼魂每天回家挖地板，父母看不到，但客人每天中午都看到。

9 本節引文根據楊武能中譯《格林童話全集》（臺北國際少年村1996年出版，根據1857第七版定本）。曾一再有學生引用1999年桐生操《令人戰慄的格林童話》（許嘉祥譯），忽略了這不是學術著作，不宜採用。作者在第二冊序中坦承「加上作者本身無盡的想像力」，構成「桐生操版格

後，繼母被小鳥用磨盤砸死，小男孩復活。[10]故事雖然沒有細寫分屍，父親也是在不知情的情況之下吃掉親生的骨肉，但他吃得如此津津有味，讀來感覺很不舒服。而另一篇〈菲切爾的怪鳥〉（故事46）有更血腥的描寫：血淋淋的的大盆子裏躺著些砍碎了的死人，旁邊砧上橫著把亮閃閃的斧頭。巫師把姑娘推倒在地，把她的腦袋往木砧上一按，用斧頭砍碎。這一段寫殺人很噁心露骨。而女孩鼓起勇氣，把姊姊的零碎肢體找來拼接，就像是拼圖一樣，使人想起那景象，不免毛骨悚然。不過，最後兩個姊姊又活了過來。另一篇〈強盜未婚夫〉（故事40）寫肢解吃人，尤其怵目驚心，文字的經營，有驚悚戰慄效果。而且死者沒有復活（不像前面引的兩篇），在心理上，讀者連最後的一點點精神慰藉都得不到。這些描述，未必適合兒童讀者。

二、殘酷的刑罰

《格林童話》中對壞人的懲罰可謂五花八門，不一而足。有絞死的（故事91〈小地精〉）（故事110〈荊棘叢中的猶太人〉）、燒死的（故事11〈小弟弟和小姐姐〉、193〈鼓手〉的巫婆、46〈菲切爾的怪鳥〉的巫師、49〈六隻天鵝〉的惡婆婆）。光是淹死就有好幾種不同的方式：縫到布袋裏淹死（故事28〈會唱歌的骨頭〉），押上鑿了洞的船放到浪濤中淹死（故事16〈三片蛇葉〉），按到桶中由山坡滾到河心（故事13〈森林中的三個小人兒〉）。此外，有砍頭（故事198〈瑪琳姑娘〉）、砍成四塊（故事111〈訓練有素的獵人〉）和斷頭台斬首（故事120〈三個手藝人〉）；有四牛分屍（故事76〈丁香花〉）；有瀝青黏身（故事24〈霍勒太太〉）；有關進裝著沸油和毒蛇的大桶

林童話」，這些常被粗心的讀者忽略。而且，據書後的介紹，兩個作者雖曾留學法國，參考書目只有日、英、法文，沒有德文著作，可能根本不能讀德文原文。同年有志文出版社齊霞飛翻譯（可能透過日文轉譯）的《格林成人童話全集》，根據1812年第一版。2000年6月旗品文化出版了《初版格林童話集》，由許嘉祥等經日文轉譯。同年3月大步文化出版了《揭開格林童話原始面貌》（四年間再版二刷），自稱根據1812年第一版，但沒有說明是否根據德文本翻譯，〈譯者的話〉提到哪些版本有日文譯本，第一版還沒有，中譯可能也是根據日文轉譯的。

10 無論寫小鳥能負起二十個壯漢才搬得動的沈重磨盤，或小男孩在一陣火煙之後莫名其妙的復活出現，作者都有欠交代或伏筆，讓人覺得粗糙。

（故事9〈十二兄弟〉）。還有脫得精光，裝進內壁釘著尖尖釘子的桶裏，由兩匹白馬拉著，在大街小巷拖來拖去，直到被拖死為止。（故事89〈牧鵝姑娘〉，而故事135〈白新娘與黑新娘〉巫婆受的處罰類似。）或是隨琴音不由自主的跳舞至死（故事56〈愛人羅蘭〉），穿上火紅的鐵鞋跳舞至死（故事53〈白雪公主〉）。也有的不是由人來處罰，而是由鳥類自發去懲罰；譬如故事21〈灰姑娘〉的兩姐妹被鴿子啄瞎雙眼，故事107〈兩個漫遊者〉中的壞鞋匠被烏鴉啄瞎雙眼。這些刑罰相當殘酷，現代的童話作家已很少把類似的處罰安排到情節之中。《格林童話》中有如許多樣的殘酷處罰，或者和時代背景有關。穆勒（Mueller）提及，傑森（Jessen）數十年的研究，已經在格林童話中的法律和官方文件中的法律之間，發現很多相通之處。[11]他還列表對照《格林童話》十八篇故事中的罪與罰和歷史上的罪與罰，並且補充說，童話中的吃人罪惡在中古時沒有相應的刑罰，是因為現實中，吃人的問題已經被社會解決，不再需要由法律來禁止；這種惡行僅僅存在於人的夢魘之中罷了。至於監禁並不見於《格林童話》之中，那是由於這種刑罰要到十四世紀才在日耳曼地區實施，而其時大部分童話的中心母題（central motifs）已經成形了。

姑勿論《格林童話》中的刑罰是否可就歷史背景給予合理的說明，在現代的眼光看來，仍然是殘忍嚴酷的。何況，有時不見得罰稱其罪。譬如膾炙人口的〈灰姑娘〉（故事21），其中兩個姐姐欺負繼妹固然不對，但灰姑娘所受的並不是永久性的傷害，只是常被嘲笑，以及如僕人般被使喚差遣而已，姐姐甚至連一巴掌都沒有打過她。可是，後來兩個姐姐卻先被啄瞎一隻眼睛，不久又再被啄瞎另一隻眼睛，雙目全盲，而灰姑娘卻沒有阻止鴿子行兇。雖然故事最後兩句說她們太狠太壞

---

11 見Mueller論文"The Criminological Significance of the Grimms' Fairy Tales." p.219.此外，古佳豔的論文〈法律與格林兄弟的《兒童與家庭故事集》〉對《格林童話》的法律背景也有說明。見《中外文學》24卷3期。

啦，活該一輩子當瞎子。[12]卻令人有罰過其罪之感。對照《貝洛童話》中的灰姑娘，自己幸福美滿之際，不念舊惡，也為姐姐找到好歸宿，就要厚道多了。

三、男尊女卑的觀念

《格林童話》是一百多年前編定的作品，其中故事的流傳當然更早。如果用現代兩性平等的標準來要求前人的作品，未必公允。但是，假如我們願意服膺性別平等的理念，就應該留意童話中男女不平等思想，在傳播童話故事時，提防散播了不當的思想。譬如曾被選本採錄的〈畫眉嘴國王〉（故事52）[13]，內含的不當思想就很可能被它曲折的情節所掩蓋，不易被人發覺。〈畫眉嘴國王〉敘述一個很驕傲的公主對求婚者非常挑剔，常當面嘲笑對方外表的缺點，對一個為人善良，下巴卻長得翹了些的國王說，他的下巴像畫眉的長嘴一樣。她的老父王很氣女兒只會嘲弄人，發誓要把她嫁給第一個上門的叫化子。幾天後，一個街頭賣唱的歌手在窗下唱歌討施捨，國王說喜歡他的歌，並把女兒嫁給他。公主從此過著辛苦的日子，要燒飯、收拾房子、用柳條編籮筐、紡線，柳條戳傷了她嬌嫩的雙手，粗糙的紗線勒得她手指出血。最後丈夫要她到市場賣陶器，但路人見她長得漂亮，都樂意買她的東西，她要甚麼價錢也照給，甚至給了錢還不要貨。過了一段時間，她進了更多貨在市場擺賣，卻被一個醉騎兵把陶器全踩得粉碎。丈夫於是差她去王宮的廚房當幫工，有機會看到王宮的婚禮，場面富麗堂皇到了極點。這時她想起自己的命運，心情十分沈痛，開始詛咒自己的驕傲和自命不凡，把自己推進眼前這樣屈辱和貧窮的境地。忽然王子跑向門口邀她跳舞，他

[12] 泰妲（Tatar）就直斥之為「愚笨的辯解」（fatuous justification）。而且還提到初版的《格林童話》中，灰姑娘是原諒繼姐的；第二版時威廉・格林才增加鴿子啄眼的血腥描述。格林兄弟不僅沒有大肆刪除，反而是強化了故事中暴力的插曲。見Tatar著*The Hard Facts of the Grimmes' Fairy Tales*. p.5-p.6.

[13] 大陸東北師範大學1991年出版的《世界優秀童話寶庫》的《格林童話卷》（郭恩澤、謝又榮主編）共選文五十四篇，其中第五篇就是〈畫眉嘴國王〉。這篇沒有超自然設計，嚴格說不算童話。

正是畫眉嘴國王。他拉她的時候，拴口袋的繩子斷了，裏頭的陶罐滾了出來，準備帶回家的殘羹剩菜撒了滿地，她窘得無地自容。要逃走又被畫眉嘴國王攔住，很和藹的對她說，自己和那個叫化子是同一個人，為了幫助她才化了裝；那個踩碎陶貨的驃騎兵，也是他裝扮的，所有的這一切，都是要克服她自命不凡，懲罰她嘲笑畫眉嘴國王的傲慢無禮。公主聽罷痛哭流涕，說：「我太不應該了，不配做你的妻子。」結果他們結婚而且過著幸福快樂的日子。

作者沒有交代畫眉嘴國王假扮叫化子或騎兵時，如何掩飾他的翹下巴。而公主的由拒而迎，也顯得勢利不堪。當初公主嫌棄對方翹下巴難看，最後卻可以變得欣然接受。這轉變並非由於發現對方的才華或德行，因此彌補了他外貌的缺點，而是因為自己已淪為卑下的僕役，不能像從前一樣挑剔。她只因為看到豪華的婚禮而自己不能參與，才悔恨自己過去的驕傲，這不是由衷的覺悟，只是淪落激起的感傷懊悔。不過，更值得注意的是，作者對男主角馴服傲公主過程的安排。叫化子似乎並沒有為家庭的生計盡力，他只是差遣妻子做這、做那；他所做的，充其量只是砍回一些柳條，卻沒有幫忙編織。他要挫折妻子的驕傲，使她拋頭露面在市場當小販，妻子倒能逆來順受。可是一旦丈夫發現妻子的陶器生意很好，就惱羞成怒，不惜以流氓暴力手段來對付妻子，悍然踏碎她所有的陶器。這不禁令人質疑，丈夫可以這樣對待妻子嗎？他對妻子說「為了幫助你」，其實並不是為對方好，而只不過是要改造妻子，來符合自己的需要罷了。故事中所隱含的兩性關係很不平等。

四、宗教的說教

童話中有時會有天使、上帝和天主，但他們不一定是慈愛可親的；從一個非信徒的立場來看，甚至有點殘暴和霸道。〈聖母瑪利亞的孩子〉（故事3）敘述聖母瑪利亞向窮樵夫要來他們三歲的獨生女，帶到天堂裏享福。到了女孩十四歲時，聖母瑪利亞給她保管十三把鑰匙，並告誡她不可打開第十三道門，否則會帶來不幸。可是，女孩終究抵不住好奇心的驅使，打開了那道門，見到火光中的聖父、聖子、聖靈，小姑娘呆住了，驚訝地望著那邊。過了一會兒，才伸出一個指頭去挨了挨火光，整個指頭馬上變成了金的。後來聖母發現她神色有異，指頭成金，問她是否偷偷開過那道門。追問了三次，女孩都否認。聖母見她不聽話又撒謊，就把她逐出天堂，而且從此不能講話。女孩到了人間荒野，飢寒交迫，甚為困窘。後來遇到打獵的國王，被她美貌所迷，帶回去當王后，生下一個兒子。這個時候，聖母突然出現，要她承認開過那道門，如果她認罪，就還她說話能力；假如不認罪，就奪走她的嬰兒。可是她還是吞吞吐吐不認罪，於是聖母果真帶走她的嬰兒。一年後她再產下一個兒子，聖母又出現，她仍然不認罪，聖母又奪走嬰兒。大家都議論紛紛，說她是吃人的妖婆。再一年後她生了一個女兒，因為她還是不認罪，嬰兒又被奪走。大家要把她燒死，而她不能說話，無法為自己辯解。最後她被綁在木樁上，周圍已經燒起火來。她才悔恨沒有承認開過那道門。正這麼一想，她的嗓音恢復了，大聲承認開過那道門，剎那間天降大雨，澆滅了火焰。聖母瑪利亞從天而降，把三個孩子還給她，解開她的舌結，讓她過了一輩子幸福的生活。

如果對聖母瑪利亞不誠實，不僅被剝奪語言的能力[14]，還會失去一切，包括兒女。難怪有人說：「**顯然，當聖母瑪莉亞出現在童話中時，同情心並不包括在她的德行之中。**」[15]如果從人的觀點（而不是一個信徒的觀點）來看這瑪利亞，就會覺得她霸氣凌人。女孩打開門，充其量只是不聽告誡罷了，並沒有傷害到瑪利亞；而且，為什麼不可以看那些景象？這樣的誡命僅僅是考驗女孩是否絕對服從？但是，女孩從三歲開始就由瑪利亞教養，如果她不誠實、不聽話，瑪利亞難道就

---

14 《格林童話》中，往往有女性角色暫時被禁止說話的情節，如〈十二兄弟〉（故事9）裏的么妹，要忍受七年不說話之苦；〈六隻天鵝〉（故事49）裏的么妹，要忍受六年不說話；〈鐵爐子〉（故事127）的公主因為違反了說話不得超過三句的規定，王子就消失了。〈玻璃棺材〉（故事163）的公主也被魔法使失聲。（不過，她們為什麼不用寫的？）學者指出，從書信和日記中顯示，在1830年代的公國、侯國、自由市（日耳曼聯邦由它們組成）的各種社會階層裏，都廣泛地接受：沈默是正面的女性特質。這種觀念到了1860和1870年代，更達到極點。見Bottigheimer著*Fairy Tales and Society: Illusion, Allusion, and Paradigm*. p.116.

15 見Tatar著*The Hard Facts of the Grimmes' Fairy Tales*. p.5-p.6.

不必負管教責任嗎？女孩的不肯承認，並沒有傷害任何人。逼她承認，雖然說是教訓她要誠實，或許還挾雜著瑪利亞維護自尊的報復。（老師因細故痛打小孩，只是為教育小孩？抑或是要發洩權威被冒犯的憤怒？）而且，一年後、二年後、三年後，一而再，再而三的出現，只為逼迫對方說有開過門。如果說不誠實要懲罰，瑪麗亞已經把她逐出天堂，使她流落荒野而飽受痛苦，已經為說謊付出慘痛的代價了。瑪利亞或者沒料到女孩否極泰來，遇上國王而過著幸福美滿的日子。顯然瑪麗亞的懲戒失敗了，於是她動身去破壞女孩的幸福。女孩不屈服，就奪走人家的骨肉，間接使人遭受火刑；這倒很類似惡女巫的行徑。假如最後女孩沒有在心中懺悔，就真的要被燒成灰燼嗎？僅僅為了不肯坦承開過那道門？

或許，從天主教徒的立場來看，能夠接受聖母瑪麗亞的所作所為，覺得是天經地義、理所當然的，甚至還可以提出神學上自圓其說的解釋。神可以試探人，人的一切幸福都是神恩，神也可以奪走人的幸福和愛子，人是有罪的，對神要絕對誠實、絕對服從。這些觀念是否適合隨著童話灌輸給小讀者？畢竟我們並不是以基督教或天主教為國教，沒有義務要傳達這種訊息。

我們給小讀者介紹《格林童話》，不應該忽視其中有這些內容。

第五節　安徒生童話

安徒生童話不少都前有所承，但他的改寫很有個人風格，也很有創意。[16]不過，他童話的複雜內涵常被誤讀簡化，譬如〈醜小鴨〉，這是安徒生有名的作品，在中文世界也普遍流傳，以至有「醜小鴨變天鵝」這樣的現代成語。然而，嚴格的說，這並不是一個醜小鴨「變成」天鵝的故事；不是努力之後改變命運的勵志故事。醜小鴨本來就不是真的醜

16 見Bredsdorff著*Hans Christian Andersen: The Story of His Life and Work*. p.309-p.313.

小鴨，他是天生的天鵝，只是不幸錯置於鴨蛋堆中，由母鴨代為孵化；而後來母鴨也沒有克盡母職保護他，好好養育他。

這其實是天鵝不幸生長在鴨群中，因此跟平凡的禽鳥格格不入，而受盡奚落的故事。不過，因為最後發現自己是天鵝，而且天鵝群也接納他，所以是幸福美好的結局；當初的苦難並非由於自己醜陋笨拙，而是由於天生高貴的本質不見容於凡夫俗子。

安徒生出身世非常寒微，可是他不屈不撓去實現理想；經歷了千辛萬苦之後，終於有偉大的成就。北歐學者研究有關他身世的原始文獻，發現他出生時，家庭屬於當時社會的最底層。他祖父是小佃農，也曾是流動鞋匠；後來發瘋。祖母所謂有貴族血統，純屬虛構；她是病態的說謊者。外祖母曾因三次未婚生子而觸法坐牢，其中一個女兒後來經營妓院。父親是流動鞋匠，屬於最低級工匠，沒有工會保障，也沒有資格雇伙計。母親曾當女傭，生安徒生時約三十歲，生產前兩個月完婚；六年前曾和陶匠有私生女。在安徒生成名之後，有一個異父姊姊的事實深深困擾他。安徒生的自傳美化了自己的身世，常有虛構的成分。[17]或許他和不少兒童一樣，希望自己不是卑微的父母親所生，而是出身名門，不幸錯置於貧民窟中——有如小天鵝蛋淪落鴨群中，被錯認是醜小鴨。至於怎麼會有如此陰差陽錯，卻完全沒有交代。

中英文世界都有很多人誤以為安徒生「只是」偉大的童話作家。其實，在丹麥人眼中，安徒生就是一個偉大的文學家，而不僅是童話作家；[18]他的作品並不是只為兒童而寫的。他的作品，包括他的童話，不見得簡單淺顯——表面是簡單的作品，也可能蘊含複雜的意義。

近年安徒生相關的中文資料漸多，尤其2005年是他誕生的兩百週年，出版了多種相關書籍，可以藉此進一步探索他的生平和作品的關係。其中，臺灣聯經出版社譯印了丹麥人詹斯・安徒生的《安徒生

---

17 同上註，p.13-p.18.
18 同上註，p.7-p.9.

傳》，內容豐富；又出版了四大冊《安徒生故事全集》，由林樺據丹麥文翻譯。同時，北京人民文學出版社推出四大冊《安徒生文集》，其中有兩冊是他的自傳；單是譯者林樺的序就有四十頁。此外，兩岸還有多種相關論著，數逾千頁。

第六節　木偶奇遇記

一、作者和成書背景[19]

《木偶奇遇記》是家喻戶曉的童話，不過，原版的故事和一般人熟悉的迪斯尼卡通版頗有出入。作者原名Carlo Lorenzini，Collodi是筆名。他1826年11月24日出生於義大利貧困的家庭，父母都是季諾里（Ginori）的僕人。他有九個兄弟姊妹，卻因家貧，只有兩個能養大。他小時候被送去佛羅倫斯市郊的小鎮Collodi和祖父母住，十歲時，季諾里出資送他去上神學院，但他發現自己不適合當神父，頑皮的天性使他排斥院中嚴厲的戒律。所以，十六歲轉去佛羅倫斯Scolopi Fathers學院研究哲學和修辭學。十八歲找到一份工作，在書店幫忙有名的學者Aiazzi整理書目。他因而遇到很多思想家和評論家，開始對文學產生興趣。1848年，他丟下工作，參與對奧地利的戰鬥，爭取義大利獨立，但不幸戰敗。他在市政府找到一份公務員的工作，同時又兼職記者、編輯和劇作家。1853年創辦政治諷刺雜誌《路燈》（*Il Lampione*），企圖喚醒被政治壓迫的國人，但不久就被親奧當局所禁。1854年他又創辦期刊《爭議》（*Lo Scaramuccia*），除了談政治之外，用更多的篇幅談戲劇，一直維持到1858年。他也嘗試寫喜劇，但不怎麼成功。1859年爆發第二次獨立戰爭，他志願參加騎兵隊，最後義大利贏得獨立，不僅從奧國人手中收復北義大利，加里波的（Garibaldi）更在1861

---

[19] 本節取材於〈木偶奇遇記析論〉（廖卓成撰，《兒童文學學刊》第二期，1999年）資料出處可參考原論文。

年統一了整個義大利。這兩年間他常常為新意大利的統一問題，和比薩市主張共和的作家Alberi教授辯論，署名Collodi出了一本政治小冊子；這是他第一次用這個筆名，也有紀念他母親出生的小鎮的意思。不久，他發現打敗了奧地人之後，反而是義大利的貴族階級得到最大的利益，政府依然是貪污腐敗。不過，他從1860年到1881年，依然保住他公務員的職位，在佛羅倫斯地方政府的戲劇審查委員會工作，當劇場指導和佛羅倫斯方言百科全書的編輯。他的作品主要還是署上真名，他也沒有放棄記者和自由作家的生涯。1876年他出版了兩本故事集，又翻譯法國重要童話家貝洛等人的作品。同時他開始改寫十八世紀義大利作家Parravinci的教訓故事，在1879年出版，命名為《小強尼》（*Giannettino*），並帶出了一系列的書：《小強尼遊義大利》、《小強尼文法讀本》、《小強尼算術》、《小強尼地理》等等，都成了小學教科書。

這些書和翻譯法國童話，漸漸使他起意寫《木偶奇遇記》（*Pinocchio*）。不過，當初他並不打算寫成一本書。1881年，一份兒童週刊《兒童報》（*Giornale dei bambini*）的編輯要求他寫一系列的故事，他就在七月七日開始以〈一個木偶的故事〉（*Storia di un burattino*）為題，連載故事，本來在第十五章皮諾喬被弔死在樹上，就結束了整個故事，1881年11月10日的連載故事標著「全文完」。但遭到讀者（不分老幼）有如風暴般的抗議，逼得他繼續寫下去，在1882年2月16日讓皮諾喬重新開始他的冒險經歷。結果連載了兩年，在1883年結集成書。題為：*Le Avventure di Pinocchio: Storia di un burattino*（皮諾喬歷險記：一個木偶的故事）

雖然這本書一出版就很暢銷，但因為缺乏好的出版法的保護，直到1890年他去世為止，沒有賺到很多錢。1892年由Mary Alice Murray翻譯成英文，直到二十世紀中葉，已有超過百種不同語言的翻譯、改寫、刪節、諧仿版本，並且被搬上舞臺、拍成電影。數十年前，徐調孚根據英譯本譯成中文，取名《木偶奇遇記》。臺灣東方出版社有大陸任溶溶義大利文中譯本。[20]

二、人物和情節

這本童話以木偶為主角，是很新穎的；尤其是主角皮諾喬說謊時，鼻子會變長，令人印象深刻。但作者本來不是這樣設計的，第五章寫杰佩托被拘留，皮諾喬在家肚子餓而鼻子變長，可見原來的寫法，鼻子長長不是由於說謊，後來續寫十六章以後時，才設計說謊會鼻子變長（出現在第十七章），當初並沒有這樣的設計。有人認為長鼻子來自科洛迪曾翻譯過的法國童話，譬如貝洛〈愚蠢的願望〉，樵夫許願把香腸長在太太的鼻子上。

如同大多數童話般，主角雖然不是真正的人，卻很多地方都像人；尤其像一個頑皮的小孩，而且有很多小孩常有的缺點。貪玩、說謊、想不勞而獲、意志不堅，都是他的缺點，其實也是小孩子普遍的缺點。主角的缺點正是他最大的敵人，激起一個接一個的衝突，使情節產生懸疑感，吸引讀者看下去，想知道主角有什麼遭遇，又闖了什麼禍。不過，皮諾喬也不是一無是處，他本心很好，他不願別的木偶代替自己被燒，被罰當看門狗時忠於職守，不同流合污，而且智擒盜賊；更厚道地不揭死人瘡疤——不揭發前任看門狗和偷雞賊勾結。而且，他不是愛惡作劇，他從不故意去打擾人，他只是自娛而惹出麻煩。他深愛他爸爸，而爸爸也犧牲一切，只求他做個好孩子。他永遠愛著小木偶，無論小木偶怎麼不聽話，怎麼闖禍；他還因為小木偶而被警察抓，甚至因為尋找小木偶，而身陷魚腹。所以有人認為，他的角色是小木偶主角無心的受害者，致使小木偶覺得有罪惡感的源頭，而會受良心責備則是小木

---

[20] 臺灣以前雖然有不少譯本，大多沒有說明根據甚麼版本，幾乎都是節譯或改寫本。聯經1997年出版易萃雯的全譯本，也沒有說明根據甚麼版本。假設英譯本可信的話，任溶溶譯本比較吻合；譬如皮諾喬的同學慫恿他去天天放假的玩兒國，說那裡每個星期都是六個星期四和一個星期日，譯註：「上一世紀意大利每週休息星期四和星期日。」（任溶溶譯本，頁126）英譯本也是：每個星期都是六個星期四和一個星期日。（頁160）而易萃雯譯成：「天天都是禮拜天」。（頁159）英譯每章題目很長，就是內容提要，和任譯本一致；易萃雯譯本的題目最多八個字。我參考的任溶溶中譯《木偶奇遇記》是北京人民文學出版社1998年出版。

偶最好的德行。

小木偶並不是從一開始就顯得很愛他的爸爸，最初他甚至沒有喊「爸爸」，在第五章第一次用「爸爸」稱杰佩托時，杰佩托不在場（因為追他在路上被警察抓了），而是由於肚子餓。起初爸爸杰佩托對木偶皮諾喬的愛，也不是無私的。學者就指出，杰佩托當初為了自己的利益而製造木偶，並不在意兒子是誰，也不關心木偶本身的需要。杰佩托當初是為了賺錢才要木偶的，他要造一個會跳舞耍劍，還會翻筋斗的木偶，周遊世界，掙塊麵包吃吃，混杯酒喝喝。而且在木偶烤火而把腳燒掉之後，等木偶答應養他，說：「等您老了，我養您。」之後杰佩托才為木偶造新腿。皮諾喬一方面想取悅他爸爸，另一方面又不能控制本性，很想去探索世界和享樂。但他每次不守規矩都會得到嚴重的懲罰，他反叛的本性被抑制，大家要他像勤奮的工人。讀者之所以會發笑，因為他們相信自己不會遭受這樣的懲罰。

全書的情節發展，似乎有一個模式：主角要學好，但幾乎馬上就受不住誘惑而有脫軌的衝動；這個時候往往有一個配角規勸他，他也一定不聽。他任性而為的結果，必然得到痛苦的教訓，事後他也必然悔不當初，而且不只內心慚愧，更會出於言詞。而且，每次和仙女、爸爸重逢，他都會敘述別後經過，有如前情提要。有些重逢後的敘述有冗長之感，因為人物雖然不知道，但讀者都知道剛才發生的事。而情節的結構並不算緊密精緻，好像一節一節的火車廂，中間多掛少掛幾節，對全書都不覺得有大影響。作者所設計的衝突，有時雷大雨小，解決困難的手法有失草率，譬如二十章攔路的大蛇因為大笑而死。[21]解決衝突的手法固然以出人意表為佳，但更要合情合理。再者，全書開頭的櫻桃先生著墨甚多，卻在下文全無發展，也使人有落空之感。此外，主角皮諾喬剛

[21] 書中攔路的蛇，綠皮火眼，尾巴很尖，像煙囪在冒煙，火眼通紅，有學者認為蛇的紅眼和冒煙的尾巴都暗示聖經中的撒旦，而藍髮仙女則暗指聖母瑪利亞。林鍾隆的中文譯本（光復書局）乾脆把火眼噴煙的描寫刪掉。

出場時，作者沒有描寫他的身高，到了三十五章才提到他一米高。

這本童話可以看作主角的成長故事，他克服了自己的種種缺點，成為大人眼中的好孩子。作者筆下的皮諾喬，也由當初的無知輕信別人的話，而漸漸變得精明，也開始對人有戒心。在三十四章他在水中變回木偶，和驢子買主的對話，已經不像小孩子，甚至像說教的口吻了。

不過，我們不應忘記，當初全書的重點並不是皮諾喬成長為一個真正小男孩的過程。作者本來要在第十五章讓皮諾喬被弔死在樹上，就結束全書，但迫於讀者的壓力，他只好讓皮諾喬重新開始他的冒險經歷。換言之，科洛迪被迫放棄原來悲觀的看法，去發展和教化他的木頭主角。照他原來的寫作意圖，他沒有打算要使木偶成為真的小男孩。懸疑一個接一個，每一個插曲都是一個困境，一個困境又引出另一個困境，每一章都不曾真正結束。縱然最後皮諾喬成了真的小男孩，故事還是沒有完，因為他不過是一個窮小孩，又沒有受教育；而且，他走向成人的下一步，還不知道會發生甚麼事，故事的結尾沒有像傳統童話般暗示他一定會成功。而若照原來十五章結束的構想，故事是寫一個年幼無知的笨小孩不知世途險惡，最後悲慘的被壞人謀財害命弔死。

三、主題和教訓

有人認為主題是：要端正行為唯有透過嚴格的教育。有價值的「自我」來自聽取良心指示，融入自身行為中，同時要驅除或壓抑「我」的衝動。也有人認為：如果要說有主題的話，就是浪子回頭最可貴。這本童話的教訓意義是顯而易見的，作者常常藉著人物的口來傳達教訓，在第四章和第十章，蟋蟀兩次告誡他：小孩不聽父母的話，任意離家，決不會有好結果！任性的孩子早晚要後悔。二十一章他因為太餓而擅採人家的葡萄吃，因而中了陷阱，被罰作看門狗。螢火蟲教訓他：餓不是偷東西的藉口。

仙女傳達的教訓最多，如二十五章說，讀書學習是永遠不會晚的。不論貧富，每個人都要勞動，懶惰是最壞的毛病，必須從小治好。

二十八章說，孩子如果有顆善良的心，即使有點頑皮，有不好的習慣，還是有希望的。三十章說，小孩不聽比他們懂得多的人勸，總是要倒霉。又如藉杰佩托之口說：小孩子從壞變好，可以使他們的家變得快快活活。

作者對偷竊、欺騙、是非不分等惡行，都沒有安排人物作強烈的指責，但對貪污的反應就下筆甚重，二十二章當木偶事後敘述雞貂要賄賂他時，反應仍然很強烈，似乎覺得深受侮辱。

四、敘事方式

《木偶奇遇記》不是口述童話被寫定，而是書寫創作的童話，但設計成現場講故事的情境，常有「我」在說話，用第一人稱敘事觀點，但「我」只是講故事，並沒有參與故事。第一人稱敘事觀點的「我」如果是角色之一，罕用全知觀點；但如果「我」不是角色之一，僅僅是敘述故事，不參與其中的話，就很方便用全知觀點，本書就是用這種敘述觀點。敘述者並不是一個冷靜收斂的敘述者，有時候會現身解釋，有時候甚至會評論人物行為，也會提示讀者，主角又將要遭遇慘痛的後果。敘述者「我」更常常召喚身為受敘者（addressee）的「諸位」、「小讀者」，文本中有很多例子都顯示敘述者在現場講故事。

作者的筆調誇張，譬如十三章寫皮諾喬在紅蝦旅館晚飯，貓說它肚子不舒服，卻吃了十五條蕃茄醬火魚、四份奶酪雜碎。狐狸雖然想吃，但因為醫生規定它要嚴格節制飲食，因此它只好吃得簡單點，於是很有節制的，吃了一隻肥美的野兔，周圍擺滿一圈肥嫩的童子雞，又要了一大批飯後點心：雞雜炒蛋、鷓鴣、田雞、蜥蜴、甜葡萄。作者用了很多對話進展情節，人物的對話誇張之外，兼有幽默感，譬如皮諾喬在旅店半夜起來，貓和狐狸已經不在，他問老闆他們付帳了沒，老闆說它們太有教養了，哪能對皮諾喬這樣的先生無禮呢！意即還沒有付帳。皮諾喬這時的反應倒不像小孩，他幽默的回一句：「太可惜了，我倒希望他們無禮些！」又如十六章寫皮諾喬從樹上被解下來，仙女請來三個大夫醫治他，三個不怎麼高明的大夫對病人的看法各持己見，針鋒相對的言辭。還有在大赦之時，他因為告人偷竊反被判監禁，已經四個月，他要求像其他被赦的盜賊一樣出獄時，獄卒和他的對話及反應。

但有時候，令讀者印象深刻的效果則來自輕描淡寫，用若無其事的筆調（表現在文本中人物的口吻）寫嚴重的事，譬如藍髮女孩說她已經死了，在等自己的棺材。又如主角自述，有的魚吃他的耳朵，有的吃他的嘴，有的吃他的鬃毛，有的吃他腿上的皮，有的吃他背上的皮……。不過，這兩段的寫法，前者有恐怖感，後者則有點噁心。

五、小結

因為作者不是記錄口傳故事，所以文本中有敘述者在場講述，並非順理成章。此書完全是書面的創作，現場講故事的情境，是刻意設計的。敘述者常常介入文本，並沒有使得故事更精采出色，反而干擾故事的流暢感，尤其是教訓的意味那麼顯露，不是值得效法的敘事方式。文學作品傳達意義時，直率不是最好的方法。它的情節設計也不算前後呼應，結構緊密。同時，我們不能忽略當初作者讓主角弔死樹上。或者此書最引人入勝之處，是欣賞皮諾喬怎樣受到各種希奇古怪、匪夷所思的刑罰，而不是它老生常談的教訓。

第七節　柳林中的風聲

一、作者和成書背景[22]

《柳林中的風聲》（*The Wind in the Willows*）也是童話的經典之作，作者肯尼斯・格雷姆（Kenneth Grahame）1859年出生於蘇格蘭的愛丁堡，家庭屬於上層的中產階級。父親曾任Argyllshire地方的代理行

---

[22] 本節取材自〈柳林中的風聲析論〉（廖卓成撰，《臺北師院語文集刊》第四期，1999年）詳細資料出處可參考原論文，引文是我自己的中譯。

政司法長官（sheriff-substitute）。1864年他媽媽死於產後猩紅熱，小孩都被送到外婆家，在倫敦沿泰晤士河西三十哩處Bershire的Cookham Dene。父親無法從喪妻之痛中恢復，終日沮喪和酗酒，健康和精神狀態都每下愈況，後來到外國去住，從此和小孩失去聯絡。他經過一段艱難的適應期之後，往後七年的學校生活過得很好，讀書和運動都出色，從橄欖球到神學都得獎，甚至被任命為全校學生代表。他期望將來能進牛津大學，但他叔叔和外婆卻沒有這樣想。1876年，他去倫敦叔叔處當職員，1879年元旦進入英倫銀行當職員，三十九歲時被任命為英倫銀行秘書，是這銀行最高的三個職位之一。銀行的工作並不繁重，他常在銀行的分類帳本上寫詩和散文，但不久就專注寫散文。1895年，出版兒童書《黃金時代》（*The Golden Age*）。

他在婚前沒有和哪個女性有公開的交往，不過，他也不見得是同性戀。他大概對女性有很浪漫的想像，浪漫得不切實際。他似乎不迫切想要有親密關係，單身生活讓他很愜意。他長得高大英俊，迷人但對人不很熱絡，雖然看起來強壯，卻一生為呼吸系統的疾病所苦。1899年他臥病數月，在家中由姐姐和管家照顧時，湯瑪遜小姐（Elspeth Thomson）常帶葡萄去探病，他則寫很孩子口吻的信給她，二人感情快速進展，不久就結婚。但是，婚姻從開始就不對勁，湯瑪遜很想當一個活躍的女主人，但格雷姆卻不配合，他比較喜歡跟男性朋友在一起。

1890年代末，對兒童和童年的多愁善感風氣正值高峰，格雷姆寫的以兒童為題材的《黃金時代》和《如夢歲月》更使湯瑪遜成為他的崇拜者。但湯瑪遜沒有體會到書中多愁善感的表面之下，對兒童的複雜態度。結婚翌年，1900年5月，兒子亞勒斯提（Alastair）出生，右眼白內障全盲；左眼弱視。他們似乎故意忽視兒子的缺陷，對他的期望和要求不減常人，鼓勵他在成人面前勇於表現。這使他越來越不快樂。同樣的，格雷姆婚後有好幾年都沒有創作，同事也覺得他很消沉。1904年，開始講蛤蟆故事給他兒子聽。1907年他留在倫敦，妻兒在Cookham Dene（在倫敦通勤距離內），他寫了好些信給七歲的兒子，其中包括了蛤蟆故事，就是《柳林中的風聲》的部分雛型。1908年6月，他四十九歲，從英倫銀行辭職。

美國的《人人》雜誌（*Everybody's*）知道他在寫這些故事，願意為他出版，但到成書後他們又拒絕。當初為他出書的Bodley Head也拒絕。書名曾考慮《蛤蟆先生》（Mr.Toad）、《蘆葦中的風聲》（*The Wind in the Reeds*）等，後來由Methuen出版，定名為《柳林中的風聲》（*The Wind in the Willows*），在1908年出版。當時，他早已經因為《黃金時代》等書而成名。但《柳林中的風聲》剛出版時，評論家大失所望；因為這書不如他們的預期，不是寫關於（about）兒童的故事；而是寫給（for）兒童看的故事，其中的動物都像人一樣。美國總統老羅斯福1909年1月17日從白宮寫信給他，說剛看這書時，不能接受蛤蟆、鼴鼠、水鼠、獾等取代他原來喜歡的角色。後來他太太大聲讀給小孩聽，他在旁邊偶爾聽聽。然後他一讀再讀，就漸漸能接受這些動物角色，而且愈來愈喜歡，更勝過格雷姆以前的幾本書。他向人大力推薦《柳林中的風聲》，翌年二人在牛津會面。而澳洲總理Deakin也很欣賞這本書。

1911年，他兒子十一歲，已由一個怪異的小孩慢慢發展成有條理但沉悶和難相處。他開始離家上學，在第一個學校過得不錯，因為這個學校很輕鬆，沒有過度強調學業和體育；這兩樣他都因為眼疾而不能有出色表現。他過了兩年不錯的日子之後，大人卻為他做了很不明智的決定，不顧朋友的勸阻，送他上有聲望的Rugby學校，六個月後更轉往最有聲望的伊頓（Eton）公學，但他仍然在學識和運動方面都遜色，又不善與人交往，熬了一年，在嚴重情緒壓力下離開學校。自此在家請家庭教師為他上課，最後在1918年十八歲時，進入牛津的Christ Church學院，也就是《愛麗斯漫遊奇境記》作者所念的學院，是牛津最大的學院；這或許彌補了他父親不能念牛津的遺憾。

但上了牛津大學並不是苦難的終結。亞勒斯提仍持續有情緒的困擾，後來又加上宗教思想的危機，最後在1920年5月7日，大學考完試不久（沒有出色的成績），還有幾天就過二十歲生日時，被火車撞死。雖然調查結果說成是意外，其實是自殺。格雷姆夫妻二人傷心欲絕，在意大利流連了約四年。回國後搬家到倫敦西五十英哩的Pangbourne。1930年，米恩（A.A.Milne）改編《柳林中的風聲》為劇本《蛤蟆莊園的蛤蟆》，他似乎還滿意。1931年，席巴德（Shepard）為《柳林中的風聲》畫插圖，但反映的是格雷姆讓他看的、當時住的Pangbourne一段的泰晤士河，而不是早年住的Cookham Dene那一段，或Fowey河岸。1932年7月6日，他因腦出血去世，享年七十三足歲，下葬牛津聖十字教堂墓地，就在兒子的墓上方。

二、各章分論

《柳林中的風聲》共十二章，首章〈河岸〉（*River Bank*）由鼴鼠受春天氣息召喚、丟下大掃除工作開始。他離開地下的家，鑽出地面，在河岸認識水鼠，同時也接觸了新的世界，愛上逍遙自在的休閒生活，也對蛤蟆和獾很好奇，想要認識他們。敘述者透過鼴鼠的角度介紹書中的世界，作者對春天的氣氛很著力的描寫。書中主要人物都在首章就全部出現，只不過，其中的蛤蟆和獾只是曇花一現而已。最先出場的角色鼴鼠，作者把他設計成對河岸世界一無所知，充滿好奇和美好感覺。而水鼠則是老手，是引導者，甚至是啟蒙導師，教導鼴鼠划船和享受美好的河岸生活。不過，鼴鼠雖然天真，他還是懂得規矩：「鼴鼠很知道議論動物的摩擦違背了動物之間的規矩，於是趕緊換了話題。」水獺突然消失時他也基於這樣的規矩不敢多問。這一章的最後提到風和蘆葦。

第二章〈大路〉（*The Open Road*）由鼴鼠和水鼠在夏日拜訪蛤蟆開始，蛤蟆力邀他們坐新蓬車旅行，第二天下午遇到他們從未見過的汽車，在大路上風馳電掣而來，蛤蟆由此著魔似的迷上汽車。蛤蟆在這章是焦點，作者把他塑造得很成功，把他自大、熱情、愛面子、興趣廣泛但只有三分鐘熱的個性刻劃得很生動傳神。

第三章〈野樹林〉（*Wild Wood*）寫冬日裏，鼴鼠執意獨闖野樹林，去尋找獾的家，結果在林中迷路。水鼠後來去找到他，卻遇到大雪迷路。後來鼴鼠踩到銳利的東西被刮傷，水鼠注視傷口，循著線索挖雪，找到獾的家避難。上一章的主角蛤蟆在此消失，環境換成陰森的野樹林，四周魅影重重，氣氛營造得有點怕人；直到勇敢的水鼠出現。他由鼴鼠被銳利東西刮損的傷口，判斷是住宅門口的刮雪器，努力挖雪找到鞋擦，而尋到獾的家。這精采的推理過程宛如偵探小說，水鼠可以媲美福爾摩斯。

第四章〈獾先生〉（*Mr. Badger*）寫獾招待他們在家過夜。獾的家有四通八達的走道和無數的房間，獾說這以前是人類的城市，後來人遷走了，城市荒蕪而被沙土樹林覆蓋⋯⋯獾發表了長篇大論。

三、四兩章的時間跨度都比較短，不過是一天之間（從下午到翌日下午）的事，第四章的場景除了最後兩段之外，都在獾的家中。人物在本章中絡繹不絕（除了蛤蟆），其中獾是重心，作者也在此表現他在動物間的教父地位。他體型本來就比鼴鼠和水鼠高大，這可由開門給二鼠時，獾是俯視他們的得知：「他和氣的低頭（looked kindly down）看他們，拍拍他們的頭，像父親（paternally）似的說：『這種夜晚小動物是不應該出門的。』」而且他的口吻像父親。其次，他能傳下話去，讓別的動物不敢碰他的朋友。而第一章由水鼠的口中就知道，樹林的動物都不敢惹他。他更有手下可差遣，他跟小刺蝟說：「我會派個人（send some one）引路，陪你們回去。」

水獺雖然曾出現在第一章，但還不覺得他在野樹林的江湖地位，在這章則可看出他是個悍將。他完全不怕野樹林的動物，隨時攔下一個來問話，答得不滿意還敲他們一下。他比水鼠更厲害，水鼠緊張的要趁白天趕路，以免又在野樹林過夜，而水獺勸他別操心，他會陪他們，他閉著眼都認得路，而且，「如果那裏有哪個的頭欠扁，儘管包在我身上！」他差遣鼴鼠為他煎火腿，不過鼴鼠切了火腿之後轉而差遣小刺蝟去煎，可見刺蝟的地位更低。而刺蝟對水鼠的恭敬則從對話言必稱先生（sir）可知。

第五章〈家〉（*Dulce Domum*）寫隆冬時分，二鼠玩罷回家，走一條不熟悉的路，穿過人類的村莊。他們透過窗戶看到家家戶戶溫馨的景象，突然鼴鼠感到家在呼喚他，於是回到久違的家。時正值十二月中，接近聖誕節，一群田鼠來報佳音，充滿溫馨安詳的感覺。這章對鼴鼠愛家的感情大肆渲染，寫他哭哭啼啼的樣子，固然令人印象難忘；卻不免有點莫名其妙的誇張感。寫回到家之後的熟悉和自在的感覺則頗能引起共鳴。

第六章〈蛤蟆先生〉（*Mr .Toad*）寫初夏早晨，獾先生出其不意的到訪，領著二鼠去管教蛤蟆，因為他一再亂開車闖禍。蛤蟆愚弄水鼠，乘隙逃走，在路上偷了一輛車來開。後來他被警察逮住，關在一個中古的監獄中，有些守衛穿著古代的盔甲。蛤蟆雖然對划船和蓬車的興趣很短暫，但對汽車的狂熱卻不是曇花一現的，作者描寫他的頑固、在公路狂飆的快感都很出色。蛤蟆被警察逮住，最後因為偷車、侮辱警察、開車超速而被重判十九年，湊成二十年整數。對蛤蟆的判決和看守（第七章）都十分兒戲，有人就認為作者在諷刺當時的法庭和監獄。作者將二十世紀的監獄和獄卒設計成古代的樣子，或者是影射他們仍如古代般落後。

第七章〈晨曦的吹笛手〉（*The Piper at the Gates of Dawn*），事件發生在仲夏。水獺的兒子波利（Portly）（這是全書中唯一有名字的角色）失蹤，二鼠幫忙尋找。在接近黎明之際，聽到美妙的笛聲，循聲在小島看到小波利躺在動物守護神的懷裏。這樣面對面的遭遇，二鼠都被震懾住。不過一瞬間，太陽露出曙光，眼前的神就消失了，剛才的景象在記憶中也在似有若無之間。小波利也和父親團聚。這章可能是和原來的書名「蘆葦中的風聲」最有關係的一章，文中不只一次提到風吹過蘆葦的聲音。在這之前，作者對氣味都頗有著墨，而這章則用心描摹聲音。鼴鼠和水鼠協尋小水獺，在黎明聽到美妙的笛聲，遇到動物的守護神（照描寫是牧神無疑，插畫也畫作牧神。）論者以為，二鼠和牧神的遭遇相當費解。本章與第九章，都有自然神秘主義色彩。批評家明克（Meek）就直斥為濫情、令人難耐。作者引出曇花一現的牧神，在情節而言毫無作用，因為這個角色也沒有再發展，似乎是累贅的。而且面對守護神的無措，事後的餘音裊裊、久久不能自已，都未必能引起讀者的共鳴。

第八章〈蛤蟆歷險記〉（*Toad's Adventures*）敘述蛤蟆被關了幾個禮拜之後，獄卒的女兒同情他，幫他喬裝成洗衣婦越獄。後來在火車上被警察追，他跳車逃亡。這一章沒有冗長的議論和濫情的描寫，情節充滿動感，緊張刺激，引人入勝。蛤蟆買票時才發現錢包在換穿洗衣婦衣服時，遺落在獄中；作者不斷安排情節衝突和懸疑，解決衝突的手法也合理。

第九章〈過客〉（*Wayfarers All*）敘述夏日將盡，動物都準備搬家過冬，燕子要往南飛；這景象使得水鼠也煩躁起來。後來一隻曾遊歷世界的海鼠和他談到遠方，使水鼠如醉如癡，收拾行李要往遠方流浪。出門時遇到鼴鼠，鼴鼠看水鼠失神的樣子，硬拉著把他留下。這一章和上一章大相逕庭，敘事的節奏驟然緩慢下來，主角水鼠動作少而對景色的描寫多。鼴鼠由稚嫩的新手變成有主見、能照顧水鼠的老手。不過，在上下章都是蛤蟆歷險故事中出現這一章，是相當突兀的。有論者就以為這章最曖昧，也有人認為這章表現無常感。

第十章〈蛤蟆再次歷險記〉（*The Further Adventures of Toad*），接著第八章敘述蛤蟆遇見駁船婦，起爭執被丟到水裏。他搶了船婦拉縴的馬報復，還把馬賣給吉普賽人。後來在路上遇到從前偷過的車，愚弄對方，把車和人都衝到池塘裏。他被追捕時跌到河裏，被水沖到水鼠的家。敘事上接第八章，節奏和動感也類似。敘述完蛤蟆自吹自擂的歌之後，作者寫道：「**還有許多這類的歌曲，但都自大得可怕，以上這些是比較溫和的了。**」這使得敘述者的聲音凸顯在文本中。

第十一章〈他的淚如夏日驟雨〉（*"Like Summer Tempests Came His Tears"*），寫水鼠告訴蛤蟆：野森林的動物黃鼠狼和鼬，佔據了蛤蟆公館。獾、鼴鼠和他們想辦法要奪回公館。鼴鼠越來越勇敢有謀，懂得先聲奪人，隻身用計渙散守衛的軍心，深受獾的肯定，已經不再是當初凡事倚賴水鼠的新手了。獾和鼴鼠對朋友的忠心，令人印象深刻。秘密地道是反敗為勝的關鍵，而且是趁著敵人沒帶武器時突襲，事先又對守衛行了心理戰；這些安排都使得下一章的勝利是合理的情節。

第十二章〈勇士歸來〉（*The Return of Ulysses*），敘述他們四個由地道潛回公館，把敵人打得落花流水。蛤蟆本想在慶功宴上吹噓，唱歌又演說。被朋友嚴厲警告後，在宴會上變得規矩和謙虛。後來還報答和補償了獄卒的女兒、火車司機和損失馬的駁船婦。野樹林變得平靜，而獾、鼴鼠、水鼠和蛤蟆的英勇事蹟，流傳在樹林的動物之間，受人景仰。打鬥場面描寫得相當節制，沒有過度渲染暴力。鼴鼠更受肯定，獾三次稱讚他，地位已凌駕水鼠之上。

三、全書總論

很明顯，這書不是單線發展的結構（讀過中國章回小說的人對這種結構一定不陌生）。格林（Green）曾重組成書次序：最先是二、六、八、十、十一、十二章，由當初講給兒子的蛤蟆故事而成，其次是一、三、四、五章講鼴鼠和水鼠的友情；七、九兩章則是出自個人難以自抑的衝動。〈黎明前的笛聲〉、〈過客〉兩章當初不是全書計劃的一部分。這書似乎違反一本書要一致的基本原則，而像是三本書在一起進行：蛤蟆的冒險、鼴鼠和水鼠的友情，和兩首關於英國鄉村的散文詩。有學者則用離心和向心，指稱這書的兩組故事：蛤蟆公路狂飆和越獄情節是向外的、離心的；鼴鼠和水鼠之間的友誼、泛舟、河岸家居生活是在地的、向心的。亨特（Hunt）認為讀這本書的最簡單方法是分辨它兩個基本結構：鼴鼠的故事和蛤蟆的故事。前者和平和在地，後者暴力和在外。鼴鼠的故事反省和嚴肅，同時也慢而深，而且是象徵性的，較適合成人，而不是兒童。蛤蟆的故事則較滑稽、快而淺、而且有趣味。插入蛤蟆故事中的〈黎明前的笛聲〉和〈過客〉兩章是反省的、向心的成年人小說的一部分。而兩個故事最後結合在一起，鼴鼠成長，蛤蟆也被教化。

蛤蟆故事可以說是對鼴鼠故事的諧仿（parody），兩者都由家開始，最後又回到家。蛤蟆和鼴鼠一樣，也是從不顧他的生活責任開始。不過，鼴鼠加入河岸既有的社會；而蛤蟆則加入新的、以汽車為象徵的社會。正如蓬車和汽車的對比，是新與舊的衝突。而蛤蟆跨越了人與動物的界線。不過，也有人認為這書不是兩個故事並置（juxtaposes），而只是交織（interlaces）。他指出接榫處是：第十章末蛤蟆被水沖到水鼠洞口時，描寫水鼠出現的文字，和第一章寫鼴鼠遇到水鼠的文字很接近。鼴鼠由水鼠帶領，認識河岸；蛤蟆也由水鼠接引，回到河岸的朋友中。

此書主題，可能是嚮往回歸美好的田園生活。作者所處時代，靜謐悠閒的鄉村被嘈吵的汽車、現代化的科技破壞，令他很不安。他的世界在平靜的表面之下開始瓦解，除了他不快樂的婚姻和殘障的兒子外，他所處的社會結構也開始動盪不安：大英帝國正在式微，工人階級和婦女的勢力增長，尤其是在上層和中產階級的婦女勢力。郊區居民的增加，汽車火車的噪音和污染，使得田園詩似的農業世界在逐漸瓦解。河岸客（river-bankers）和銀行家在英文中語帶雙關，河岸生活象徵自由、休閒，和拒絕成人世界的束縛，而划船既象徵又實際的表現了這種生活。如牧歌似的、沒有責任負擔的河岸，是兒童理想的遊戲場；但它也是成人鄉愁式逃避現實之處。對年輕的讀者而言，棲息在河岸的動物，他們是易理解的人性典型，結合了童年的自由和某些成年獨特的優點。另一方面，他們也代表了某些慰藉的典型，成人階級（有錢和休閒）保留很多童年的優點。也有人認為，此書強調：人永遠需要安全的家。這不是相反的意見，因為這安全的家正是在河岸的鄉間。

也有人認為表面的意義是讚美單身漢優游自在的休閒生活，就像當時的中產階級，包括《水孩兒》的作者Kingsley、格雷姆和他的朋友所過的一般。但在另一層次，水鼠代表了藝術家實際作品的兩面：靈感

（常心不在焉）和技巧（對船的實際知識）。而結合兩者的河，也就是如流水的想像力。而獾是想像深淵的最深層，像寫作的靈感，只有靈感來找人，人沒有辦法想找它就找得到。

有人認為黃鼠狼不見得代表工人階級或當時社會的暴民，因為黃鼠狼族長不像暴民首領，他奪得蛤蟆公館之後的悠閒享樂行徑，倒像是蛤蟆。宴會狂歡的氣氛也不像革命黨，而像大學生的飯局或倫敦商業中心的員工集會。作者對當時充斥死亡、濫情的兒童文學不以為然，此書初版之後八年，1916年出版《劍橋版兒童詩》（*Cambridge Book of Poetry for Children*）時，他在〈緒論〉中說，很多童書充斥著多愁善感的死亡，沈溺在幻想的喪親之痛中，而他盡可能的關掉這眼淚的水龍頭，寧願讓小孩閱讀愉快的事。而之前他寫給老羅斯福的信中說，這書沒有難題，沒有性，沒有第二重意義，只是表達最簡單的生活喜悅。

但格林為他寫的傳記，推斷作者生平和文本的關係，結論是：作者所宣稱的天真（innocence）是非常不真實的。書中表現的社會情況不是曾經如此，而是作者覺得應該如此。他似乎藉半人半動物的角色來議論人類社會，獾關於他家由來和對人類的議論暗示：最好、最穩定的社會要建立在舊文化的基礎上。有人認為他是自剖式作家，這書其實是用隱形墨水寫給自己的信，他不能接受自己被迫置身的物質主義的世紀。作者將女人逐退於河岸的世外桃源之外，他的河岸是不受女人干擾的世外桃源，而且，他的描寫有時很曖昧，譬如第六章寫蛤蟆不服獾的管教，被鎖在房中，仍不時發飆車瘋：「發出粗魯、令人不寒而慄的聲音，達到高潮後（till the climax was reached），翻個筋斗，筋疲力竭的倒在殘破的椅子堆中，當下似乎完全的滿足。」有人就認為這段描寫暗示自慰和性高潮。

人物方面，書中人物兼具動物和人的特性。他們的行為往往像人，吃人吃的食物（書中對此描寫得很詳細），衣和住、行都像人；但另一方面，也如動物一樣，不用擔心將來（動物的將來，頂多是為懷孕而準備一個家。）有樂趣而不用負擔責任，對將來無知——譬如會死的自然事實。他們的年齡也不清楚，獾認識蛤蟆的父親，應該是長輩；四個人都是單身漢（起碼沒有提到有妻子兒女），也沒有親人。

論者以為書中角色如家庭成員：獾有如父親，最強大，也魯莽和有權威，一出現就主控場面，未嘗想離家，是四人之中唯一不曾感情衝動的。而且就住在野樹林的中心位置。水鼠有如母親的角色，是營救者（救起溺水的鼴鼠和蛤蟆、迷路的鼴鼠），也教導他們（教鼴鼠學游泳、划船），擔心蛤蟆的病，撫平鼴鼠思家的情緒危機。但他也感情脆弱（想遠遊），是詩人。鼴鼠則是好孩子，穩定的成長。他在書的前三分之一依賴水鼠，後來越來越獨立，還參與矯正蛤蟆，救小水獺。他也如同很多小孩一樣，會高估自己的能力，搶過槳來划船，但得到教訓之後，明白自己的限制，肯用心去學游泳和划船。蛤蟆是壞孩子，但不是道德的壞，只是未社會化。他以自我為中心，不能控制本能的衝動，也不能從災難中學習成長。亨特也認為水鼠像哥哥而不是爸爸，因為他還是被雪打敗，最後要找到獾家才能脫離險境。蛤蟆背叛了像中產階級悠遊的河岸客，追逐象徵現代科技的汽車，而汽車是使鄉村變得嘈吵、可怕、危險的根源，使他墮落、浪費他父親留給他的錢，因此而得惡名，還要為蛤蟆公館被侵佔負責。

他們應該都是有錢有閑的人，才可以不必工作，終日閒晃，甚至很可能有僕人管理家務。蛤蟆固不待言，那麼漂亮的大房子，又好客，當然是僕人成群，只是沒有出現在畫面之中罷了。鼬鼠雖然要自己粉刷牆壁，可是他幹這活時的衣著還是不錯。不過，水鼠也不窮，他也有人幫忙煮飯，譬如十一章蛤蟆和水鼠講話時，聽到盤子的聲音，知道開飯了；蛤蟆因為鼴鼠被稱讚，而自己被諷刺，正要發作時，午餐鈴響了，可見水鼠一定也有僕人。獾雖然孤僻，第五章描寫他廚房的大餐桌，顯然可讓不少客人在家吃飯。

作者用全知觀點敘事，但部分情節會收斂全知，使用人物的眼光敘事，譬如第一章鼴鼠遭遇水鼠的過程，看到閃光以為是星星或螢火蟲，後來才知道是一雙眼睛——水鼠的眼睛，就是從鼴鼠的眼光來認知的；第二章在大路上，汽車由遠而近的描寫，也是從蛤蟆等人的眼光來認知，敘述者先不說明來者是汽車。敘述者的聲音在很多地方都相當明顯，尤其是第四章，章末的一段話不符合鼴鼠的認知水準，顯然是敘述者議論的聲音。而且，作者用括號中的話來評論人物：「他沒進入社會，所以認爲這些都是無關緊要的事。（當然我們知道他是錯的，而且眼光太窄。因爲這些事的確很有關係，雖然解釋起來要花不少時間。）」而且，在本章末敘述有些動物的生活方式粗暴，要有強悍的耐力那一段，雖然在說鼴鼠的體悟，但鼴鼠不應有此認知，顯然是敘述者的話。而敘述獾在睡覺，卻藉口在書房忙，不要被打擾時，敘述者對動物冬天渴睡的解釋，更直接出現你（you），第五章也出現「我們」（we），使得敘述者的聲音更明顯。在第九章，敘述者也有一大段議論，其中用了兩個「你」和六個「我們」，使讀者覺得敘述者在直接對自己講話說理。作者有時愛用括號補充說明，使得敘述者的聲音凸顯，文本好像有兩個層次。這些地方往往不必用括號，可以直接寫入正文中；有的中譯本把括號或部分或全部刪除，雖然沒有忠於原著，文意卻絲毫無損。任以奇的譯本（志文出版社《癩蛤蟆歷險記》）則保留原文的括號。

　　這本書對季節、景物、內心感覺的描寫，在童話書中令人印象深刻，有學者斷言讀者印象最深刻的是前半部一至七章。這七章主要不倚賴情節，卻自有作者個人特色。所渲染的是環境、氣氛、感受（無論外在的景或內在的情）。全書的時間跨度不大，只有一年半，由春天開始，到第二年的夏末結束；各章點明季節，時序明顯，季節的變化也和部分情節有關。全書由春天氣息的召喚開始，而在樹林遇險也由於冬天的暴雪。第九章水鼠的焦躁不安，也肇始於長夏將盡。作者對季節變化時的不同景色很著力的描寫，而且不僅寫景，也寫人的感受。童話情節中有寫景片段並不罕見，但像作者如此渲染的卻不多。這些寫景文字，使得情節的節奏趨緩，人物的動作減少，甚至停頓。

　　此書文體（style）特別，如果和《愛麗斯漫遊奇境記》、《綠野仙蹤》相比，《柳林中的風聲》的句子結構比較複雜，用詞也較深。學者指出，美國人已發覺：現在要把這書傳給小孩子看，不如他們父母親容易；對現在的小孩而言，文體有外國風味。有學者以為此書的浪漫情調，是對濟慈（Keats）、柯立茲（Coleridge）、華茲華斯（Wordsworth）浪漫傳統的呼應。部分描寫，也可能是對其他作家的諧仿，譬如監獄一段對Harrison Ainsworth歷史小說諧仿，吉卜賽人與蛤蟆關於馬的對話，是對George Borrow的諧仿，這些諧仿對兒童而言是沒有意義的（讀者必須知道諧仿對象的人或作品，才有可能欣賞諧仿的趣味。）不禁使人懷疑，是不是為兒童而寫？

也有人認為，雖然他可能為兒子而寫，但最先享受蛤蟆故事樂趣的仍是作者自己。用動物作角色可避開種族和種族偏見。同時可將角色簡化，使道德議題化約到最簡單的基本形式，一種物種的單一例子就代表了所有的鼴鼠、水鼠和獾都如此。沙勒（Sale）以為此書根本不適合他兒子初次聽到時的年紀（四歲，寫信時七歲，出版時八歲），而起碼是十二、三歲的讀者。他不見得喜歡兒童，為他們而寫；他的寫作是很個人的（personal），很難說他是為兒童而寫。

當時英國的書評家往往忽視它的原創性，最重要的《時報》的書評就預言說：成人的讀者會發覺這部作品怪異和難以捉摸。」而兒童的讀者則會覺得無趣。書評甚至批評書中動物不合動物習性，對自然史毫無貢獻。不過，同時也有人指出：成年的讀者或者會讀出作者不會承認的諷刺目的。而好些評論都不太能接受書中的動物角色，認為他們的行為不像動物，反而太像人了。可見從一開始，這書預期的讀者到底是成人還是小孩，就是不明朗的。當時出色的小說家班耐特（Bennett）就斷言這書是為成人而寫的。未能確定作者是否為小孩而寫，妨礙到批評家對這部作品的鑑賞。五、六十年代之後，兒童文學較受文學批評的關注，學者停止孤立的看待這本書，開始結合作者的生平和心理學去評價這本書；而讀者的解釋也比作者的意圖（無論是假設的或可能的）更有優先性。直到1989年，都仍有文章討論這算不算兒童文學。

亨特認為故事可分三種： 1.一番冒險之後，回到開始的地方（溫暖、安全的家），故事是封閉的，問題解決。大部分的兒童書如此。這種形式易和低俗的書相似。 2.成長小說。往往為青少年而寫，雖由家開始，卻不是重新肯定舊經驗，而是肯定新的遭遇。問題沒有完全解決，安全也沒有再確定。 3.故事結尾時，問題懸而未決，認識到存在的複雜性。這種故事是成人的。這三種文本有時會令人不舒服的並置，這本書似乎就是多重並置的文本，複雜的多重意義使得作品處在兒童文學和成人文學的邊界。

此書能成為經典，所反映的可能是成人的喜愛，學者早就強調兒童文學的每一步驟（寫、印、傳播、購買）都是成人主導，有些作者現在受兒童喜愛，當初卻不為兒童而寫；相反的，有些作品當初為兒童而寫，卻更受成人的喜愛。兒童文學反映成人的願望、記憶或幻想，並藉此灌輸成人的道德、宗教、社會價值。不過，並非每個批評家都肯定此書的藝術價值，有人認為書中滿是閒蕩、單身漢對生活的看法，文體近乎平庸，蛤蟆的胡吹冗長，還有一知半解的厭惡女人的評論。另有女學者毫不留情的批評書寫得不好：三個不確定年齡的單身漢，沒有任何責任，鎮日划船、說人閒話，動物都是同一個人，是作者偽裝成水鼠、鼴鼠、獾、蛤蟆，都是自我中心的；而且，黎明笛音的無聊濫情令人受不了，別人對此書的讚美之詞令人反胃。

《柳林中的風聲》對景色的描寫頗有冗長拖沓之感，對自然呼喚的刻劃未免有失節制，情節似乎不夠緊密，這些都使它不夠完美。而且，這本書未必為兒童而寫，兒童也未必能欣賞書中每一頁。書中可能有作者縈繞腦際的個人經驗，對現實生活的逃避，對無憂無慮世外桃源的嚮往，對社會急劇變遷的不安。兒童雖然不能領會這些，仍能感受鼴鼠、水鼠之間的友誼，時序變化的氣息，自然和人內心奇妙的共鳴；也能從蛤蟆自大瘋狂的冒險故事中，得到娛樂。

第八節　噗噗熊溫尼

《噗噗熊溫尼》（*Winnie-the-Pooh*）是著名的童話，透過中譯、改寫，和迪斯尼卡通片《小熊維尼》的傳播，中文世界的讀者也廣為熟悉書中故事和人物。

一、作者及寫作背景[23]

作者亞倫・亞力山大・米恩（Alan Alexander Milne）是英國人，1882年1月18日出生於倫敦的Hampstead，他是三兄弟的老么，大哥白利（Barry），和他從來都不親近，大他十六個月的肯恩（Ken）則是他終身的好朋友。他不到五歲就能寫信，六歲進入父親辦的學校，八歲多就和爸爸和哥哥遠足旅行，三天走了44哩（70.4公里），穿越森林和小鎮，其中有一天走了19哩；並且在學校的雜誌發表了他第一篇文章，就是這三天遠足的遊記。十一歲進入名校Westminster School，繼兩個哥哥之後，贏得獎學金，而且才十一歲半，據他父親說是歷來最年輕的得主。在西敏斯特，他對數學雖然還是有天分，而且也因此贏得讀劍橋的獎學金，但卻漸漸對數學失去興趣。1900年秋天進劍橋聖三一學院，當初喜歡足球，是學院足球隊員，但後來最愛的是板球和高爾夫球。

1902年成為校刊*Granta*的編輯。他希望進入劍橋，就是希望有朝一日能成為這校刊的編輯。1903年畢業，決定從事寫作，移居倫敦，當自由撰稿的記者。第一年只賺到20鎊，把他繼承的祖產也用掉。1904年8月作品首次在*Punch*刊登，1905年*Punch*出版他第一本書《倫敦情人》（*Lovers in London*），但多年後他買回版權，以免此書重印。1906年成為該刊助理編輯。1910年出版第二本書*The Day's Play*，收錄

---

[23] 本節取材自廖卓成撰〈噗噗熊溫尼析論〉（《臺北師院語文集刊》第五期，2000年），詳細資料出處可參考原論文。引文是我自己的中譯。

他在*Punch*的文章，並送了一本給他很欣賞的《小飛俠》（*Peter Pan*）的作者巴利（J. M. Barrie 1860-1937），開始了二人長遠的友誼。

1913年結婚，時31歲，新娘23歲，是*Punch*編輯Seaman的教女（god-daughter）。雖然他是編制內作者群中最高薪的，他仍感到受束縛，因為厭倦一週一篇的例行文章，同時受巴利的鼓勵，開始寫劇本。

主角噗噗熊真有其熊。1914年8月24日，出生在英國伯明翰的Harry Colebourn中尉在加拿大旅行時，在安大略的白河，用20元向獵人買了一隻媽媽被獵殺的幼黑熊，把她帶回服役的第二步兵旅，從此成為士兵的吉祥動物。中尉當時的家在溫尼伯（Winnipeg），而且是從Winnipeg往魁北克途中遇到她，就以Winnie為小熊命名。從此，Winnie成了士兵的寵物，跟在他們後面，在營區到處走，像馴服的小狗一樣。12月部隊開拔往法國，中尉把Winnie寄養在動物園，一有機會就去看她。戰爭結束，他回溫尼伯，於是在1919年12月把Winnic送給倫敦動物園，一直活到1934年。

米恩1915年從軍，受訓為通訊官，但從未在戰場上殺敵。1917年熱病康復後為戰爭部撰寫宣傳文稿，1918年退伍，並辭去Punch的工作，專心寫劇本；想藉寫作忘掉戰爭的夢魘。1920年他最成功的劇本*Mr Pim Passes By*在倫敦上演。同年8月21日，獨子出生，讀者熟知他名克里斯多福．羅賓（Christopher Robin），其實當初叫比利（Billy）和Moon（小孩當初說Milne的音誤），正式的名字是克里斯多福．米恩（Christopher Milne）。

兒子的出生對他的生活沒有多大的改變，他妻子也沒有意思要親自帶小孩。他們請了一個全天的保姆來照顧小孩；事實上，小孩只有在上床、起床時能夠看到父母親。這保姆到他11歲到學校寄宿時（當時英國男孩很早就住校）才離職結婚。1921年克里斯多福周歲生日得到一隻布偶熊，後來成了《噗噗熊溫尼》的主角。

1923年，米恩開始發表童詩，1924年Seaman讓*Punch*登他的童詩，部分由謝培德（Ernest H. Shepard 1879-1976）畫插圖，他常為*Punch*畫

插畫，同年也為米恩的童詩集*When We Were Young*畫圖，這本書一出版就很受英美讀者歡迎，在頭十年賣了超過五十萬本。十月，在英國東南海岸索塞克斯郡（Sussex）買了一個農場（Cotchford Farm）。1925年，他常在農場別墅度週末和暑假，此地就是《噗噗熊溫尼》故事的場景。12月24日《晚間新聞》（*Evening News*）登了他一篇故事，即後來《噗噗熊溫尼》的第一章。1926年10月14日，《噗噗熊溫尼》在倫敦出版（一週後在美國出版），由謝培德畫插圖，成為他最暢銷的書，一出版馬上賣出35,000本，到了年底，在美國已售出150,000本。同時努力寫詩，準備再出童詩集。1927年，童詩集*Now We Are Six*在英美出版。1928年10月，出版《噗噗熊溫尼》續集《噗噗角的家》（*The House at Pooh Corner*）。二書都由謝培德畫插圖。1929年，將格雷姆童話名著《柳林中的風聲》改編成劇本《蛤蟆莊園的蛤蟆》，非常成功。同年5月，哥哥肯恩去世。

三十年代始，很多和他童話相關的玩具暢銷。《噗噗角的家》出版之後，公眾對他寫給成人看的東西漸不感興趣，1938年他最後的劇本，根本就是失敗之作。1939年，出版自傳《為時已晚》（*It's Too Late Now*），250多頁的書中，只有七頁談到他的兒童書，他不願意公眾以為他只寫兒童文學。1947年，Dutton出版公司安排五個動物玩偶Pooh, Piglet, Eeyore, Kanga, Tigger展開美國之旅，買50,000美元保險。後來，公司說服米恩讓它們留在美國，最後在1987年移入紐約公共圖書館。

1948年7月，28歲的克里斯多福和表妹Lesley Selincourt結婚。1952年，米恩出版最後一本書——文集《年復一年》（*Year In, Year Out*），同時健康惡化，12月動手術後局部癱瘓。1956年1月31日與世長辭，享年74歲。當時克里斯多福36歲，在英國達慕斯（Dartmouth）開書店。米恩的四本童書當時已經翻譯成十幾國文字，銷售逾七百萬冊，至1992年已有32種文字的譯本。

二、作品分析

這本書的插圖很出色，書能暢售也要歸功謝培德，這書往往也被認為是謝培德的書，米恩父子都知道這一點，而且很氣憤。而版面的安排也相當用心，如噗噗爬樹，圖和文字的排列互相配合；豬小弟假裝是小袋鼠，藏在袋鼠的袋子中，隨著袋鼠跳躍而顛簸時，文字排列也能配合插圖，相得益彰。而聯經的中譯本，圖、文之間就沒有配合得那麼好；尤其是其中幾幅彩圖，位置都放得不對。

全書共分十章，各章內容不連貫，人物蟬聯而情節各自獨立。每章的篇幅不長，兒童能集中注意力讀完整個故事。米恩推展情節，主要是用展示方式，有很多的對話，趣味往往就由人物的對話而來；而書中的人物（動物）常一知半解，各自有一廂情願的想法，所以他們的對話雖然自以為是，卻常令讀者莞爾。書中有不少富童趣的情節，譬如噗噗異想天開用氣球偷蜂蜜；貪吃發胖被兔子的窄門卡住，兔子用他的腳掛毛巾；誤認自己的足印是猛獸留下的，繞著樹追蹤，越走地上腳印越多越擔心；挖陷阱用蜂蜜當餌抓Heffalump（繪者謝培德把它詮釋為大象），半夜捨不得蜂蜜，跑去陷阱偷吃，頭卻卡在罐子裡；一伙人一知半解要去探險發現北竿（North Pole）；在大水中騎甕，用雨傘作船等。這些趣事都使得這本童話引人入勝，米恩沒有使用神仙和魔法，他把童話常見的大於日常生活的幻想成分，換成小於日常生活的、有生命的玩偶，使兒童容易接受，而又保留了奇幻的魅力。

亨特又以成人的鄉愁、失落的烏托邦來形容這幻想世界。羅賓和動物的百畝林（據他兒子的回憶，百畝林事實上有五百畝，貓頭鷹的家距六松林半哩。），不只是大人的鄉愁（時間上的，而不是空間的），是有社會責任的大人永遠無法重返的、已經不存在的故鄉，更是比他們真實經歷過的童年更理想的世界。在這世界中，羅賓與動物都無憂無慮，沒有責任，不用為衣食擔心，有點像開始入學校讀書前的生活，甚至更好；因為現實世界裡的學前兒童還要擔心壞人，要聽從父母保姆的管束，而百畝林的動物卻安全的生活，沒有天敵，而且自由自在，整天遊玩，不受誰的監管。他們可以爬樹、偷蜂窩裡的蜂蜜，沒有大人會因為危險而阻止；他們可以去實踐異想天開的計劃，譬如挖陷阱抓大象。所以，這個只有羅賓和可愛動物的世界，是容不下大人的。這些如人的動物，過著比學前兒童更美好的生活。

作家父親為兒子講床邊故事，把兒子熟悉的玩偶，用想像力去賦予生命，編故事講給自己的兒子聽，作品的生產過程就很溫馨感人（不少童話都有類似的寫作故事，譬如《柳林中的風聲》、《水孩兒》等），尤其是兒子成了故事中所有動物都尊敬或依賴的人。但是，實際情況可能不如一般人所想的那麼美好：米恩很可能跟小孩難以融洽相處，才要以筆代口。真實世界裡的羅賓形容他父親說，他的內心世界一直是深鎖的，除了哥哥肯恩外，童年時候似乎沒有別的親密朋友。有幾年兒子似乎是他的親密朋友，但他還是沒有表露多少內心世界。羅賓還說，有些人和小孩處得很好，有些人就不行，這是天生的；他爸爸就沒有這種天分。正因為他爸爸沒有能力陪兒子玩，於是在另一方面尋求滿足——用寫兒子來代替陪他玩。

縱然米恩的獨子克里斯多福（Christopher Milne）從未用過羅賓（Christopher Robin）這名字，仍飽受此書之累，無論到那裡，都受到無情的注意，使他苦惱。雖然他的童年算是一般的快樂童年，但他後來漸漸和父親疏遠，一方面是不想再受注意；另一方面，他覺得當年被父親剝削。

而此書最大的敘事缺點，也可能跟作者內心對親子關係的焦慮有關。亨特指出：開始時，第一人稱的敘事者（narrator）直接向第二人稱隱含讀者（implied reader）敘事，不久第二人稱的「你」卻轉向羅賓，羅賓一方面是故事中的人物，一方面卻又是受敘者。

本來是羅賓朋友的噗噗，在第一章末和全書結束處，都被羅賓倒拖著，頭一直不停地撞著樓梯上樓了。而且，羅賓要問敘述者，才知道他自己的筆盒好，還是他送人的好。這情形就像第一章，他常問敘述者他自己在故事中做過甚麼。作為「你」的人物在問講故事的「我」，到底

「你」在故事中做了甚麼？這是相當怪異的。

此外，文本中往往會感到敘述者介入，有「你／我」的關係，使得現場說故事的痕跡很明顯，成人敘述者干擾的聲音破壞了童話的基本法則。他甚至追溯米恩的父子關係，認為奇幻文學（fantasy）對作者有心理治療的作用。米恩童年時，父母常常不在身邊，他也不常在兒子身邊。寫這童話或能袚除親子關係困擾，而田園浪漫故事也有助於擺脫戰爭回憶。敘述者聲音的介入，可能是孤獨的作者要和小孩有聯繫，他也希望能在故事中。

書的緒言（*Introduction*）瓦解他所創造的幻想世界的真實感，開首敘述羅賓走過動物園內的黑暗通道奔向黑熊的籠子，破壞了幻想世界（森林）的遺世獨立；他將兩個世界牽強的軛合在一起，使得兩個世界都失去真實感。在幻想世界的森林中，羅賓從羞怯依賴的小孩，轉變成充滿愛心的、有權威的父親形象，是其他居民的保護者，最有智慧和最有權威。他更寬宏大量，與人無爭；但在現實世界（仍在文本中）卻洩露了他的缺乏安全感和渴望成為焦點，從他用微帶不安的語氣問他爸爸，噗噗熊的鉛筆盒有沒有他的漂亮可知。而且，他還一再問他爸爸要不要看他洗澡。

這書人物數量不多，個性鮮明，特別是噗噗的個性很令讀者喜愛。羅賓雖然是動物依賴的人，康樂利（Connolly）強調：羅賓不常和動物在一起，噗噗熊才是主角（以他為書名），在森林中，噗噗常主動去找其他動物，他敢冒險、勇於設法解決問題；他絕不是沒有腦袋的熊（如他自己和朋友所以為的）。是他（而不是羅賓）找到「北竿」，救起溺水的小袋鼠；是他想出用傘當船，去救出被水困的豬小弟；也是他想出用甕可以浮在水中，載他去找羅賓。他就像很多小男孩一樣，常被同伴低估了。也有學者批評書中人物都不會隨故事情節進展而改變，他們的個性從一開始就定型了，甚至在作品創作之前，這些玩具就存在了。故事裡的動物，除了老灰驢外，無論心理和行為都像兒童，作者描畫得很生動傳神。他們固然有友愛一面，但也常流露自我中心的兒童自私心態。噗噗覺得蜜蜂採蜜是為了讓他吃，豬小弟和貓頭鷹都想慷他人之慨，把噗噗送老灰驢的禮物當作是和自己合送的，而噗噗也都一口回絕。這世外桃源並不是能令美夢成真的理想世界，它令人印象深刻的地方是：裡面的居民赤裸裸的自私。他甚至認為米恩喜歡的主題是：兒童是自私、冷酷無情的自我中心者。

貓頭鷹假裝有學問，兔子的裝腔作勢、自命不凡比較明顯可見，其實，羅賓也有這樣的毛病。沙勒（Sale）指出：羅賓隱藏自己的無知去支配他人。第七章開始，噗噗問羅賓，袋鼠媽媽和小袋鼠「**他們怎樣來的？**」羅賓回答說：「**就是用一般的方法（In the Usually Way），你明白我的意思吧，噗噗。**」至於北極，他除了知道有人探險發現它之外，其餘也是一無所知，和噗噗等人不過是五十步與百步之間。所以，此書可能也有諷刺小孩子的意思，甚至有諷刺他兒子的意思；成人讀者比較會讀出端倪。此外，老灰驢個性灰暗悲觀，和其他人的個性大相逕庭，不像一個能引起兒童讀者喜感和共鳴的角色。亨特認為此書有雙重聽眾：老灰驢的個性可能就是針對成人聽眾而設。而沙勒本身的經驗和觀察：很多兒童小時候喜歡聽大人讀這本書，後來年齡漸長，能自己閱讀時，就不愛讀這書了。

三、小結

《噗噗熊溫尼》是暢銷書，改編的卡通也深入童心，相關的商品更是大行其道。但就故事而論，雖然頗有趣味，卻比較缺乏啟發人心的內涵。1964年C. Crews的The Pooh Perplex是出色的各批評流派的諧仿集，每一派他都用Pooh為文本，他選Milne的書來演練是眼光獨到的：要分析Pooh故事自始就是徒勞的，因為這些故事幾乎完全沒有另一層次的意義。書中大量的韻文，也不易引起讀者的共鳴；尤其是中文讀者。而就文字而論，敘事設計更有明顯的敗筆，不足為法。

西方的經典作品，以上所舉不過一端，有的作品，如《愛麗絲漫遊奇境記》，很耐人尋味，英語世界有不少論文研究，受推崇的詳細註解本就不只一種。[24]童話的表面趣味之下，有時可以挖掘出深沈的意義。

兩岸的童話作品，數量也很豐富多樣，作家不勝枚舉。大陸作家之中，有的執意教化，缺乏趣味，有的喧鬧有餘，意趣不足；大概芸芸作者之中，周銳較為可讀。臺灣的男女作家之中，觀察近年的發展，可能以哲也最堪期待，《晴空小侍郎》、《明星節度使》是近年長篇作品中，最上乘之作。

---

24 2010年翻譯家張華出版了此書詳細的中文譯註《挖開兔子洞：深入解讀愛麗絲漫遊奇境》（臺北遠流出版社）。

第三章
小說

兒童文學裡的小說，照理說應該稱作「兒童小說」，但很少看到這樣的說法，常見的稱謂是「少年小說」。大概因為小說一般適合高年級兒童直到成人閱讀，幼兒或低年級的幼童比較看不懂。同時，這也牽涉到幾個分類觀念：幼兒文學、兒童文學、少年文學。如果心中同時有這三個觀念，小說當然不屬於幼兒文學範圍，小部分情節和敘事手法比較簡單的，屬於兒童文學，而大部分屬於少年文學。如果心中沒有這三個階段的概念，當然都籠統以中間的「兒童文學」概括三階段的文學作品。如果以少年文學概括三階段，如兒歌、童詩等，很難說那是針對少年讀者的。我們當然可以用「兒童少年小說」來稱謂，[1]但一般都習慣簡潔的以「少年小說」包括敘事簡單的兒童小說和較複雜的少年小說。如果要強調最適讀年齡是兒童而不是少年，或者想和上下文提到的「兒童文學」一詞一致用「兒童」，才會稱「兒童小說」。現在也有以「少兒小說」來概括的。

第一節　敘事觀點

分析童話時注意的主題、情節、人物等方面，在分析小說時也同樣重要；分析敘事文，更要注意敘事觀點（point of view）的設計。小說運用敘事觀點，一般而言，比童話等其他敘事文更繁複。本世紀的小說研究很重視敘事觀點的問題，不過，敘事學家指出：敘事觀點、第

1　國立臺北教育大學語文與創作學系多年前（當時是國立臺北師範學院語文教育系）設計課程時，就是用此名稱。

三身敘事等，在批評討論中常被濫用。[2]論敘事觀點，重點不僅在視角（perspective）而已，敘述者（narrator）的聲音（voice）也是重要關鍵。

一、敘事觀點不易精確掌握

呂肯絲（Lukens）流通甚廣的《兒童文學批評手冊》有專章論述敘事觀點：**「作者從誰的觀點（view）說故事決定了敘述觀點，由誰來看事情決定了故事是怎樣發展的。」**她把敘事觀點分為四類：

㈠第一人稱敘事觀點：作者從「我」的觀點來敘述故事，讀者和故事中的「我」，所見、所思、所感完全一致。「我」通常是故事中的主角，偶爾會是次要的小角色，由他來觀察敘述主角的舉動。

㈡全知觀點（omniscient）：作者講故事時都用第三人稱，知道一切人的想法、感受，無論是人物的意識或潛意識，過去、現在或未來；能敘述任何細節。

㈢有限制的全知觀點（limited omniscient）：作者講故事時也用第三人稱，但只集中在中心人物或主角的想法、感受和過去的重要經歷。偶爾作者會用全知來處理小部分角色。

㈣客觀或戲劇式敘事觀點（objective or dramatic point of view）：也用第三人稱，似動作片，都用呈現的方式來表現故事，沒有人向讀者解釋人物的想法和感受。[3]

她補充解釋：第一人稱敘事觀點只從「我」的觀點來敘事，敘述者可以直接表達自己（我）的所思所感，但其他角色的想法和感受，「我」就只能透過他們外在行為來猜測。這種敘事觀點最大的特色是有真實感，呈現自傳式真實，譬如小說《藍色海豚島》從主角女孩Karana

---

2 見Chatman著*Story and Discourse: Narrative Structure in Fiction and Film*. p.11.
3 見Lukens著*A Critical Handbook of Children's Literature*. p.169-p.170.

的第一人稱觀點敘事，讀者常被她的想法吸引，而且對她所面對的困難有切身感受的共鳴；這都是第一人稱敘事特有的效果。不過，這樣的敘事受「我」的年齡或個性限制。如果作者介入故事說話，敘事的真實感就要打折扣。[4]這種敘述方式對年紀很小的讀者而言，可能會有困難；因為很小的孩子才剛學會「我」和「他」的分別，讀第一人稱的敘述會有認同的困惑。較大的孩子，尤其是少年就不會；而且往往覺得刺激、有臨場感（you-are-there）。[5]

她進一步說明，全知觀點的作者（writer）[6]知道人物或事件的一切細節，可提供讀者一切有用的資料。他可以自由敘述人物過去的經驗、想法、感受，又馬上從過去轉到將來會發生的事。有限制的全知觀點是作家常用的方式，作者選擇從一個角色（有時是幾個）的眼光去看行動，同時也報告這角色的想法；作者不僅顯示這角色所見所聞，亦顯示他的感覺和想法。在兒童文學裏，這個角色常常是主角。不過，有時不會從頭到尾只進入這角色內心，也可能進入到其他角色的內心。使用客觀或戲劇式敘事觀點時，作者不進入任何角色的內心，讀者只看到人物的行動和說話，故事就用人物的行動和言語展開。作者可用一個人物的話來刻劃另一人物。如同大多數的戲劇一般，因為沒有人在舞台上向觀眾解釋，所以讀者只能自己綜合所見，來判斷人物的行為動機，和所言是否由衷。讀者要憑人物的小動作來了解人物是否緊張害羞，因此讀者常需要較高的理解力和想像力；但解讀肢體語言對小讀者而言往往有困難。[7]

呂肯絲（不少文論家也是如此）既用人稱亦用全知與否作為分別標準，等於同時用兩個標準來分類。第一人稱與第三人稱的分別，似乎在於文本中有沒有用「我」來指稱人物。第一人稱這一類，在文本

4 同上註，p.170-p.171.

5 同上註，p.181.

6 呂肯絲在上文和這裡所說的作者（writer）其實是敘述者（narrator），敘述者指文本中的敘述主體（有時也兼為故事中的人物），作者是實際拿筆寫作的人。不管用甚麼觀點，作者都是全知的，因為故事是作者寫的。

7 見Lukens著*A Critical Handbook of Children's Literature*. p.175-p.178.

中用「我」也用到「他」（包括「她」和人名、及以身分指稱人物等等）來稱人，而第三人稱這一類，在文本中沒有用「我」來稱人，只有「他」。照她這樣的標準，則第一人稱其實也應該屬於她所謂的「有限制的全知觀點」的一種，只不過是限於其中一個人物「我」而已；那麼，「有限制的全知觀點」就不應該如她所說，講故事時用第三人稱。

假如她所說的第一人稱的「我」，不限於人物，而只要文本中非對話引文外的部分出現「我」，都屬於這一類的話，那麼，這個「我」可以只是敘述者，而不是人物。文本中出現的「我」，可以不是故事中的人物，而只是說故事者——即敘述者；義大利童話《木偶奇遇記》就是很顯著的例子——書中的「我」，常常出現，卻不是故事中的人物，而只是在講故事。而《木偶奇遇記》是用全知觀點敘事的，所以，全知觀點並不如她所說的「講故事時都用第三人稱」，也可以用「我」等於敘述者卻不等於人物的第一人稱。

二、視角分類及其特點

法國敘事學家熱奈特（Genette）1972年出版的《敘事話語》就已指出：敘事作品中出現第一人稱有兩種不同情況：一是敘述者僅僅是敘述者，一是敘述者和故事中的一個人物同為一人，從定義上來講任何敘述都有可能用第一人稱進行，真正的問題在于敘述者是否有機會使用第一人稱來指他的一個人物。一切敘事無論明確與否都是第一人稱，因為敘述者隨時可用上述代詞自稱。（北京大學法文教授王文融中譯《敘事話語・新敘事話語》頁171-172）在此之前，布斯早在1961年出版的《小說修辭學》就對傳統論敘事觀點太在意人稱很不以為然。[8]

胡亞敏曾整理說明敘述視角：視角指敘述者或人物與敘事文中的事件相對應的位置或狀態，即敘述者或人物從什麼角度觀察故事。視角研究誰看，聲音研究誰說，視角不是傳達，只是傳達的依據。視角的承擔

---

8 見Booth著，*The Rhetoric of Fiction*. p.150.

者即作品中感知焦點的位置，換句話說由誰感知。視角承擔者有兩類：一類是敘述者，故事由他觀察也由他講述；另一類是故事中的人物，包括第一人稱敘事文中人物兼敘述者「我」，也包括第三人稱敘事文中各類人物。視角主要由感知性視角和認知性視角構成，感知性視角指信息由人物或敘述者的眼、耳、鼻等感覺器官感知。認知性視角指人物或敘述者的各種意識活動，包括推測、回憶以及對人對事的看法。胡亞敏說的視角承擔者即「聚焦者」，故事透過聚焦者的視角去看，而由敘述者去敘述，聚焦者有時兼為敘述者，有時不是，所以上文說「敘述者或人物從什麼角度觀察故事」；因為有時敘述者既看也說，有時只管說，而透過人物去看。

熱奈特對視角的分類，或者值得參考。熱奈特將視角劃分為三類：㈠零（無）聚焦型視角；㈡內聚焦型視角——又可分為三小類：1.固定內聚焦型 2.不定內聚焦型 3.多重內聚焦型；㈢外聚焦型視角。熱奈特引用托多羅夫（Todorov）補充說明：第一類相當於無所不知的敘述者的敘事，托多羅夫用敘述者＞人物來表示（敘述者比人物知道的多，更確切地說，敘述者說的比任何人物知道的都多）；第二類，敘述者＝人物（敘述者只說某個人物知道的情況），這就是「有限視野」敘事。第三類，敘述者＜人物（敘述者說的比人物知道的少），就是稱作「外視角」的「客觀」敘事。不過，申丹認為，其中敘述者＝人物的公式不能成立，因為它僅適用於「固定式內聚焦」。在「轉換式」（即不定式）或「多重式」內聚焦中，敘述者所說的肯定比任何一個人物所知的要多，因為敘述的是數個人物的內心活動。

胡亞敏對熱奈特的視角劃分有很好的整理和闡釋，她習慣把零聚焦（或稱「無聚焦」）稱作「非聚焦」，我在下文維持王文融中譯用「零聚焦」（申丹也不用「非聚焦」的說法）：

一、零（無）聚焦型：傳統的、無所不知的視角類型，敘述者或人物可以從所有的角度觀察被敘述的故事，並且可以任意從一個位置移向另一個位置。擅長作全景式的鳥瞰，能表現恢弘的氣勢、壯闊的場面，尤其描述那些規模龐大、線索複雜、人物眾多的史詩性作品時，非採用這一類型不可。觀察者還可以對整個故事作出預言或回顧。觀察者還可以毫不費力地進入人物的內心世界，而人物彼此卻互不了解。傳統的敘事文尤其是我國傳統敘事文大多屬於這一類型，這種全知無微不至的敘述，雖然充分滿足讀者好奇心，但也強化了讀者的閱讀惰性。全知敘事有時會限制自己的觀察範圍，留下懸念和空白。

上述零聚焦視角等於傳統的全知觀點，當代小說家越來越少採用這樣的視角；但在兒童文學的領域，作家選用這樣的視角，仍然很常見。我們在判斷一部作品是甚麼聚焦型視角時，只要有超出內聚焦和外聚焦視角描述的場景，那麼，這部敘事作品整體來說就算作零聚焦，儘管它只佔少數場景。這種情形很像我們考試的是非題：一道是非題可以有很多個判斷是非的點，要全部的點都是，這道題才算是；判斷是否內、外聚焦的情形類似。只要有其中一點為非，儘管其他各點為是，這道題整體來說仍然算非；判斷是否屬於零聚焦的情形類此。當然，也可以換句話說：這部作品是內聚焦，除了有一處超出了內聚焦，用了零聚焦。所以，判斷作品是哪類聚焦視角，只是初步工夫；僅僅說出一篇小說（或其他敘事作品）就整體而言是零聚焦，並沒有分析出甚麼很具體的結果。

二、內聚焦型：嚴格地按照一個或幾個人物的感受和意識來呈現，對其他人物則像旁觀者那樣，僅憑接觸去猜度、臆測其思想感情。由於從人物的角度展示其所見所聞，因而具有種種優勢，在創作上可以揚長避短，多敘述人物所熟悉的境況，而對不熟悉的東西保持沈默。在閱讀中它縮短了人物與讀者的距離，使讀者有親切感。最大特點是能充分敞開人物內心世界，表現人物內心衝突和漫無邊際的思緒。內聚焦是嚴格視野限制的視角類型，固定在人物的視野之內，不能介紹自身的外貌，也無法深入剖析他人的思想。有些作家充分發揮內聚焦的限定性功能，有意造成死角或空白以獲得意蘊，或引起讀者的好奇心。

熱奈特對內聚焦還補充說：不折不扣的內聚焦十分罕見，因為這種敘述方式的原則極其嚴格的要求決不從外部描寫甚至提到焦點人物，敘述者也不得客觀地分析本身的思想或感受。（王文融中譯131）

如果嚴格的用固定內聚焦，等於連聚焦者的外表都不易刻劃，除非透過他聽到別人對他外表的描述評論，或他照鏡子時所見，以及心中對自己相貌的感想等等。

而根據焦點的穩定程度，內聚焦型視角又可分為三類：1.固定內聚焦型——被敘述的事件通過單一人物的意識表現，視角自始至終來自一個人物。2.不定內聚焦型——採用幾個人物的視角來呈現不同事件，這種焦點移動與零聚焦不同，它在某一特定範圍內必須限定在單一人物身上，作品由相關的幾個運用內聚焦視角的部分組成。3.多重內聚焦型——等於同樣的事情被敘述多次，讓不同人物從各自角度觀察同一事件，以產生互補或衝突的敘述，讀者從多種敘述中了解到故事的豐富性和岐異性。

多重內聚焦型視角，最為人熟悉的例子是黑澤明執導的《羅生門》，嫌犯、死者的妻子、透過靈媒說話的死者三方面說的，都是完整的故事，但三個故事卻很不一樣；換句話說，從三個人物的不同視角把故事說了三遍。不定內聚焦和多重內聚焦的差別在於：不定內聚焦雖從不只一人的視角敘事，但故事重疊的比例不大，不至於像多重聚焦般，故事等於有幾個不同的版本，同一件事敘述了好幾遍，而且很多地方都互相矛盾。不定內聚焦如果視角轉換頻繁，會和零聚焦相似，但兩者仍有明確的差別：不定內聚焦無論如何不定，總離不開其中一個人物的視角，一旦描述在場任何人物都無法知道的事物，譬如事件在將來的結果，或者各人都猜錯的事件真相，各人都看不到的角度（花瓶底下壓著的紙條、覆碗中骰子的點數、黑暗中隱藏的物件等等），那就已經超出不定內聚焦的界限，而是零聚焦了。

三、外聚焦型：敘述者嚴格地從外部呈現每一件事，只提供人物的行動、外表及客觀環境，而不介紹人物的動機、目的、思維和情感。觀察者置身於人物之外，人物往往顯得神祕、朦朧或無可接近，敘述者提供了與故事保持距離的觀察角度。申丹也說明：這樣的攝像式外聚焦具有較強的逼真性和客觀性，能引起很強的懸念。讀者對很多問題感到費解，也許還會產生種種誤解。一般比較適用於戲劇性強，不斷產生懸念的情節小說，而不適合於心理問題小說。

這種類型等於呂肯斯的「客觀或戲劇式敘事觀點」，這種觀點或許似動作片，但我們不應誤以為電影都是外聚焦視角，事實上，電影不少片段都是接近內聚焦視角的視覺層面，譬如惡犬追人，觀眾先從外聚焦看到犬追人，然後可能只看到奔跑中人的臀部，暫時看不到狗，而人的臀部時大時小。其實，這時就是採用內聚焦狗的視角來看，牠當然看不見自己，而鏡頭就是狗眼睛的位置，和人臀部同高，畫面中人臀部比較大時，表示狗很接近他，幾乎要咬到了；畫面中人臀部比較小時，表示狗和人還有點距離，所以狗眼中的人臀較小。但電影的內聚焦和小說的內聚焦仍有不同，電影的僅限於視覺，不像小說能進入內心思維的層面，也不能表現嗅覺、觸覺。

很多兒童文學敘事作品中，都有豐富的人物對話，和人物外在動作的描述，或環境的介紹，這些都可以看作是外聚焦片段。而一旦表露了人物內心的想法，或外觀不能描述的事物，就不是外聚焦了。

人物第一身敘事觀點，可以歸屬於固定內聚焦型，申丹強調：這種視角將讀者直接引入人物兼敘述者「我」經歷事件時的內心世界，具有直接生動、主觀片面、較易激發同情心和造成懸念等特點，一般能讓讀者直接接觸人物的想法。雖然全知敘述也能展示人物內心活動，但在第一人稱經驗視角敘述中，因為讀者通過人物的經驗眼光來觀察一切，因此可以更自然地直接接觸人物細緻、複雜的內心活動。人物視角與其說是觀察他人的手段，不如說是揭示聚焦人物自己性格的窗口。

零聚焦（全知）敘事中的「我」不等於人物，只是敘述者，但內聚焦的「我」是人物兼敘述者，敘事有強烈的回顧色彩，這在自傳尤為明顯；小說和自傳雖有虛實之別，同樣染上這樣的色彩。自傳式敘事中的「我」可分析為二，一個是事件（往事）中的「我」，時間指涉在過去；一個是敘述者「我」，時間指涉在寫作的現在（相對於閱讀時間，當然也成了過去；但和事件中的「我」還是有明顯的時差）。這樣的時差，有利於敘述者「我」對人物「我」的行為、經歷，和相關人事評論、感嘆、懺悔。

零聚焦的全知視角雖然有特權可以毫無保留的和盤托出，但很少敘述者一開始就把一切都告訴讀者。為了藝術效果，全知的敘述者總是選擇性的透露，而且在不少段落，會自我控制全知的超能力，以免讀者一覽無遺，失去引人入勝的魅力。布斯早就察覺到全知敘述者的自我控制：完全不受限制的敘述（complete privilege）通常稱為全知敘述，但不受限制有很多種，很少全知敘述者知道或表現得和作者（author）所知道的一樣多。[9]申丹也指出：全知敘述模式的視角特徵是權威性的中介眼光，敘述者像全能的「上帝」那樣觀察事物，然後將所觀察到的選擇地敘述給讀者，全知眼光不僅損害作品的逼真性，而且有損作品的戲劇性。為了減少這類弊病，常常短暫地換用人物的有限視角。

三、觀點新穎未必有趣

敘事觀點新穎，並不表示小說一定能有趣。李潼（1953-2005）晚年十六冊《臺灣的兒女》，是以臺灣歷史為背景的十六本少年小說，有的就嘗試新的敘事手法，譬如《魔弦吉他族》、《阿罩霧三少爺》，都是用不定內聚焦的方式來敘述，雖然新穎，效果卻沒有比較好。譬如《魔弦吉他族》寫1970年代校園民歌的興衰，李潼本人就是這段歷史的重要人物，他（本名賴西安）就是校園民歌〈月琴〉、〈廟會〉等的作者，有非常好的觀察點從內部看這段歷史，但他卻捨棄這樣有利的位置，虛構幾個小偷來說故事。同樣，寫霧峰林獻堂的《阿罩霧三少爺》，由三少爺本人、少爺阿琛、丫嬛、秘書甘得中、水心夫人、羅太夫人當敘述者固然有不同的視角，但延伸到貓、楊桃、石獅子、鎮紙、

9　見Booth著，*The Rhetoric of Fiction*. p.180.

懷爐、瓷杯、內褲、果核，甚至東南風等等來講故事，根本不能提供甚麼有利的視角，卻先犧牲了歷史小說的沈實歷史感。

又如寫大象林旺，主角曾參與中日戰爭，輾轉隨軍撤來臺灣，在動物園直到八十幾歲壽終，是很多人兒時回憶的一部份，牠一生經歷很可以寫得生動有趣，但《無言的戰士—林旺與我》對這些經歷著墨有限，反而寫成了討論小說寫作的後設小說，減損了不少趣味。《四海武館》穿插的人物寫給作者的信，討論前文所敘事情的信，也有點後設意味。作者雖然不甘重複已習用的敘事方式，但創新（對他而言是）手法寫的故事，趣味往往反而不如用老套手法敘事。

第二節　小說分析舉隅

臺灣兒童文學工作者中，張子樟對少年小說的析論最豐富，有專書《少年小說大家讀》（天衛1999, 2007修訂版）[10]，和大量的導讀、書評。許建崑的論文也常有可觀之處，他有新作《自覺、探索與開拓———少年小說論集》（萬卷樓2016年）。此外，張清榮有專書談少年小說寫作。早年的少年小說，敘事比較樸素，譬如《小冬流浪記》、《阿輝的心》等；吳玫英參考當代英美文論，對這兩書所形塑的男童形象，有值得參考的評論。她有新作《主體、性別、地方論述與（後）現代童年想像：戰後台灣少年小說專論》（成大出版社2017年）。

下文舉例析論四本少年小說。

一、《少年噶瑪蘭》

李潼在1992年出版的《少年噶瑪蘭》，是臺灣少年小說的經典之作，寫一個平埔族血統的少年潘新格在草嶺古道雄鎮蠻煙碑避雨，意外走入時光隧道，回到1800年的加禮遠社，經歷了很多事情之後，因為

---

[10] 2007新版內容較豐富，還收錄了近70頁臺灣少年小說書目。

了解自己的祖先，轉而認同自己的血統，最後回到現在，不再以噶瑪蘭為恥。主角想起祖父的教誨，則是向讀者傳達環保觀念，大自然土地及長養之物，並非人類私有。書中描寫過去經歷，既引人入勝，亦增加讀者對斯土斯民的了解。

全書最出色的筆墨是一開始對1800年加禮遠社女巫作法驅魔的描寫，生病的女巫呼吧想念失蹤的女兒春天，在迷離恍惚之際，隱約看見春天和幾個異樣陌生人的幻影，尤其是那個高瘦少年，帶出第二章現代世界裡的主角少年潘新格。一章過去、一章現代，交錯對稱的描寫兩個世界，直到第七章開始，主角回到過去，描寫的重心就停留在過去。

潘新格心儀的同學彭美蘭的媽媽，滿腦子星媽夢，佔了相當篇幅。她雖然在情節發展上，是微不足道的配角，缺少了她，故事不會不完整，但她是甘草角色，前半部如果少了她插科打諢，趣味大為減色。她相關的情節不是主幹，僅是枝葉，但點綴出色，正是查特曼所說的，有美學效果的那種附從的衛星情節。[11]就連彭美蘭，也是這類角色。她雖然是潘新格去天公廟從古道走入過去的誘因，但沒有她，主角也可以因為郊遊避雨而走入過去。不過，如果刪除彭美蘭的角色，開首的幾章就完全沒有勾動少男少女心弦的情愫了；而這種情愫，在少年小說中，往往是很好的香料，李潼也擅長調理。不過，一旦故事重心完全座落在過去，這對母女角色的確可以功成身退。第10章宛如超時空衛星電視的日記，日記和她都顯得有點蛇足；而接近尾聲第18章，她的再出現，不過聊作前後呼應，有始有終而已。

全書雖然涉及原、漢民族關係，在地人和外來拓荒客的衝突，但不是重心所在。春天被拐之後的遭遇，可以想象其悲慘，而作者輕輕避過，並非敗筆；如果細細敘述描寫，一定會轉移讀者的注意力，可能喧賓奪主。安排把誘拐少女的惡漢人在爛醉中被弄走，也是如此。不過，作者有時急切要把民俗詳細介紹，仍難免有枝大於本之處，譬如

11 見Chatman著*Story and Discourse: Narrative Structure in Fiction and Film.* p.53-p.54..

142-156頁的搶孤，何社商搖身一變，身手非凡，大概為了控制角色以免繁多，於是前無伏筆的由他兼任高手，而他這一身手，在情節上也無何其他作用。

往返現在與過去的方法是否新穎合理，是超越時空的小說與童話無可避免的挑戰；潘新格在古道古碑下閃電霹靂穿越時空，方式頗為新穎。小說最後寫到他脫掉襪子，看著腳指甲搯痕（不在乎要隱藏在襪子裡，表示認同自己的出身血統。）握著山豬牙，等待閃電霹靂送他回現在，是最好的結尾。但作者畫蛇添足，卻補上〈終曲〉未來世界，大概放筆馳騁、不能自制所致。

二、《藍色海豚島》

Scott O'dell的*Island of the Blue Dolphins*（1960原作，有智茂1994、東方2003年中譯本，每章加上標題；河北少年兒童出版社2000年也有中譯。）寫一個少女流落孤島的故事，部分情節類似《魯賓遜漂流記》，而精神意趣大不相同。作者根據僅有的一點點歷史記載為骨幹，想像鋪衍為長篇。如果就敘事技巧，而不是題材而言，這本書最大的特色是其語調（tone）的運用。Lukens的《兒童文學批評手冊》有專章談語調，曾舉此書為例。語調是敘述者敘述時的說話態度，[12]這態度可針對故事、角色，或是讀者。

一個12歲印地安少女Karana和族人住在加州外海的孤島上，族人和路過借地紮營獵殺海獺取皮的阿留申人，因為瓜分收穫時衝突而開戰，結果族人壯丁死傷慘重，包括他當酋長的父親；42個男性最後剩下15人，其中7個又是老人。於是，新酋長決定到對面的大陸國家（其實就是美國）求援，後來美國派船來遷徙族人到大陸。主角六歲的弟弟拉莫（Ramo）因為回頭拿長矛，趕不上已揚帆離岸的大船，而船長怕撞上岩石不能等待，於是她縱身跳海游回島上陪伴弟弟。但不久之後，弟弟

12 我對語調的理解和呂肯絲略有不同。

被野狗（因主人戰死而無人飼養）咬死，她本來立志為弟弟報仇，一方面克服惡劣的大自然環境求生存，一方面處心積慮，想方設法殺野狗。她違反女人不得製造武器的族規，以自然資源製作武器，包括以石頭打死海豹取筋為繩，以尖石削木為矛。第二年，離開的大船沒有回來載她，她製作獨木舟想划去大陸，過了一夜，小舟進水，前方不見陸地，她往回划，靠著海豚引路，又划了一夜才回到島上，從此死心塌地住下來。她更積極計畫殺狗報仇，殺了幾頭野狗，也用箭射中野狗首領（阿留申人留下）的胸口，但她最後不忍心殺死不能動彈的首領灰狗，反而救治收養牠，最後成了她最親近的伴；她忘了仇恨。後來阿留申人曾重來島上，她遇到一個阿留申大女孩是灰狗羅恩突（Rontu）原來的主人，最後沒有堅持把狗帶走，兩人還交換禮物。

她曾想要捕殺一隻很大的章魚，費了九牛二虎之力，最後雖然成功，但她和灰狗羅恩突都因此受傷。她曾經獵殺海獺和鸕鶿，取其皮毛為衣飾，後來救了一隻受傷不重的小海獺（因阿留申人獵捕而傷重不可能復原的，她就用矛殺死牠們。）成了朋友，她就不曾再殺海獺，海獺披肩破了，不再做新的，也不再為了鸕鶿漂亮的羽毛而殺牠們。她不再為了抽海豹筋為繩而殺牠們，要綁東西就改用海藻，也不再殺野狗和海象。

歲月靜靜推移，她已經不再紀錄時間。最後有白人的船停留島上，不是以前的阿留申人，她猶豫了很久，才和他們見面，比手劃腳的溝通，而且假裝聽不懂，沒有跟獵人說出海獺出沒之處，她最後跟他們到了對面的國家。

故事的敘述者就是主角，這樣的敘事方式很方便表現主角的內心感受，透過她的視角看世界，由她來表達，一切都感染了她個人的情感和態度。她獨有一貫平靜的語調，使得驚心動魄的殺戮，更能縈繞讀者腦海之中。縱使開首描述族人在戰鬥中不敵被殺，也沒有咬牙切齒的口氣。Lukens就曾指出，作者沒有濫情，Karana的語調非常克制，因為她和族人一直在大自然中生活，在無情的大自然裡，依賴自己的能力，努力奮鬥求生，只能接受殘酷的現實，努力克制以求生存。縱使弟弟被殺，她要殺光野狗報仇，卻沒有狂怒而失去理性。[13]她面對孤獨，孤獨隨著時間的推移，似乎越來越強；相對的，仇恨卻被時間沖淡。直到她接受殺弟仇敵為伴，她才不再孤獨寂寞。和狗在島上多年之後，第一次有人和她說話，縱使對方曾為仇敵，也令她感覺莫名的美好。這一切轉變，在那種平靜的語調之中，完全沒有突兀之感，彷彿是自自然然的演變。漫長歲月的流逝，也是由漸漸及腰的長髮來說明。

這本書的英文淺白（這當然和敘述者身分有關），直接閱讀原文，更能感受平淡而深刻的語調。中文少年小說，很少類似的例子。閱讀這樣的作品，不僅故事引人入勝，人對大自然的態度發人深省，孤獨與仇恨無痕角力讓人印象深刻；作者達到這種效果的敘事選擇，更值得想探究少年小說寫作技巧的讀者注意。

三、《少年曹丕》

《少年曹丕》（九歌2009，初版1994）敘述一個由祖母帶大，好強出頭的小五男孩，由凡事不服輸、不自量力誇口，直到經歷好些事情之後，漸漸覺悟「不必凡事比人強，才能受人尊重」。

作者陳素燕讓故事的主角馮昱華經歷很多事件，而漸漸悟到這個道理。馮昱華小時候父母離異，由年輕就已守寡的祖母教養，從小被祖母訓練得爭強好勝，所以常因為在同儕之間好表現、不服輸，而得了「曹丕」——臺語「臭屁」的外號；他也常因臭屁而鬧笑話、吃苦頭。他小三和同學鬥口，最後打賭從吊橋跳水，差點淹死。後來又誇口敢捉蛇，硬著頭皮讓錦蛇纏在脖子上，事後噁心得上吐下瀉，發抖失眠，常做噩夢。因為祖母去世，馮昱華搬到臺北和爸爸同住，為了博得爸爸歡心，誇口會準備晚餐，結果弄得烏煙瘴氣，後來爸爸跟他說，不會的事，沒有必要說會。沒有人期望他天生萬能，十全十美。他轉學到新班級，也

---

[13] 見Lukens著*A Critical Handbook of Children's Literature*. p.226-p.227.

處處求表現，既交到新朋友陳洛平，也招來新對頭李振宇，還和李振宇打賭科展誰輸的學狗叫爬樓梯，結果兩人都沒有得獎（如果是平庸的作者，很可能會設計主角得獎。）班上只有常勝將軍田小眉獲獎，後來有一次發現他成績假想敵的田小眉竟然在月考前花時間教同學功課，從田小眉身上學到，雖然不力求表現，能力與自信卻沒有減損。其後，在墾丁旅行遇到不良少年尋釁，他的反應是不服輸硬著頭皮應戰，不料同伴放低姿態，好言好語讓對方有台階下，一場衝突輕輕化解，他們勢弱的一方免於流血。這使他大為震撼，更體悟強出頭不是最好的辦法。

後來爸爸來班上座談，因為事前他向同學吹噓說父母都是博士，座談快結束時爸爸被同學問到，而回答說博士班讀了很多年，最後沒有畢業，因為在人生的旅途上，很多事情不是單憑努力就能成功，還要靠天時地利人和。更加強了「有些事受環境限制，不是單靠個人意志就能成功。」的教訓。

後來，他也教運動傑出、數學糟糕的陳洛平數學，讓陳洛平數學由最後幾名變成前面幾名，雖然他自己總成績由第一落到第三，卻沒有難過，反而為好朋友的進步而高興，漸漸擺脫了以自我表現為中心的心理，學著去關心別人，發現自己原來也可以輕輕鬆鬆、寬寬闊闊地過活。

故事的另一條線索，觸及單親家庭、隔代教養和婆媳問題。故事裡的婆婆（曹丕的祖母）重男輕女、自私無知、蠻橫霸道，造成兒子夫妻離異，孫子失去母愛的悲劇。作者下筆卻沈得住氣，沒有誇張醜詆，也沒有一語批判；反而透過兒子（曹丕爸爸）回憶兒時困苦，寡母如何艱難求存，一生希望寄託在他一身，其中有體諒和溫情，又有無奈與遺憾，更摻雜了自責與感傷。寫來哀而不傷，怨而不怒，誠為難得。

主角最後出人意表的不去美國，放棄跟媽媽在一起的美好將來，選擇留在臺灣陪爸爸，也因為前有求籤伏筆而不致突兀，因為那支上籤，說他原本命帶孤絕，但正處於轉捩點上，可東可西。

不過，書中有一個重大的衝突有漏洞。當初留學美國時，爸爸讀書不順利，失去獎學金，反而因為無聊而瞞著祖母讀博士的媽媽卻讀得很好，但無力兼顧小孩，希望把小孩送回家讓祖母或外婆帶。祖母不能容忍她媳婦學歷和兒子一樣好，不肯幫忙帶孫子，要逼著媳婦放棄學業帶小孩，兒子專心拿博士。文中沒有提到主角外婆願不願意帶他，如果願意，父母就不會離婚。縱使外婆不能帶，爸爸還是可以先休學在家帶小孩，媽媽繼續學業，用獎學金養家。祖母在臺灣，根本不能阻止他們，只要最後爸爸終於能拿到博士，老人就可以釋懷了。所以，這個情節上必要的衝突——導致父母離婚，並非無可避免。此外，另有一些容易修正的小破綻：從臺北開車到臺中科博館，不用七八個小時，也不應該先經過彰化；而且，照片上日期的位置，本來說在右上角，下一頁變成右下角了。至於家、附近的國父紀念館、小學三個地方的相對位置的設計也有疏忽：如果家在臺北國父紀念館附近（走路回去拿東西再回去紀念館繼續看舞展），學校又在家附近，學校在步行可及的距離，那學校就不應該在青島路（臺北市有青島東、西路）。

不過，整體而言，瑕不掩瑜，這是有趣又有意義的作品，值得一讀。

四、《記憶受領員》

臺灣的少年小說，很少探討社會制度等深刻的議題，如Lois Lowry的The Giver般。（智茂出版社1995年中譯，書名《記憶受領員》，另有東方出版社2002年中譯題《記憶傳授人》）這部小說敘述一個和諧安定的社區，沒有色彩、沒有災難，沒有戰爭、飢荒等等痛苦，居民甚至沒有這些記憶，整個社區只有傳授人保存一切記憶（無論美好的或苦痛的），每當社區長老委員會遇到重大事情不能決定時，才去請傳授人運用智慧指點迷津。社區裡，講究平等，不標榜差異，人人各司其職，透過各種義工活動發掘興趣，長老也藉此了解每個人的個性和能力，分配工作，指定配偶，小孩由沒有其他才能的孕母負責生產（過幾年舒服日子後要一輩子做體力勞動的女工直到年齡到了就安樂死），父母子女沒有血緣關係，子女長大則另組家庭，原來的父母去老人中心。每個人的舉止都有規範，錯了要照本宣科道歉，對方一定要說「我原諒你」，行禮如儀。日常措辭也有嚴格規範，到處有收音和擴音器，家庭每天睡前要交心，甚至連夢也要坦誠相告，並摘要轉呈當局。青春期開始有激情（如情欲）則每天服藥克制，直到晚年。十二歲關鍵時刻的典禮，每個人知道自己將來的工作，朝這目標訓練。而主角Janos被選作下一任的傳授人，開始接受訓練，接收各種記憶。漸漸的，他在訓練過程中知覺各種苦樂，和往日習而不察的事情的真正意義，譬如「解放」不是甚麼神秘美妙的終極安排，說穿了就是安樂死，只是賦予陌生的名稱罷了。他目睹影像紀錄裡爸爸對嬰兒的解放，根本就是謀殺嬰兒；而爸爸從嬰兒腦門注射毒藥時，面對嬰兒垂死的掙扎，竟然平靜得彷彿是例行公事，態度無動於衷，給他很大震撼。他越接受訓練，越是接觸一般人隔絕的各種記憶、感情，越是震撼，也越覺得每個人都應該承擔和體會這些。傳授人也支持他逃離社區，讓記憶回到每個人身上，縱使這會使整個社區受到極大衝擊。

有一個雙胞胎中較弱小的男嬰，本來要解放的，後來暫緩執行，寄養在Janos家中，由他照顧。起初發展得很好，卻因為有一夜他受訓留宿沒有回家，他父親試著讓男嬰在教養中心過夜，結果嬰兒大哭大鬧，最後被決定解放。這迫得Janos提前帶著男嬰出走，一路千辛萬苦，小說結尾說主角「彷彿聽見，遙遠的身後也響起了動人的樂音，來自時空相隔，那片他曾經熟悉的土地。或者，那只是回音罷了！」最後的結局沒有明確的說他是否成功，那美好感覺是否彌留時的幻覺。這是開放式的結局，留給讀者自行玩味。

這樣的小說，很能讓讀者反省人性、社會制度，和人存在最重要的需求是甚麼？人生最美好、最值得珍惜的是甚麼？讀者越是透過動人的情節去思考這些問題，越是能深刻感受人的存在和社會之間的關係。

這本書不以新穎的敘事手法（不像《嗑藥》用不定內聚焦的方

式）[14]見長，作者用的是典型的零聚焦，即全知觀點敘事，敘述者冷靜而隱蔽，沒有明顯的插話評論。大部分的時候，作者透過主角的視角[15]來開展故事，讓讀者隨著人物的視角，一步一步認識這個和諧社區不合理的一面。不過，作者並不囿於主角個人的視角，有必要的話，也會經由其他人的視角，甚至直接由敘述者來看。這本書最出色的地方，是揭示議題，以生動深刻的故事，探討人性和社會制度，促使讀者反省人在社會中真正的需求是甚麼？人生寶貴的是甚麼？

The Giver（1993）這一系列四部曲的續作*Gathering Blue*（2000），*Messenger*（2004），*Son*（2012）（臺灣有東方出版社中譯）都深刻動人，發人深省，很值得一讀。

作者之前也有出色的得獎作品*Number the Stars*（中譯《細數繁星》），寫一個十歲哥本哈根女孩的家庭，在納粹德國佔領丹麥期間，怎樣冒險掩護猶太鄰居一家三口，脫離德軍的追捕。作者根據聽來的真實故事而創作，對緊張氣氛的營造卻有如身歷其境的寫實出色。馬景賢的《小英雄與老郵差》（天衛）同樣寫淪陷區抗敵故事，也奠基於回憶與見聞，其中亦有驚心動魄的題材，但筆力不逮，氣氛營造不夠出色。

目前幾個出版社都陸續翻譯出版英美得獎的少年小說，一般而言，得獎作品經過篩選，可讀的比較多，關注的題材也比本土少年小說為寬廣。臺灣的出版社也出版本土得獎作品，如果覺得中外作品眾多，不知從何入手，可以參考導讀和書評，張子樟用心撰寫了不少書評和導讀，比較值得參考。

---

14 *Junk*也是得大獎的少年小說，由多個角色在各章輪番擔任敘述者，寫沈淪吸毒的幾個英國少年的故事。小魯2000年有中譯本。

15 Lukens誤以主角Janos為敘述者，（見Lukens著*A Critical Handbook of Children's Literature*. p.222.）其實敘述者沒有參與故事，不是任何角色，但常透過主角為視角承擔者。

第四章
傳記

兒童文學作品之中，傳記的數量很可觀。從蓬勃的出版情形可知，無論成人或兒童，對他人的生命歷程都充滿興趣。而且，人們普遍認為，閱讀偉人傳記能啟發激勵讀者見賢思齊、力爭上游，具有教育作用。

傳記和歷史故事有相通之處，傳記記載時間幅度較大的生平事蹟，往往是一生。歷史故事只記一事，可能是個人的一件事，也可能是很多人共同參與的事；如果歷史故事講的是人物一生的事跡，那就等於是傳記。

本章首先說明好的兒童傳記，應該考慮哪些方面；其次，指出臺灣常見的兒童傳記有哪些問題。

第一節　理想的兒童傳記

一、傳主的選擇

選擇寫傳的對象，要考慮這個人物值不值得寫？適不適合介紹給小朋友？史書裏的大部分人物，在歷史上都有相當的分量，值得寫的人固然不少；但是，這些人物卻未必每個都適合介紹給小讀者。因為有些歷史人物的事蹟，不見得能引起兒童的興趣。

有時候，有些歷史人物令成人雖不能至，心嚮往之；但小讀者未必能理解。譬如老子，如果要寫他的傳，恐怕很難把他的學說深入淺出的介紹，而又不至於扭曲或過度簡化。此外，有些學者、思想家雖然在歷史上有深遠的影響，但他的貢獻主要在學說主張之中，生平事蹟非常平淡，缺乏引人入勝之處，不見得能吸引小讀者。又有一些歷史人物，史實的記載十分簡略，文獻不足，也很不易下筆成篇。為小讀者選擇寫傳對象，最優先考慮的應是對兒童有啟發性（激勵向上、肯定好行為……）的人物，尤其是富有童趣的史事。

古今的價值判斷不完全相同，史書標榜的以死諫君、士兵寧死不降、烈女殉夫等事蹟，在今天看來，有斟酌的餘地。誤國的昏君，根本不值得以身殉，也不值得去死諫。已經矢盡援絕，一定要不惜性命的自戕嗎？對父母妻子未必沒有遺憾。烈女殉夫，或寧死不屈，被非禮而自殺的事蹟，在今日看來尤其不值得標榜。

有些歷史人物，一生功過，甚或立身大節，都有值得爭議之處，寫傳時難以規避。執筆之先，就要衡量自己有沒有能力判斷是非，而且用深入淺出的方式告訴小讀者。

二、材料的蒐集與剪裁

一般而言，越是古代的人物，留下的資料越少；譬如漢以前的人物，除了史傳的記載和傳主本人的著作外，其他相關的資料往往很少。但是，運用史傳時，必須記得一件事：就是史書有互見之法，只看本人的傳，不足以窺其全豹，還要參考相關人物的傳記。譬如寫魏公子信陵君的傳，只參考《史記・魏公子列傳》一篇的話，所見都是對他肯定的描寫，特別是他禮賢下士，急人之難的高尚人格，令人印象深刻。但參考《史記・范睢蔡澤列傳》，才知道他曾猶豫不敢收留亡命投奔的趙相虞卿和魏相魏齊，而使得魏齊自殺。[1]又如寫劉邦的傳，除了《史記・高祖本紀》之外，相關人物如項羽、陳涉、呂后、張耳、蕭何、張良、韓信、英布、盧綰、田榮、外戚、楚元王、陳平、樊噲、夏侯嬰、周昌、酈生、陸賈、劉敬、叔孫通、季布、田叔、吳王濞等人的傳，都有

---

[1] 當初范睢跟從魏齊手下須賈出使齊國，因為齊王聞范睢之才，送他禮物，范睢不敢接受，但須賈還是懷疑他私通齊國，述職時向丞相魏齊報告，魏齊令人打得他斷齒折肋，丟在廁所讓人酒醉後在他身上小便。范睢裝死，更名姓逃到秦國，後來受重用為秦相，發兵攻魏，要魏王交出魏齊的頭。魏齊逃亡，匿趙平原君家。秦王騙平原君會面，卻扣留他，逼趙王以魏齊相贖。趙王發兵圍平原君家，魏齊再逃亡，見趙相虞卿，虞卿估計不能說服趙王，於是棄相印與魏齊俱亡，最後考慮諸侯無人敢收留他們，復往大梁從魏公子信陵君。

關於劉邦的資料。當然，《漢書》中各人的傳也應該參考。雖然《漢書》多據《史記》，但亦偶有不見於《史記》的記載，譬如班固《漢書・高帝紀》載魏豹反，酈食其往說無功，劉邦問酈食其，魏豹的大將、步兵、騎兵將為誰，並一一論斷不能當韓信、曹參、灌嬰。就不見於《史記》。

如果傳主有著作傳世，當然應當參考。寫兒童文學的傳記，下筆之前的研究功夫，可以不必做到學術研究的水準，儘管可以利用學者的研究成果，來了解傳主的學術思想、在歷史上的貢獻等。尤其是有大量著作傳世的人物，不易把他的所有文章細閱一過；則應該先讀他的自傳和所有自述生平的文章。要注意的是：古人的自傳，往往不題為「自傳」，而題作「自述」、「自序」、「自敘」。古代的「自序」，有時是自傳；有時附在書後，兼有今日書序和自傳的性質，而且往往從遠祖說起，尤其是史書後的自序，譬如《史記・太史公自序》。文集之中，比較可能有自傳色彩的文章，可以先看；通常從目錄可以得到指引。而論經史的專著，很少自傳色彩，縱然略過，也未必失之交臂。此外，同時人寫的傳、墓誌銘、行狀等，也是重要的參考材料，價值更在正史史傳之上。因為後朝寫的史傳，往往就是依賴這些文章寫成的。除此之外，行有餘力，還可以翻閱和傳主關係密切的人的文集，檢查有沒有提到他的文章、贈答的詩等等。

材料多，就要剪裁。史家著眼朝代興亡、國計民生，但這些題材，有的固然可以改寫得淺顯易懂，又有趣味；也有的不易引起小讀者興趣，可簡單交代，不必深深著墨。史傳常有收錄整篇詔書、奏議、策文等等，都不必完全採用。如果認為有必要提及，應該摘要用淺顯的文字改寫，口吻能夠不失原意為佳。至於人物的長篇對話，亦可以用這樣的方法；尤其是有些人物議論，好鋪張排比，改寫成兒童文學時，不必亦步亦趨。譬如張良借箸代籌，反對酈食其復立六國之策的八點理由，重點在第八點；而且前面幾點頗有意複辭重之處。寫兒童傳記就不妨重寫，前面可以概括的敘述，而強調第八點：六國復立，人才都回流各國，那來的人跟劉邦去打項羽？有作者寫張良，提到前三點，之後都省略。這樣的取捨，最重要的反而略去，就未必恰當。

如果傳主資料太多，不易翻閱一遍，而要寫的又是篇幅較短的傳，權宜之計，可以憑藉他人所寫的、態度嚴謹的人物研究來撰寫；詳細的年譜尤其有用。應該避免只參考成冊的文學傳記，尤其是借鏡小說手法的傳記，作者已運用想像大量增飾，自己既然沒有深入研究，很難分辨那些情節有根據，容易誤把虛構當真。

只有少數史傳有記載傳主身高外貌和年齡，如有記錄則儘量採錄，因為這能使讀者想像人物時，比較具體。注意人物的年紀，有時還能幫助解決人物身世之謎。譬如子嬰的身世，兒童故事書、傳記多說是二世兄子，根據的是《史記・秦始皇本紀》的說法：「立二世兄子公子嬰爲秦王……子嬰與其二子謀曰……」這是不合理的說法。同篇記載秦始皇十三歲即位，在位三十七年卒，而二世在位不過三年，則二世卒、子嬰立時，始皇若尚在，不過五十三歲。如果子嬰是始皇孫輩，則五十三歲之人，縱然有曾孫，年齡必甚幼稚，不足以和父親密謀刺殺丞相。[2]所以不應該採用子嬰是「二世兄子」的說法。而〈李斯列傳〉有另一說法：「高自知天弗與，群臣不許，乃召始皇弟，授之璽。子嬰即位。」如果子嬰和始皇同輩，就可能有成年的兒子。所以，這個說法就年齡而言比較合理。

另一方面，要注意聳動的情節未必適合兒童，譬如沈從文的《從文自傳》，寫到一個賣豆腐的男子暗戀富家女，在她病死後下葬的當天晚上，偷把屍體挖出，背到山洞裏睡了三天才又送回去。後來被發現而就地正法，卻至死不悔，直說：「美得很，美得很。」蔡宜容據《從文自傳》改寫的《邊城兒小三——兒童版沈從文傳》也收錄了這姦屍情節。這樣的材料是否應該介紹給小讀者，是有待商榷的。

---

2 《史記會注考證》引中井積德：「計其年數，不得有其子長與是謀也。」中井認為子嬰是二世之兄，「兄子」的「子」字可能是傳寫人誤增。（卷6頁84）不過，始皇孫子參與謀殺手操纂立的權臣，就年齡論，還是很勉強。

三、適當的補充說明

史傳中有些記載，譬如度量衡，和現在習用的不同，寫傳時若只是抄錄，往往使人難以理解。譬如說人物身高，項羽身長「八尺餘」，應該說明當時的一尺，相當現在二十三公分[3]，八尺餘就是超過184公分高了；如果不說明，可能會誤以為他高得難以置信。[4]又秦漢一升相當於現在200cc.[5]，鴻門宴時樊噲喝的「斗卮酒」就是2,000cc.的特大杯；如果沒有說明，讀者就不曉得具體的大小。又如寫張良使刺客以「百二十斤」鐵椎行刺秦始皇，都沒有說明相當於現在多重。始皇時一斤相當於0.25公斤，[6]百二十斤相當於三十公斤，這樣說明，讀者才知道得比較真切，對大力士的力氣才認識得比較具體。又如信陵君救趙，「朱亥袖四十斤鐵椎，椎殺晉鄙。」（《史記・魏公子列傳》）寫兒童傳記時就不應該只是說四十斤的鐵鎚，如果知道這相當於十公斤左右，而不是四十公斤或四十市斤，讀者就不會質疑：這麼重的鐵鎚，雖能藏在寬闊的長袖裏，但還能走起路來不露痕跡麼？至於錢，譬如韓信賜漂母「千金」（《史記・淮陰侯列傳》），如果不知道具體的價值，不妨就籠統的說：一大筆錢。總比照抄「千金」好。[7]若以文帝時的經濟情況而言，「百金中民十家之產」（《史記・文帝本

3　見葉國良《古代禮制與風俗》，頁128、142；陰法魯等《中國古代文化史》，頁68；楊殿奎等《古代文化常識》，頁618。

4　陰法魯、許樹安主編的《中國古代文化史》說明：大量出土文物証明，秦始皇統一度量衡時沿用了商鞅統一秦國度量衡時所制定的標準，秦統一後發至各地的度量衡器單位量值亦皆與戰國時秦國保持一致，即1尺=23厘米，1升=200毫升，1斤=250克。從商鞅到東漢末年，幾乎延用了四、五百年。（見頁66）臺灣似乎不易購得度量衡演變方面的書籍，常見的商務印書館出版的吳洛《中國度量衡史》，把秦、漢尺定為27.65公分，（63）升為0.3425公升，（70）都異於常說，而以吳洛書所載秦尺衡量「八尺餘」的項羽與張蒼，則身高在221公分以上，高得難以置信。

5　見葉國良《古代禮制與風俗》，頁152；陰法魯等《中國古代文化史》，頁68；楊殿奎等《古代文化常識》，頁620。

6　見葉國良《古代禮制與風俗》，頁152；陰法魯等《中國古代文化史》，頁66。

7　陰法魯、許樹安主編的《中國古代文化史》第二十一章〈中國古代貨幣制度和貨幣形態的演變〉中提到：黃金作為貨幣，是一種以重量為單位的稱量貨幣，計算單位有兩種，一是「斤」，合十六兩；一是「鎰」，合二十兩。本來漢代稱黃金一斤為「一金」，到了晉代，稱「一金」卻往往指的是一兩，南北朝以後就不再用斤計算。西漢時小宗買賣用銅錢，大額交易都以黃金計算。漢代黃金與銅錢的比價，法定是黃金一斤值銅錢一萬。而關於早期黃金貨幣的購買力，古籍中記載的不多。黃金的購買力，東漢以後千百年來一直比較穩定，金銀比價大約是一比五左右，維持了相當長時間。至宋初為一比六點五二，清乾隆時為一比十四左右，和當時歐洲的比價大體相當。黃金和銅錢、紙幣的比價，則由於後者價值經常不穩，而變化較大。（頁27-31）

紀》）千金就是百戶中等人家的財產了。

古人寫傳，對於當時大家熟知之事，毋需解釋；但時移世易，現代的讀者就不一定能了解。譬如寫藺相如，敘述他陪趙王與秦王會面，秦王說，聽說趙王喜歡音樂，請趙王鼓瑟，而秦御史記錄此事。藺相如也堅持請秦王叩缶，不惜以同歸於盡要脅。司馬遷不用解釋為何藺相如要如此執著，因為他那個時代的讀者都懂。楊宗珍給小讀者介紹此事，只說相如在旁邊，知道秦王有心侮辱趙王。這是不夠的，因為在現代，音樂家很受尊重，政治家、國家元首在氣氛輕鬆的場合，也樂於展現自己的音樂才藝，小讀者可能不了解藺相如為何有此舉動。所以，應該有簡單的一兩句話，讓讀者知道古代樂工是賤業，而有地位的人雖然愛好音樂，卻認為為人演奏是有失身分的事。這樣，小讀者才能了解秦王此舉是矮化趙王，和雙方為何執著此事了。

又如鴻門宴，是劉項相爭的關鍵，《史記・項羽本紀》詳述各人的座次，卻沒有說明不同方向座次的意義，因為當時人都知道哪個是尊位。而現代人，尤其是小讀者往往不知道，寫作時就要說明，使人了解劉邦擺出稱臣的低姿態，使項羽不再認為他要與自己爭雄，消弭了原有的殺機。有的書連座次都不提，就更看不出這層微妙的意思。

此外，有些官職和情節有密切的關連，也應該有一兩句話點明：陳平受劉邦亂命，載周勃往前線接管樊噲的兵權，帶樊噲的頭回來覆命。而陳平只是把樊噲用囚車載回，路上接到劉邦駕崩的消息，又有詔要他去與駐守滎陽的灌嬰會合，他受命卻不遵行，反而急馳回京師，在劉邦靈前「哭甚哀」，演出逼真，使得孀婦呂后反而為之不忍，「呂太后哀之，曰：『君勞，出休矣。』平畏讒之就，因固請得宿衛中。太后乃以爲郎中令，曰：『傅教孝惠。』是後呂嬃讒乃不得行。」（《史記・陳丞相世家》）如果不知道郎中令指揮宮內守衛和隨從衛士、常駐宮中的話，就不易了解陳平為什麼要用心如此之深。他哭解了呂后的戒心，再表示要宿衛宮中，保衛皇帝的安全；而以他的資歷，一旦宿衛宮中，當然不會只是當護衛，而是掌管宮中衛兵的九卿級官。因為人在宮中，呂后可眼見他的動靜，外人誣告他不忠，呂后就不易遽然相信，而貿然令陳平的部下去逮捕他。如果寫陳平機智，郎中令的職掌就應該提及。

四、避免無益的改動

寫傳記涉及歷史的記載，應該傳達正確的歷史知識。除非覺得有更好的文學效果，否則不宜改動歷史，或作不合理的詮釋。所謂更好的文學效果，譬如陳壽《三國志．關羽傳》敘述關羽刮骨療毒，是一面動手術，一面對著部下「割炙引酒，談笑自若。」而羅貫中小說《三國演義》寫關羽刮骨療毒，就改成與馬良奕棋。下棋要頭腦清醒冷靜，比吃飯聊天難；這樣的改動，強化了關羽不怕痛、泰然自若的英雄本色。傳記寫作如果要改動史實，要像這樣能加強文學效果，又符合原來人物精神，才值得考慮。

但是，在兒童文學的傳記之中，常見改動之處，毫無益處，卻又損害了準確傳達歷史知識的任務。譬如沈永嘉的《項羽傳》把姪子項羽說成是項梁的外甥，甚至說項羽在鴻門宴請劉邦上坐，抹殺了史家對一場廝殺消弭於無形的用心描述。

又如柯劍星的《中國名人傳記：蕭何》把蕭何在秦時為主吏掾改為「掾主吏」，說平天下之後，他是第一個受封的；又說曹參在所有的侯王當中所得到的土地最多。韓信在大封功臣的時候先降為只有名義的楚王。把衛尉說成隨身侍衛，這些改動都不當。蕭何在秦時是管人事的主吏掾。（《史記．蕭相國世家》）王和侯不可混為一談，曹參只是侯，食邑不過一縣，如果當地戶數超過所封戶數，多餘的仍歸中央。王的封地少則一郡（郡下轄數縣），多則數郡幾十縣。韓信的楚王就是這種王，自己能任意以無賴為中尉，帶著大隊士兵巡視轄境，絕不是沒有權力、只有名義的王。衛尉職掌屯衛宮門，是指揮精銳部隊的皇宮要塞司令，位列九卿；班固《漢書．百官公卿表》有記載。而據《史記．高祖功臣侯者年表》，蕭何和張良一起，都是第三批才受封的。

又如劉邦恐田橫賢而得士，在海中不收，將為亂，使人赦召之。田橫藉口恐怕漢將酈商報殺兄之仇，不肯來：

> 使還報，高皇帝迺詔衛尉酈商曰：「齊王田橫即至，人馬從者敢動搖者致族夷！」迺使使持節具告以詔商狀，曰：「田橫來，大者王，小者迺侯耳；不來，且舉兵加誅焉。」（《史記・田儋列傳》）

《漢書》的記載則是抄《史記》的，只少一「田橫」的「田」字和「焉」字。有作者把它改寫為：如果肯歸順漢王，和田橫關係親近的可封為王，關係較遠的可封為侯。這一改，劉邦的承諾變得難以置信，因為功高如蕭何、曹參、張良、陳平等，也不過封侯而已，怎麼可能連田橫的左右都為王！再者，劉邦原來活靈活現的霸氣，變得軟弱多了。

五、史料精采處宜用心詮釋採錄

寫傳記要採錄精采有趣的事件。如果原文敘述不夠清楚，作者要用心詮釋，使小讀者了解。譬如楊宗珍寫田單逃難時勸親戚把車軸鋸短，而且在兩個軸頭上包上鐵皮，可以輕便而結實。在逃難的途中，許多車的軸都斷了，人也因此被俘，唯有田單的親戚一路平安。讀者會奇怪，為什麼軸不鋸短的車都折軸？原來的記載是：「**燕師長驅平齊，而田單走安平，令其宗人盡斷其車軸末而傅鐵籠。已而燕軍攻安平，城壞，齊人走，爭塗，以轊折車敗。**」（《史記・田單列傳》）司馬貞《史記索隱》此處就注說：「**斷其軸，恐長相撥也。**」顯然是因為長車軸在爭路超車時，互相碰撞之故。

又如《史記・蕭相國世家》載蕭何在劉邦討伐英布時，為免劉邦嫌他在後方孳孳得民和，傾動關中，於是與民爭利以自污，以釋劉邦疑忌。後來：

> 上罷布軍歸，民道遮行上書，言相國賤強買民田宅數千萬。上至，相國謁。上笑曰：「夫相國乃利民！」民所上書皆以與相國，曰：「君自謝民。」相國因為民請曰：「長安地狹，上林中多空地，棄，願令民得入田，毋收稿為禽獸食。」上大怒曰：「相國多受賈人財物，乃為請吾苑！」乃下相國廷尉，械繫之。

劉邦的大怒，或者是因為終究被看穿心事（責備時笑），或者是因為蕭何又故態復萌，為民請命得民和。司馬遷雖然沒有明確說明，卻可以確定不是為了誰要稿（收成後的禾稈）；因為蕭何明確的說，保留稿給禽獸作食物（這就不影響劉邦打獵）。如果像柯劍星把它改寫成劉邦已答應讓百姓墾地，而且三年不收租，反而最後為了爭執誰要稿，相持不下而劉邦翻臉，這樣寫既費解又埋沒了劉邦原來微妙的心理變化。

又如曹參無為而治，惠帝不以為然，要曹參的兒子曹窋私下以人子的立場去勸說，結果曹參不由分說，鞭了兒子二百下。（《史記．曹相國世家》）陳蒼杰《劉邦傳》改寫時省略了鞭打的情節，就遜色得多。

紀傳體的史傳，往往會敘述傳主一二小事，以見其人。這些事無關成敗興亡，就歷史而言是微不足道的；但就人物傳記而言卻非常重要，一定要採錄。譬如《史記．淮陰侯列傳》一開始就寫三件軼事：寄食亭長家被嫌棄、在河邊受漂母供飯、受屠中少年胯下之辱。對照下文他為楚王後，「**召所從食漂母，賜千金。及下鄉南昌亭長，賜百錢；曰：『公，小人也，爲德不卒。』召辱己之少年令出胯下者以爲楚中尉。告諸將相曰：『此壯士也。方辱我時，我寧不能殺之邪？殺之無名，故忍而就於此。』**」就可窺見其為人。郭寶玉的《韓信》有敘述韓信微時三事，為楚王後卻只敘二事，沒有記載賜南昌亭長百錢事，就缺乏呼應了。史家敘述此三事，首尾呼應，很能突顯傳主為人。如果只看他對漂母和辱己少年的回報，可能誤以為韓信是寬宏大度的君子；但對照他侮辱南昌亭長事，就知道他絕非如此。他只記恨亭長妻不繼續供養他，卻不反省已經在人家中吃了幾個月了（「數月，亭長妻患之。」）而亭長非父兄至親，本來就沒有義務一直供養他。相提並論之下，使少年為楚中尉，讓一個混混居官治民，當王國國都治安首長，不過是故作寬大的豪舉而已。

六、想像與虛構必須謹慎

寫傳時，偶有因為史書敘事太簡要，細節描寫得不夠詳細，或因果關係沒有說清楚，而需要用想像連貫事件，或者點明人物的動機、事件的因果關係等等，使小讀者能了解。史家或者由於文獻不足，不願猜測；或者謹守分際，只記事而不揣摩人物存心，一切留給有學問的讀者自己去判斷。這種態度，固然可取；但為兒童而寫的傳記，卻未必要處處遵從。如果能謹慎設想可能的解釋，使敘事能夠易於理解，使主題（啟發）能明朗，值得大膽去設想。如果擔心自己的詮釋有誤，恐怕混淆史實與猜測，則不妨明顯區分猜測之詞。

譬如張良刺秦始皇失敗，流亡下邳期間，遇圯上老人事，司馬遷沒有敘明老人為何不在初次見面時，就爽快的直接給他書。這樣固然餘音嫋嫋，但小讀者可能覺得費解。有兒童傳記就為老人的做法加上動機，說老人有心磨磨張良的脾氣，這就使得老人的行為可以理解。當然，這樣的詮釋是吸收了蘇軾〈留侯論〉的看法：「子房以蓋世之才，不爲伊尹、太公之謀，而特出於荊軻、聶政之計，以僥倖於不死，此圯上之老人所爲深惜者也。……夫老人者以爲子房才有餘，而憂其度量之不足，故深折其少年剛銳之氣，使之忍小忿而就大謀。」像這樣的設想，就言之成理。

柯劍星寫蕭何的傳，由月下追韓信開始，寫了十二頁，之後又續了七頁，佔全書九分之一。他杜撰了很多細節，包括了劉邦貼身衛士李必大、打尖的驛站、驛卒、驛丞華勝，而於驛丞著墨特多。他又為藍關守將命名為羅世、卜山。寫張良的傳，開頭十八頁都寫韓亡時他家居的情形。他也杜撰了管家申隆（著墨頗多）、嬸嬸、朋友鄧讓、接收陽翟的秦內史石勝，而且為張良的弟弟命名，又編派他不是同母所生，自幼多病。之後用八頁寫行刺秦王，還杜撰了在現場的退路。此外，他寫韓信與龍且濰水之戰，也填上各將姓名，填充史書敘事的空隙。

增飾風景的描寫來襯托人物的心情（譬如蕭何追韓信的路上景色），比較不影響史實。但杜撰人物就值得斟酌，尤其是有名有姓的造作人物，會混淆史實，使讀者以為真有其人其事。當然，歷史事件幾乎都只存在於文本之中，難保最初的史料就有作者想像虛構的成分，而且文學理論和歷史寫作的研究，論述歷史的寫作和小說一樣，都有情節化（emplot）的過程，都要藉著想像連貫敘事。但是，我認為這些討論可以留給學者去費心，兒童文學作家寫傳記，與其讓想像放任馳騁，毋寧節制想像力，謹守傳達既有歷史知識的分際，述而不作。遇到史料敘事不連貫、因果關係費解處，必須運用想像使敘事容易理解時，不妨以「可能」、「或者」、「有人認為」等字眼，來區別作者自己的推測之詞，[8]使小讀者能夠分辨沒有史實根據的話。

七、圖畫與敘事方式

傳記如果有圖，對敘述地理位置，和器物形狀等，都很有幫助。而描繪人物，要符合他的年紀，形狀相貌也要和史料吻合。此外，衣飾也要配合場景，譬如楊先民畫《韓信》（郭寶玉撰文），人物相當寫實生動，可是其中項羽在烏江自刎一幕，背景竟然是柱子和帷幕，項羽畫成中老年的樣子，而且穿著朝服，戴冕旒，就很不合理了。）《史記・項羽本紀》篇首說：「**初起時，年二十四。**」則項羽死時至多三十二歲。

傳記敘事可以不必嚴格按事件發生的時間先後為序，譬如柯劍星寫的蕭何傳以追韓信的場景開始，第二章才從蕭何出身說起；他另一本傳

8　吳英長評論寫海倫凱勒的傳記，就提出：如要推論傳主的思想，必須用引號列出，或加上「也許」、「好似」的字眼，讓讀者去判斷這種推論是否合理。（〈兒童傳記文學的分析〉，頁31）

記寫韓信，也不從出身起敘，而以背水陣井陘之戰前，立在山上觀看地形的場景開始。若果作者認為以某件事開始，比較能吸引讀者，可以不必從頭說起。

敘事固然要有重點，但重要又有趣的事，應該多著墨，敘事要勻稱。譬如郭寶玉的《韓信》，文字共有十一頁，但漢得天下之後的韓信事蹟，只有一頁。與劉邦論諸將能否，說劉邦不過能率領十萬，而韓信自己用兵則多多益善的對話；以及訪樊噲之後的感歎，和出賣鍾離眜事等等，都能見出韓信為人，卻完全沒有記載。

有時侯只敘述人物言語行動，小讀者未必能了解意義所在，所以有些作者還會點明，甚至插話設問，並簡要回答。這種方式是可行的，如果小讀者可能不知道要站在那一方，不知應該肯定或否定人物的行為時，作者不必規避價值判斷，可明確指引；但不宜長篇累牘、喧賓奪主，而且自己的見識和引導要夠水準。

因為讀者是兒童，所以應該用淺顯語言，如果要用成語，宜用望文了義者。有些作者喜用不淺顯的成語，然後又用括號解釋。如果是意義顯豁，無可取代的成語，還算無可厚非；但有的作者漫無節制，譬如沈永嘉的《項羽傳》和陳蒼杰的《劉邦傳》。括號的詞語解釋太多，彷彿有兩重的文本，敘事就不能流暢。不過，文字雖然要淺顯，卻不必故作幼稚語。同時，好的敘事文要經得起朗誦，不詰屈聱牙。此外，有些作者遣詞用字，或者符合當年北平口語，卻不是此地的活語言，這樣的講究是沒有必要的。

有時候把史傳的敘述方式稍作改動，不會影響史實，卻有更好的效果。譬如《史記‧李將軍列傳》寫李廣打獵：「見草中石，以爲虎而射之，中石沒鏃，視之石也。」這樣的寫法，破壞了懸疑的效果，雖然是史書慣用的寫法，但不夠生動。楊宗珍改寫成：李廣出去打獵，看見草原裏有隻老虎，他一箭射中了，走近一看原來是塊石頭。文學效果就比較好，敘述者退回去和人物李廣同步報導，剛開始不知道那是石頭，讓讀者和人物一起緊張，保留了懸疑感，暫時採用了有限制的人物內聚焦視角，而不是如神的全知觀點，是典型的小說寫法。[9]不過，這還渲染得不夠，因為老虎中箭竟寂然不動，和李廣怎樣靠近等等，還可以好好發揮；譬如描寫李廣射中老虎之後，老虎異常反應，引起他心中的詫異，於是拔出配劍，小心翼翼的撥草前進，探個究竟的情形。

李廣射虎改寫的文字，敘述者對事件的認知，幾乎和讀者同步。作者當然早已知道結果，但卻讓他在文本中的代言人——敘述者和讀者一起去看發生什麼事，這樣的寫法能保留懸疑的效果。但柯劍星《中國名人傳記：張良》寫張良、陳平，卻不是成功的例子。敘述者開始時，也和讀者（觀眾）同步，只看到兩個人長得如何如何，卻不知道他們是誰；然後突然向讀者介紹他們是張良、陳平。但這裡的懸疑沒有什麼意義，充其量是介紹了張、陳的外表。事實上早就介紹過陳平的出身和美貌，而這本是張良傳，前面有無數機會介紹他的外表。換言之，像這種情況，就沒有必要賣關子。

如果是自傳，要注意敘述者「我」，和回顧式的敘事特色。蔡宜容由《從文自傳》改寫的《邊城兒小三》很多地方改成現場講述方式，全書開始：「我在黑暗的柴房裏跪了大半天……你問我是誰？爲什麼被罰跪在這兒呀？等等！我那好心的二姊可把糕餅丟進來了。」在第三章仍有這樣口吻，其中的「你」不等於書中任何人物，只能是指讀者。或者，作者想藉此使氣氛輕鬆活潑，使得敘事不是成人回顧過去（《從文自傳》的敘述者是老練冷靜的成人），而是年輕的頑童、少年（接近青年時就將近結束了），爭取小讀者的同儕感，而邊做邊說的方式則能引起讀者臨場感。兒童文學的傳記，很少由自傳改寫，而改寫之後仍維持自傳用「我」來敘述的，更是罕見。自傳的「我」，表面為一，實質有二。一個是現在寫作的「我」（指文本中的，不是拿筆那個我。）所指涉的時間是寫作的現在。另一個是事件中的我，所指

9　作者楊宗珍即小說家（也是教授）孟瑤。

涉的時間是過去（往事）[10]，這兩個「我」不可混為一談。《邊城兒小三》文本中的「我」似乎一直在現場對讀者的「你」講故事，而同時又在參與事件；但事件的發生，一直綿延十幾年，時間幅度很長，從童年到二十歲。換言之，作者把兩個「我」軛合在一起。寫作時的「我」在一般自傳中，時間指涉是一點（現在），而在《邊城兒小三》裏，時間指涉卻變成很長的線，從事件過去直到寫作甚至是閱讀的現在——因為敘述者「我」常呼喚讀者的「你」（不過，讀者當然不可能在文本中回應。）但這樣的一個敘述者就顯得怪異和不可靠，因為他講故事講了十幾年，彷彿讀者聽故事也聽了十幾年；但事實上那只是幾小時，讀一本書的時間。而且，小孩子當事發時敘述那麼荒謬的殺戮，語氣還能如此平靜，是難以置信的。不過，事實上，作者卻又不能真的全用現時的方式敘事，很多地方還是保留了回顧往事的口吻，這就使得全書的敘事時間混亂。把自傳的回顧敘事改成現場講述，下筆之前應該再三斟酌。

八、小結

兒童文學的傳記寫作，選擇傳主要注意他的事蹟是否能引起小讀者的興趣，剪裁史料也是如此；和一般給成人看的傳記略有不同。而於古今有異的度量衡要說明，於情節有重要關係的官職、禮儀也要解釋。因為傳記有傳達正確歷史知識的任務，所以切勿輕易改動史實；除非能渲染人物精神，加強文學效果，才值得考慮。改動也不能違反歷史常識。而且，詮釋史料要用心，說法要合理。為了讓小讀者了解人物史事及其意義，對太簡略的歷史記載可斟酌想像細節或動機，補充史料的不足；但不妨以「可能」、「或者」、「有人認為」等猜測之詞區別沒有根據的增飾。傳記插圖，也要和敘事一致。文字則宜淺顯，不必堆砌成語，又再解釋詞語。總之，寫作時要常常記得：讀者是兒童，要為他們設想。

---

10 可參考廖卓成《自傳文研究》（臺大中文所1992年博士論文，花木蘭出版社2012年。）頁48-52。

第二節　臺灣兒童傳記常見的問題

臺灣出版了不少兒童傳記，在圖書館或書店的兒童區，都可以看到為數不少的傳記類童書，但卻很少人認真去檢查這些傳記的內容品質。本節試就觀察所得，針對常見的缺點，分項舉例論述。

一、準備功夫不足，誤解史料

撰寫兒童傳記，固然不能要求童書作者如史學家般細密的鑽研，對筆下每個傳主都深入研究，但起碼要參考已有的研究成果。兒童文學家可以參考學者嚴謹的年譜和傳記（通常針對成人讀者），再參酌兒童讀者的理解興趣，寫成兒童傳記。但很多時候，童書作者這一步的準備功夫不足；有時甚至不肯虛心去了解古代文物制度，信口雌黃。

譬如有人寫韓信的傳，提到劉邦當過亭長，說當時交通線上每隔十里路設一個亭，每一個亭的主官就叫「亭長」，手下有五十個兵，專管捉強盜小偷。其實秦時亭長手下只有兩人，一個管治安，一個負責打掃亭。也有人寫蕭何的傳，說平天下之後，蕭何第一個受封，又說曹參在所有的侯王當中，得到的土地最多。又說劉邦大封功臣的時候，先把韓信降為只有名義的楚王，又把衛尉說成隨身侍衛，把酇侯蕭何的「酇」（縣名）說成諡號等等；這些全是誤解。也有人誤解同實異名，把改名解釋為升官，譬如陳麗如說相國的職位比宰相還大，也是信口開河。當時「**使使拜丞相何爲相國**」，只是把中央的相由「丞相」定名為「相國」，諸侯王的相不能稱相國；「拜」是任命，不是「封」爵。

稱以前的皇帝，往往稱他的廟號（如「太祖」、「太宗」）或諡號（如「高帝」、「文帝」、「武帝」），這些都是死後才有，生前不會這麼說；年號是漢武帝才有（建元元年）。有的童書作者不了解，於是在生前出現死後的稱謂。又如上一節第四點所舉誤解劉邦「**田橫來，大者王，小者迺侯耳；**」的話。如果下筆前稍稍回顧當時各人傳記，就不致於這樣出錯了。

此外，有些傳記有插圖，甚至以漫畫方式表現，對於人物的狀貌年紀，便無所迴避。偶爾史傳對人物狀貌有記載，如《史記．留侯世家》篇末說張良長得像漂亮的女生，有的繪者沒有注意。有些關係比較廣的人物，不能只看他本人的傳，有些相關的記載會寫在別人傳中；譬如《三國志》劉備本人的傳雖有提到狀貌，而他沒有鬍鬚，卻記載在同書的〈周群傳〉中。準備功夫若做得不夠，無論文字敘述或繪圖都會出錯。

有時史傳不理想，就要更費功夫。譬如《宋史．岳飛傳》並不理想，而很多童書作者寫岳飛的傳（起碼有十幾種），恐怕都沒有翻閱相關的幾種重要資料。岳飛冤死後，政敵還掌權很久，對政敵不利的史料都不易保存。儘管如此，後來他的孫子岳珂努力收集材料，完成《鄂國金佗稡[11]編》、《續編》，有豐富的資料；雖然其中有忌諱和溢美之處，仍能補充《宋史》的不足。何況現代人使用此書，可以參考大陸學者王曾瑜的校注（北京中華書局1989初版），兩書一千六百七十二頁，其中七百多頁的〈行實編年〉校注，最為詳盡，辨正了很多相關問題，很值得參考。校注者同時也有《岳飛新傳》（臺北谷風1986出版）雖然時時有黨八股的口吻，還是值得參考。更早的有宋史專家北大歷史系鄧廣銘（1907-1998）的《岳飛傳》（有1944、1982、2007版本），曾下過很深的功夫，應該參考。臺灣童書作家如果不習慣這兩書有中共黨八股口吻（鄧書較少一些），在臺灣方便讀到的，起碼還有李漢魂的《宋岳武穆公飛年譜》（商務印書館1980），彭國棟《岳飛評傳》（正中書局1972台5版），李安的《岳飛史蹟考》（正中書局1970）、《精忠岳飛傳》（東大1980）等等可以參考，但我曾寓目的兒童傳記，沒有反映出曾經仔細參考這些書。[12]

---

[11] 「稡」，王曾瑜在《校注》的〈前言〉中說：「或與『萃』字相通。」「鄂國」是因岳飛在宋寧宗時追封「鄂王」，「金佗」是嘉興府城坊名，岳珂曾居於此。

[12] 只有華霞菱的《岳飛的故事》（國語日報1983初版），是和李安合作撰寫。李安的研究，不如鄧

二、混淆小說和傳記，無中生有

當代有文學理論強調歷史寫作和小說一樣，都運用虛構手法，這些意見使我們省察連貫敘事的本質。儘管有些特殊的例子，很難判斷真實與虛構（譬如自傳裡記載的夢），但要完全泯滅歷史和小說的界線，恐怕不是多數人所能接受的。為兒童讀者寫傳記，不必捲入當代文學理論的熱潮；務實的作法，是尊重史料，把已有的、合理的傳記資料改寫成適合兒童閱讀的傳記。如果把傳記當成可以肆意虛構的小說來寫，會讓小讀者混淆了對歷史人物的認識。如果不要多受史實的束縛，儘管可以創作歷史小說——但不要冒稱傳記。

童書的諸葛亮傳記，有時候就混淆了史書《三國志》和小說《三國演義》的區別，如陳秋帆為東方出版社《世界偉人傳記叢書》寫的《諸葛亮》。後出的傳記並沒有改善，光田出版社1981年6版的《中國名人故事》，其中58頁的《諸葛亮》傳，內容出自《三國演義》，連插圖也襲取早年《三國演義》連環圖。2007年三民書局陳景聰的《草廬中的智謀家——諸葛亮》仍然以小說魚目混珠，書中的草船借箭、借東風、關羽華容道釋曹操、氣死周瑜、七擒七縱孟獲等等，大部分內容都出自《三國演義》。這100冊的叢書《世紀人物100》雖然封面沒有「傳記」兩字，但從〈主編的話〉稱這些書為「**人物傳記**」，強調各書作者用心博覽有關資料，再三推敲求證，可見視之為傳記。此外，吳新勳2008年初版的《中國歷史名人》（小標題「小學生經典人物傳記」），其中44頁的〈諸葛亮傳〉，寫借箭、借東風、七擒七縱孟獲，也取材於《三國演義》。其實，史傳和裴松之的注就有很多動人的記載，不必為了文學效果犧牲了真實的歷史感。

類似的情況，在寫給兒童看的岳飛傳記中，更為嚴重。我所讀到的岳飛兒童傳記，很多根本不是根據可靠的歷史資料，而是根據清朝錢彩

廣銘和王曾瑜精審；譬如考論當時當地有無黃河氾濫，岳母的文化程度，岳飛的第一個妻子姓劉，長子岳雲並非養子，以及拐子馬等等，鄧、王有仔細辨析。

的小說《說岳全傳》。譬如岳飛童年少年時事，特別是教他射箭的師父周同，在兒童讀物中常隨著《說岳全傳》改成周侗；寒微的髮妻，也跟著《說岳全傳》改成縣太爺的千金，這是其中最容易分辨之處。有此情況的岳飛兒童傳記不少，茲列表如下：

年份	作者	書名	出版社	備註
1979	臺灣兒童書局編輯部	岳飛	臺北：臺灣兒童書局	
1979初版	世一編輯部	岳飛傳	臺南：世一	2000年修訂新版3刷
1982	蘇尚耀	岳飛	臺北：文化圖書	
1988	世一書局編輯小組	岳飛傳	臺南：世一	
1990	林美順編劇，吳福漳、林錦榮漫畫	岳飛	臺北：牛頓	
1993年6刷	陳秋帆改寫	岳飛	臺北：東方	叢書序約1962年。
1994年初版6刷	邱雨新編著	岳飛傳	臺北：益群書店	娶縣令女，但周「同」沒有改成「侗」。
2004	幼福製作部編輯	愛國者的故事	臺北：幼福	
2006	幼福編輯部編輯	岳飛傳	臺北縣：幼福	版權購自北京日知經遠圖書公司，內容簡介提到這是「英雄傳奇小說」，但沒有提到錢彩和《說岳全傳》。
2007	廖炳焜	鵬舉的忠魂——岳飛	臺北：三民書局	正文後的〈岳飛小檔案〉還是寫他娶縣長女，師父名「周侗」。
2008	吳新勳	智勇雙全的軍事家	臺北縣：風車	
無出版年	林樹嶺	中國名人傳記——岳飛	臺南：啓仁書局（光田出版社）	娶縣令女，但周「同」沒有改成「侗」。
無出版年	華一書局	岳飛	無出版地	

上表所列，有十三種之多，可見其嚴重程度。

在大陸，亦有人以小說混充傳記，鄧廣銘在1982年曾批評說，不少岳飛傳記只是根據清人錢彩編寫的通俗小說《說岳全傳》，而《說岳全傳》既與歷史事實相去太遠，還夾雜了大量封建糟粕，文筆既不見長，虛構的情節和場面也太多，且都不見精彩。可見不獨兒童傳記如此，成人文學也充斥著魚目混珠的情形。

此外，有很多時候，不是根據小說虛構，而是童書作者的想像增飾，如蕭本雄改寫的《司馬遷》，二百三十頁之中，就有非常多想像的細節。前八十頁之中，大多出自文學的虛構，而102-135頁整章都沒有史料根據，作者也杜撰了大量傳主心中的想法。傳記最後說司馬遷離家失蹤，或者有餘音裊裊的文學效果，卻是杜撰的。

有的作者則肆意增飾，生出很多不合理又沒有文學效果的內容，譬如林樹嶺編著的《張良》、林擇明編著的《劉邦》。甚至有杜撰人物的，如柯劍星的《中國名人傳記：蕭何》，有名有姓的捏造人物，彷彿史傳真有其人其事。

三、忽略古今之隔，未解釋說明

很多兒童傳記作者似乎忘了作品是給兒童看的，忽略了古代文化如度量衡、官制、禮制等，應該讓現代的兒童讀者有更具體的了解。譬如常見描述到項羽的身高，有時照抄說他「八尺」，雖然從上下文感覺到他應該是長得高，卻不知道八尺到底多高，有時意識到要換成今日的長度單位，卻又隨便說他兩公尺。如果是人物的話，當然不能在引號內用現在的單位；但形容身高往往是敘述者的話，應該在第一次出現時，用括弧說明相當於現在多高，或者說明一尺等於現在幾公分。

同樣的，說到張良的刺客拿一百二十斤鐵鎚，鴻門宴時樊噲喝的「斗卮酒」等等，都應該讓小讀者有更具體的印象。換算對照的資料不難尋找，葉國良的《古代禮制與風俗》（臺灣書店1997初版）就有簡明的對照，建築史的書也有記載，但吳洛的《中國度量衡史》（商務印書館）卻不可靠。[13]這些在文化史或工具書中可以查得到，寫的人都不

[13] 大書局也有粗糙的產品，譬如商務郭箴一的《中國小說史》，和牛津大學出版社出版、北京大學張京媛等譯的《文學批評術語》。

去了解，怎能指望小讀者有具體的印象。

古人的外交辭令，也比現在婉轉，譬如澠池之會，為了扣缶事不惜以死相要脅，藺相如對秦王說：「**五步之內，相如請得以頸血濺大王矣！**」（《史記‧廉頗藺相如列傳》）等於威脅說：「我很接近你，我要是打定主意跟你同歸於盡，你遠遠的侍衛可沒有我快。」我們寫傳記，這言外之意就要跟小讀者解釋。

同樣的，司馬遷寫鴻門宴，描述了誰坐在東南西北的座位上，卻不需要說明誰坐在尊位；因為司馬遷時代的讀者，了解宴會時西北南東四方的尊卑順序。我們寫兒童傳記，當然就要說明這一點。作者不必用註解或插話，可以把解釋融合在敘事中，譬如說：「項羽和叔父項伯跪坐在西方尊位上，亞父范增在北方次尊的位子，劉邦像部下似的，坐在南方卑位。張良又是劉邦部下，就坐在最卑的東邊入口處侍候。」這樣既能讓小讀者了解，又不致於阻礙了敘事的流暢。可惜我還未見過有人這樣寫——無論是傳記或歷史故事。此外，官職如果和情節有密切關連，應該要點明，譬如前文提到陳平為何在劉邦剛去世時費心爭取郎中令。這些地方，童書作者應該考慮小讀者的理解力，加以說明，才能讓讀者更深刻了解傳主的言語行動。

四、陳陳相因，未追本溯源

有的作者可能只是根據別人寫的兒童傳記（尤其是較長篇的）來改寫，譬如林昭瑾編、李進坤畫的《司馬遷》，夜夢魚躍龍門，參加郎官考試和入太學，最後不知所終等，虛構之處，和蕭本雄改寫的《司馬遷》類似，很可能就是因襲蕭本雄的。最令人難忘的是杜撰司馬遷不知所終，竟然幾本兒童傳記如出一轍。[14]至於，是蕭本人的杜撰，還是所根據的日文本就已如此，一時難以稽考。

此外，岳飛傳的一些作者，可能也沒有直接讀很厚的《說岳全

---

14 可參考廖卓成〈臺灣兒童傳記常見的問題〉，頁171，見《中國現代文學》17期，2010年6月。

傳》（三民書局的校注有七百三十二頁），而是輾轉抄改別人的兒童傳記罷了。

五、剪裁失當，抹殺有爭議的事實

有的作者寫兒童傳記，忽略了史料精彩之處，至為可惜。[15]有時，則可能為了保持偉人完美典範，故意忽略一些不足為法之事。又或者是由於不諳傳記和歷史採擇材料的差異：歷史記載攸關社會眾人的重大事件，譬如清末的多次革命，應該記載，但革命領袖的愛情故事，如果無關眾人，則不必多著墨；而傳記則以人為主，除了記載和傳主有關的大事，能表現傳主性格的小事，也不宜忽略。何況婚姻、配偶、愛情都是大事，不應該隻字不提。革命領袖的愛情故事，雖然無關國計民生，卻很能窺見其為人，傳記中應該記載。我所寓目的孫中山兒童傳記，都沒有完整提到他有三段婚姻（第二段或許沒有經過正式的法律手續）。

1965年紀念孫中山百年誕辰而出版的兩本畫傳，儘管照片中都有他晚年的配偶宋慶齡，[16]文字說明卻都沒有提到「宋慶齡」三字；其中一本收錄崔載陽的〈國父傳略〉，也僅提到「夫人」而不名。這可能因為宋慶齡留在大陸任要職的緣故。至於曾襄助孫中山革命的第二位配偶陳粹芬，早年雖然較不為人所知，其實早有記載。[17]

至於兒童傳記，有時連所有的配偶都隻字不提，譬如何鳳儀等編

15 可參考廖卓成《敘事論集：傳記、故事與兒童文學》（臺北大安出版社2000年），頁150-152。

16 見《國父畫傳》，頁118、121、131；《國父孫中山先生畫傳》，頁61、71。

17 1977年陳鵬仁譯著的《宮崎滔天論孫中山與黃興》引述宮崎之妻的回憶，有一個中國婦女同志照顧孫先生起居，（頁130）但沒有提到姓名。1981年《傳記文學》233期有李又寧〈一位被遺忘的革命女性——陳粹芬〉，1992年《傳記文學》364期封面就是孫中山和三位配偶的三張合照，內有莊政〈孫中山與陳粹芬〉一文。莊政1982年初版的《國父生平與志業》有一節寫配偶，沒有提到她；後來1995年初版的《孫中山的大學生涯——擁抱祖國、愛情和書的偉人》就有一節〈平妻陳粹芬女士〉，兩書皆中央日報出版。1988年吳相湘近一千頁的《孫逸先先生傳》（遠東圖書）有提到她。（頁589）陳錫祺1991年主編兩冊兩千多頁的《孫中山年譜長編》，在1907年12月1日也有提到她，並且在註解有較詳細介紹。年譜1900年還引用日本外務省檔案，提到孫中山有日本人的妾。（頁229、240）根據日人西木正明所著書《孫文の女》（東京：文藝春秋，2008年初版。）所述，第一個和他共同生活時，才十五歲，（頁284）同時也認識了第二個，當時還不足十二歲，（頁266）第一個二十三歲時患肺結核被送回老家，（頁304、320）之後孫文和第二個女子同居。（頁307）感謝學生陳慧宜幫忙查閱日文資料。

撰，十頁的圖畫傳記〈創建中華民國的元勳——國父的故事〉（1988年初版），或一百頁的連環圖傳記《革命的先鋒》（張素貞文、胡文賢圖，1982年初版），甚至兩百三十頁的《國父傳》。（鐘文出版社，缺作者名及出版年。）

陳亞蘭文、沈禎圖的《孫中山》（光復書局約1985初版，與鄭成功合冊，插圖頗用心。）全傳64頁包含正文、〈圖片資料室〉、〈年表〉，都沒有提到配偶。書後〈解說〉之中，〈和國父有關的人與事〉還提到他醫學院成績單十二科有十科榮譽成績，卻隻字不提配偶，彷彿一生的三位配偶，還比不上分數來得重要。余棼蘭編劇，王建興漫畫的《孫文》（牛頓1990年初版，插圖平庸）有119頁，書中有〈紙上觀光〉、〈史料補充〉、〈歷史回顧〉、〈歷史訪查〉，書後有〈解說〉、〈問答〉、〈年表〉，一律不提他的配偶，正文漫畫敘述他臨終時身邊有畫女性，但文字沒有說明是誰。

劉中和的《國父傳》有一句提到結婚，有一處提到夫人，但沒有說明夫人是誰；當然也沒有提到和盧夫人離婚，與宋慶齡結婚。

縱使新出的傳記，在二十一世紀自由氣氛中已經完全不必忌諱，有的作者還是不願意費事。寫人物一生，忽略如許大事，彷彿革命家沒有情感愛欲，只是一個革命機器人似的。譬如2008年子魚的《革命先行者——孫中山》[18]，有159頁的篇幅，甚至提到傳主哥哥的婚姻，卻沒有提到傳主本人的任何配偶。

反而早年朱傳譽改寫的《孫中山》有較多筆墨提到他兩位妻子，好幾次提到宋慶齡，包括她在陳炯明叛變攻擊總統府時幾乎被害。能有那麼多筆墨寫傳主最後十年真正在一起生活、精神相契、患難與共的配偶，才算考慮到傳主生命中重要的一部份。這本書寫作時間很可能在

18 「革命先行者」是中共慣用的說法。

1966年左右，[19]當時臺灣還不像今天那麼自由開放，[20]童書作者能把這些史實傳達給小讀者（縱使這可能是日文本原有的），維護讀者知的權利，值得肯定。

2004年國父紀念館的《北辰之星——國父小傳》（47頁，每頁有照片）有一整頁提到結婚。最後一頁也提到遺囑是由太太宋慶齡扶著他的手簽的名。傳中完全沒有提到盧夫人，彷彿傳主五十歲才脫離單身生活，未免過猶不及。[21]無獨有偶，錯別字多、又莫名其妙附錄了〈李爾王〉的世一書局《國父傳》（全傳201頁，1988年再版），在傳末兩次提到「夫人」，敘述到遺囑和彌留時，有提到宋慶齡。但在前文沒有提到孫中山年輕時的婚姻。倒是大眾書局1978年編輯的《國父傳》，有提到婚姻、離婚和再婚，敘述遺囑時也提到宋慶齡。

偉人再婚尚且如此，如果偉人介入他人婚姻，就更為童書作者忌諱了。居禮夫人在丈夫去世後，愛上居禮的學生、出色的已婚物理學家朗之萬（Langevan），卻被惡意的媒體攻擊，引起社會軒然大波。暴民攻擊她家，輿論壁壘分明，甚至引發五起決鬥鬧劇，居禮夫人瀕臨崩潰，幾乎喪命——這當然是大事。我讀過的十六種英文居禮夫人兒童傳記之中，有六種提到這緋聞。而中文（含翻譯）的十八種，儘管其中有作者參考過有關緋聞的記載，卻沒有一種提到此事。[22]寫歷史可以不錄愛情故事，寫傳記就不應該忽略，否則對傳主的了解會失諸片面。

六、插圖參差，未充分發展圖像傳記

兒童傳記插圖，總的來說，參差不齊。

---

[19] 出版頁沒有說明初版時間，這是根據書末寫到1965年傳主百歲誕辰，而從林文月1987年為叢書寫的序，可知策劃兒童傳記叢書出版其事在二十多年前，大部分來自日本的底本，參與的人都能讀日文會寫中文。此書在叢書編序為21，應該就在這第一批「二十多位」的範圍內。1987回溯20年以上，又不早於1965，故推斷為1966年。

[20] 傳末說紀念孫中山最好的方法是早日反攻大陸，解救大陸同胞，奉行他的主義。可見當時的黨八股老套。（頁251）

[21] 這是《導覽叢書（四）》另一本《導覽叢書（三）》是《大圈圈與小圈圈—繞著孫中山說故事》（作者也是陳立文），有一頁提到盧夫人，兩頁提到宋慶齡，一頁提到宋父宋嘉樹。

[22] 可參考廖卓成〈論兒童傳記資料的剪裁——以居禮夫人的緋聞為例〉，頁214-232，見《國立臺北教育大學語文集刊》17期，2010年1月。

一般傳記插圖，有時會忽略人物的年齡、狀貌，譬如無鬚的劉備和長得像漂亮女生的張良，常畫上鬍鬚。年長的人物畫得太年輕，年少的人物畫得太老。至於當時服飾器物，更少考究。嚴重的甚至和文字敘述毫不相干，譬如世一書局傳記《邱吉爾》111頁利刃插喉的插圖，找不到對應的文字。

文字為主的兒童傳記叢書，插畫大多平庸，三民書局新出一百冊的人物傳記，插圖大部分都不見出色。

不過，國人繪製的漫畫傳記曾有用心之作，1993年張世民的《戚繼光畫傳》、許貿淞的《劉銘傳畫傳》（皆新學友出版），1998年張世民的《鄭成功畫傳》（南天），風格寫實；李麗明的《歐陽修畫傳》（新學友，1995）、《詩仙李白畫傳》（臺灣書店，1998）風格活潑；都頗見用心。之前，臺北牛頓出版社有《漫畫世界名人傳記》、《漫畫中國名人傳記》叢書（1989、1990初版），後者比前者略好，但都不算出色。

光復書局1991年初版的《中國文學家故事》系列，每冊約45頁，繪者都很用心，但內容稍為簡略。宇宙光2006年出版十五冊介紹來華傳教外國人的圖畫書，有部分也畫得很用心，但內容非常簡略，重點在感召來華的過程，沒有明顯的生命歷程，很多在正文中根本不提主角出生年，只有寫馬禮遜那本粗具傳記雛形，其他各本還不算傳記。這系列書如果較詳細記載生平，很可以發展成圖畫傳記。

《中華兒童叢書》之中，也有接近圖畫傳記的作品。譬如1981年出版的《烈士們》，林順雄的圖畫得不錯，可惜字多圖少。1993年的《曾鞏》也是字太多，圖太少。1995年羅茵媞畫的《李白》和陳永模畫的《王維》，讓人印象深刻，可惜相對於文字，圖還是少。同年出版的《李石樵》和翌年出版的《洪瑞麟》，大量運用傳主的畫作和照片，圖像就很豐富，而且字比較大（有注音）。2002年的《吳守禮》，也是繪畫與照片並用，圖畫的比重已經接近到每跨頁出現。

其實，光復書局1985年的傳記叢書，可算是圖畫傳記。十五冊之中，前十冊傳主二十人（一冊二人）皆為外國人，書由義大利引進，繪者應該是外國人。而後五冊的繪者應該都是本國人，除了少數圖畫，大體上畫得不錯。

近代的傳主不難找到相關照片，照片也不限於傳主本人，他的親人、朋友、甚至對手的照片，都可以考慮。此外，他足跡所及之處，如果有當時的風景照片，也能增加讀者對傳主的了解。照片之外，相關的繪畫，無論油畫、水彩、膠彩、水墨、炭筆，只要寫實傳真，都可以斟酌採用，讓人有鮮明印象；尤其是古代人物根本不會有照片。光復書局傳記叢書正文後有圖片資料，可以考慮分散到正文之中，照片與插畫在正文並用，像上述《洪瑞麟》、《吳守禮》那樣。如果能夠斟酌不同年齡層讀者，酌減文字敘述，增加圖像，是很可以發展的方向。國家地理學會2006年出版的居禮夫人圖畫傳記（Philip Steele撰文），正文五十九頁每頁都有照片或畫，甚至一頁之中兼而有之，每頁底欄是傳主大事年表。同時，文字敘述吸收了新出長篇傳記的研究成果，語氣平和，理想的圖像傳記，庶幾近之矣。[23]Russell Freedman（1929-）的兒童傳記也充分運用插圖，尤其是照片。他的《林肯畫傳》（*Lincoln: A Photobiography*）更獲得1988年的Newbery獎[24]，此外，他寫過富蘭克林、華盛頓、拉法葉、印地安酋長、瘋馬、萊特兄弟、羅斯福夫婦等人的傳記，都引人入勝，發明飛機的萊特兄弟的八十多張照片，豐富了傳記的內容。而且，他書末都列出可以參考的圖書，如果沒有下過深入的研究功夫，很難做到。[25]

七、小結

上文論述各點，有的很難截然劃分，譬如兒童傳記沒有說明和讀者

---

[23] Vicki Cobb 2008年出版的居禮夫人照片傳記（DK Publishing），121頁之中，每跨頁都有照片，也很不錯，但文字稍多，敘事也不若Steele娓娓動人。

[24] 我有論文分析此書，見《師大學報：語言與文學類》58卷2期（2013年9月）。

[25] 此外，James Cross Giblin（1933-2016）和Jean Fritz（1915-2017）的兒童傳記也很出色。

時代有差異的度量衡和文物制度，可能不是遺漏，而是作者準備功夫不足，下筆之前沒有花時間去了解。混淆小說和歷史，也可能由於童書作者沒有下功夫準備，只是陳陳相因，抄襲前人作品，稍微改動字句和口吻所致。

這些問題的背後，很可能也和叢書的策劃、編輯、出版有關。譬如主編不了解傳記相關問題，不了解哪些人物資料太少、哪些人物資料太多，也不了解所找的撰者有沒有能力處理相關材料或議題。

第五章
兒童故事

第一節　定義與範圍

兒童故事是常被混淆的分類範疇，因為「兒童故事」一詞使用上有廣義和狹義的範圍。[1]

廣義的兒童故事往往指敘事體兒童文學作品的全部，狹義的則指其中一部份。蘇尚耀在1989年編選兒童故事時就說：廣義的兒童故事，賅括神話、童話、傳說、傳記、寓言、笑話，甚至如小說等等；狹義的，則僅指：人物為社會所實有而事蹟為世間所可能，情節完整又合乎現實，結構則比較順乎自然的作品。其後，蔡尚志在合著的《兒童文學》中〈兒童故事〉一章，就採用蘇尚耀的說法，為兒童故事下定義：有人物、情節的散文類敘事作品，人物為社會所實有，事蹟為世間所可能，情節合乎現實，內容適合兒童閱讀。他的描述加上一切兒童文學作品都應該符合的——適合兒童閱讀。蘇尚耀選了王德欽寫的〈龜精變成龜山島〉，蔡尚志也以此篇為例。

他們兩位下的定義都強調寫實，但所舉龜精變成龜山島的故事，其中鄭成功此一人物雖為社會所實有，但龜精被鄭成功「槍擊身亡」而化為龜山孤島，事蹟卻不合乎現實、不能算作世間所可能。在同一章所舉的老鼠變老虎的故事，也不是寫實的，並不符合所下的定義。而且，這個定義不僅兒童故事可用，寫實的兒童小說也能用，並不能釐清兩者的差別。大陸學者梅沙的定義是：以敘述事件為主、有故事情節的散文作品。同樣也不能釐清和寫實小說之間的差異，也需要很多補充說明。

1　本章一二節的初稿有比較詳細的原文舉例，可參見廖卓成〈論兒童故事的範圍〉（國立臺北教育大學語文集刊）11期，2006年。）

更早的時候，吳鼎1965年出版的《兒童文學研究》也曾為散文大類裡的兒童故事下定義，認為一切有人物、有情節的演述材料；都可稱之為故事。這樣的定義失諸寬泛，比較像描述廣義的故事——一切敘事體裁的作品。

林守為在所著的《兒童文學》一書中（1964年初版），也間接的為兒童故事下過定義，他雖然沒有用「定義」一詞，所述等於描述兒童故事的定義，大體上強調用散文直線敘述的真事；只不過，排除了符合這標準卻不夠優美活潑和缺乏良好意義的作品。林守為、蘇尚耀和蔡尚志都限定了兒童故事是以不押韻的文字寫作的，如果用韻文（不見得是詩）來寫故事，就不算是故事，這是不合理的。

目前在臺灣最常見的兒童文學分類，多粗分為散文、韻文、戲劇三大類，然後散文類中有兒童故事一小類。林守為和林文寶廣被採用的同名教科書《兒童文學》中，都是如此。林守為在散文類之下分：兒童故事、童話、神話、寓言、小說、遊記、傳記、笑話。

林文寶在散文大類下分散文（再分為敘事、抒情、說理、寫景的四種）、故事、寓言、神話、童話、小說六類。他補充說：至於故事、寓言、神話、童話、小說原則上皆含有故事性，只是偏向不同。顯然他已經意識到，廣義的兒童故事，可以包括其他幾個次文類（除了狹義的散文之外）。

吳鼎《兒童文學研究》敘述兒童文學的形式時，就把兒童文學分為散文、韻文、戲劇、圖畫四大類。散文大類下分：童話、故事、寓言、小說、神話、傳記、遊記、日記、笑話。這些分類都把故事認定是不押韻的文體，其實故事和童話一樣，在理論上都可以用押韻的文體（style）來敘事。用不用韻，只是作家經營文字的抉擇，其他如寓言、小說、神話、傳記、遊記、日記、笑話等等，當然也可能用韻文體。

分類系統中的散文有廣義（大類）與狹義（小類）兩類，有時會引起混淆。下文論民間故事，就是明顯的例子。

英文兒童文學論著的分類，和我們截然不同，譬如本書第一章引述呂肯絲的《兒童文學批評手冊》，就沒有「故事」一類（無論是story或tales）。她其中有一大類「傳統文學」（traditional literature，或稱民間文學folk literature），下分寓言（fables）、民間故事（folktales）、神話（myths）、傳說與英雄故事（legends and hero tales）、民間史詩（folk epics）五種。這樣的分類並不是她自成一家之言，而是相當普遍的；英美的兒童文學分類中，民間文學（或稱傳統文學）往往指口頭流傳而後來經寫定的作品（縱然寫定者會加以增刪改竄），而幻想作品（fantasy）則指近代以來的創作；譬如安徒生童話中的大部分（不包括〈國王的新衣〉、〈大克勞斯與小克勞斯〉、〈豌豆上的公主〉等等寫實作品），及其後作家充滿幻想成分的作品，也包括科幻小說。舉英文兒童文學分類為例，並非斷定他們的分類才是正確的，而是提醒我們：臺灣常見的分類不是放諸四海而皆準、東西方一致的共識。

文建會和臺東大學兒童文學研究所曾舉辦「兒童文學100」活動，票選各種文類佳作百部，其中有兒童故事、民間故事、圖畫故事三組。這表示已意識到兒童故事與民間故事不宜混為一談，但其中兒童故事類入選的《七百字故事》、《中國童話》頗有非狹義故事類作品。以《七百字故事》前十篇為例：第一篇〈貓頭鷹的大眼睛〉、第四篇〈做了壞事心不安〉、第九篇〈鴿子和螞蟻的故事〉都算是童話，第五篇〈等第二隻兔子〉是寓言。而《中國童話》書名就不是狹義的兒童故事，全書十二冊（十二月），以首冊三十一篇的前十六篇為例，其中只有〈傻女婿拜年〉、〈太陽問答〉、〈狄青智取崑崙關〉、〈仁慈的馬皇后〉是兒童故事，其他有不少是童話和神話，而〈女媧造人〉、〈葫蘆兄妹〉的敘述者也知道自己在說的是神話。當初發出問卷時，故事類書目列出這些書，最後才有可能入選；由此可見，策劃者對兒童故事定義與範圍的考慮仍欠周密。

兒童故事的寫實和寫實小說不易劃分，有時同一本作品，有人認為是小說類，有人卻認為是故事類。譬如在林文寶、陳正治、蔡尚志、徐守濤等合著的《兒童文學》中，陳正治認為義大利作品《愛的教育》是小說，而蔡尚志卻認為是生活故事。一般都認為兒童故事和兒童小說相比，敘事的手法比較平鋪直敘，人物也不繁複，篇幅較短。但是，面對敘事質樸的短篇小說時，這些分野就會顯得不夠明確。此外，寓言如果以人為主角，沒有超自然成分，也和兒童故事不易劃分。

不同的文類，各自有其不同淵源，界定文類的特徵也不相同。寓言的特徵按莊子的說法是「藉外論之」（《莊子・寓言》），因為「言出於己，俗多不受，故借外耳。」（郭象注）這其實是一種表達方式、寫作技巧，而演變成文類。很多作品，縱使不是寓言，也會意在言外；如果擴而充之，很多作品都可算作寓言。我們現在為兒童文學分類，往往沿用既定的文類，著眼其適合兒童閱讀，而編為一列，卻忽略了整個系統是否合理嚴謹。

有時，縱使二人對同一文類特徵有共識，面對個別作品認定時，仍會有見仁見智的看法。譬如有兒童故事情節比兒童（少年）小說簡單的共識，但某一作品（例如義大利作品《愛的教育》）的情節是簡單（故事）抑或曲折（小說），感覺就因人而異。

至於民間故事，那是不同層次的概念。臺灣所見的兒童文學分類，大都把民間故事列為兒童故事底下的次文類，其實有待斟酌。因為民間故事的「故事」，範圍接近廣義的故事，而臺灣兒童文學分類系統中的兒童故事，卻是排除了寓言、童話等，和寓言、童話類在同一層次的狹義故事。

民間故事是民間文學的一支，「民間」強調的是「非作家的」、「口傳的」；譬如大陸學者段寶林的《中國民間文學概要》開宗明義的說：民間文學和作家文學並行，即人民大眾的集體口頭創作。其中民間故事指人民口頭創作中敘事散文作品的總稱，按題材內容及流傳情況的不同而分為神話、傳說、生活故事、笑話、寓言、童話六類。此處的故事顯然是廣義的。劉守華等學者也指出：民間故事的定義有廣義與狹義之分，通常民間故事定義多指廣義，即民眾口頭創作的所有散文體敘事作品，包括神話、傳說、幻想故事、生活故事、民間寓言、民間笑話等。而狹義的指神話、傳說之外的散文體口頭敘事，包括幻想故事、生活故事、民間寓言、民間笑話等。

另一大陸學者黃濤編著的《中國民間文學概論》也在卷首說，民間文學是和作家文學並行的一種文學形式，其下分為散文、韻文、說唱三大類，散文作品，包括神話、傳說、民間故事（含生活故事、寓言、童話、笑話）、歇後語等。他進一步說明：廣義的故事，是民眾口頭集體創作和傳播的帶有虛構內容的散文敘事作品的總稱，包括神話、傳說、童話、生活故事、寓言、笑話等。狹義的故事，指民眾口頭集體創作的內容具有泛指性、虛構性和生活化特徵的散文敘事作品，是指神話、傳說以外的散文敘事作品。他所強調的虛構性已超出狹義兒童故事所強調的真實性。

臺大中文系教授曾永義在《俗文學概論》中也有相關論述：民間故事有廣狹二義已經是學界的共識，他們對神話、傳說以外的民間散文敘事作品，顯然也有內容類別多寡的認知差異。他認為《中國民間文學集成工作手冊》在作品分類編碼方案中，把狹義的民間故事分為八大類，算是最為周延的，它們是：動物故事、幻想故事（即民間童話）、鬼狐精怪故事、生活故事、機智人物故事、寓言、笑話、其他等八大類。臺灣聯經出版社陳慶浩、王秋桂合編四十冊的《中國民間故事全集》，也開宗明義說：民間文學範圍極大，分類方法亦多，按體裁分為散文、韻文及散韻混合三類。散文則是廣義的民間故事，包括神話、傳說、生活故事、幻想故事（童話）、寓言和笑話等。

由此可見，民間故事也有廣、狹二義，縱使其狹義的範圍，尚且包括童話、寓言等（不必是寫實的作品），是不同層次的分類概念，如果將民間故事視為在分類系統中，和童話同一層次的故事類底下的一小類，是和大部分民間文學學者的看法相扞格的。

其實，兒童文學學者並非完全沒有意會到這一點，蘇尚耀就說：民間故事，有神話、傳說、異聞、趣談、笑話、寓言等等體裁，性質和形式都十分龐雜。照他的說法，民間故事的內容很廣泛，絕非寫實故事所能涵蓋。李慕如、羅雪瑤察覺到民間故事不屬於寫實故事，在散文大類下分：故事、小說、遊記、傳記、日記、笑話、謎語、小品文。而故事下分寫實、想像兩類，寫實類含：生活故事、歷史故事、科學故事；想像類含童話、神話、民間故事、寓言等。可能已經意識到民間故事中的虛構成分，但是她們把民間故事完全劃入想像一類，無異否定了民間故事也可以是寫實的。而事實是：民間故事既有想像的虛構作品，也有不少寫實的作品，尤其是其中的生活故事；所謂寫實是現實有可能發生的，不一定是曾經發生的。《格林童話》在英語世界的兒童文學分類中，往往歸屬於民間故事，其中固然有大量童話（有超自然成分的），但也有寫實故事；如有名的〈幸運的漢斯〉和〈畫眉嘴國王〉，都沒有神仙、魔法，也沒有動物會說人話等等的超自然設計，而屬於寫實故事。

由於「故事」有廣狹二義，我們也不能把全部民間故事隸屬於兒童故事；只能把一部分民間故事隸屬於兒童故事。這一部分，應該是其中寫實故事的部分。如果我們暫時想不出更周延的分類，仍然把兒童故事細分為生活故事、歷史故事、民間故事的話，起碼應該把其中的「民間故事」加上「寫實」一詞的限定，改為「寫實類民間故事」。雖然比較累贅，但可以排除民間童話等作品，有助於釐清兒童故事的範圍。

正由於故事有廣狹二義，所以「兒童故事」指稱的範圍往往不同，在表達時一定要說清楚，所指的是一切適合兒童閱讀的故事體裁作品、抑或僅是其中的部分。這部分如果要正面去敘述它的定義和範圍，相當困難。我們應該整體觀察整個兒童文學的分類系統，才能明確了解這一部分的範圍。假如我們暫時沿用林守為、吳鼎、林文寶的分類，我們就要知道：分類表中的故事是狹義的，除了狹義的散文之外，其他都屬於廣義的故事體裁，如果一篇兒童文學故事體裁的作品，它不符合童話、小說、寓言、神話的特徵，那它就是故事。所以，在文類特徵方面，它可以說是比較弱勢的文類，是其他故事體瓜分之後剩餘的一類。

了解這一點，就能領會為甚麼要正面去描述它的定義和範圍，是很困難的。

不過，我們必須拆掉上層廣義散文的限定，同時也消除了韻文、戲劇、廣義散文這樣的三分法，直接羅列各種體裁。因為，限定童話、寓言、小說、神話、故事等等不可以押韻，是站不住腳的。

第二節　兒童故事的類別

兒童故事的分類，吳鼎就其題材，分為生活、神仙、科學、歷史、地理、衛生、道德、民間、探險、藝術、文學、聖經等十二類。在同一層次用了多個分類標準。民間故事是不同層次的範疇，已如上述；神仙著眼人物，不是寫實的故事；聖經著眼來源，其中也有很多超自然的故事。此外，探險著眼情節；道德著眼作者意圖或讀者的反應，文學、歷史、地理等等，及各項之間，往往有重疊之處，不是很清楚的分類。

大陸學者周曉波論分類，「故事」的定義又似回復到廣義的範圍（含寓言、神話、童話等）。內容分類標準有時著眼人物（動物、愚人、名人），有時兼顧人物與情節是否和歷史記載相符（歷史故事），有時著眼於作者的意圖或主題的說教意味是否濃厚（寓言），或假想的閱讀反應（益智），相當凌亂。

曾有學者在論文類研究時，批評類似的情形，認為按照心理學的標準來劃分文類，是不太令人信服的，不管它是依照作者的心理，還是公眾（讀者、觀眾或聽眾）的心理。而按照文學體裁預期的效果來分類的方法更為人熟悉，其後果也更嚴重。以題材來劃分體裁，其後果很可能產生出眾多缺乏特徵的亞類。[2]

2　見Weisstein著*Comparative Literature and Literary Theory.* p.116-p.117, p.121.參考劉象愚中譯《比較文學與文學理論》，頁114、118。

有的分類包括圖畫故事，譬如蘇尚耀將兒童故事分為生活故事、歷史名人故事、民間故事、圖畫故事四種。（所編書〈目錄〉）蔡尚志分兒童故事為生活故事、歷史故事、民間故事三大類，另外又有「現代新興的圖畫故事」；歷史故事下分歷史人物故事、歷史事件故事、文明進化故事三種。梅沙則分為：動物故事、生活故事、歷史故事、圖畫故事。

兒童故事包含圖畫故事一類，這其實有待斟酌；因為圖畫故事的「故事」是廣義的故事，包括一切故事體裁的作品，不應該隸屬於狹義的兒童故事之中。圖畫書不一定有故事，它可能是配很多圖畫的兒歌、童詩或散文。而就圖畫故事書的文字而言，這些文字構成的故事可以是童話、小說、神話、寓言等等各類的其中一項。至於沒有文字而圖畫本身能連貫敘事者，只能依據圖畫來判斷其文類歸屬，有時不如文字故事那麼明顯。至於有學者以為兒童故事等於圖畫故事，兒童故事和童話差別在於圖畫的多寡，當然是完全說不通的。

幼獅出版社曾兩次編選兒童故事，第一次是蘇尚耀主編，第二次是馮季眉，她選兒童故事，包括：生活故事、民間故事（神話、傳說）、歷史故事、寓言故事、古典故事、傳記。她認為圖畫故事也是故事範圍，只是不便呈現在選集中。寓言、傳記都被她收錄其中，她所選的八篇古典故事，和所選的十篇歷史故事之間，沒有甚麼差別，沒有必要另立一類。傳記就是傳主一生的故事，如果沒有獨立為一類，放在故事類比歸入散文類合理。有時，歷史故事一直寫到人物去世，時間幅度大，和傳記沒有甚麼分別。

林守為分兒童故事為：1.生活故事 2.自然故事 3.歷史故事（分為記人、記事、記物）4.民間故事（分為記人、記事、記物）。而許義宗在散文大類下分故事、小說、遊記、傳記、日記、笑話、謎語、小品文。故事下分寫實與想像兩類，寫實類分為三小類：1.生活故事 2.歷史故事（記人、記事、記物）3.科學故事；想像類分為四小類：1.童話 2.神話 3.民間故事 4.寓言。他大概意識到民間故事的非寫實成分，所以歸屬不同。而科學故事一類，和林守為的自然故事相似。其實，他們說的自然故事和科學故事，可歸入知識性兒童讀物（informational book）。

大部分的分類都包括了生活故事和歷史故事，而就數量而言，歷史故事是大宗；蘇尚耀編兒童故事，發覺以往出現在兒童書刊裡的故事，以歷代名人故事為最多，生活故事很少，而感嘆選集主體的生活故事竟如此單薄。

如果把生活故事視為兒童故事的主體，把歷史故事看作古人生活故事，無異把人的一切活動都視為生活，則除了生活之外，根本沒有其他活動；這樣便混淆了歷史故事和生活故事這兩種明顯不同的作品。現在所稱的生活故事，幾乎都是發生在現代的故事；歷史故事的文類標準是——故事人物情節都是根據歷史記載（不只是正史）。兩者的分野，一般來說是很明顯的。不過，理論上，當然可以有歷史生活故事，即故事環境設定在歷史地理座標中的虛構（沒有歷史根據）而寫實（雖不是歷史上真正發生過，卻是有可能發生的）的故事。再者，史籍浩博，自己不知道出處，以為沒有歷史根據，卻可能是作者根據史書而寫的；這樣就會把歷史故事誤認為是歷史小說或生活故事。只是，歷史故事作者往往連基本歷史名著都未必充分發揮，所以實際上罕見誤判的情形。

蘇尚耀收集的資料到1988年，之後臺灣陸續出版了好些生活故事。（譬如小兵出版社一系列的叢書之中，有不少是生活故事。）相對的，歷史故事的出版亦方興未艾，而兩種文類都有大陸作家的作品。

生活故事如果情節太簡單，事件沒有凸顯，就會像散文；假如情節曲折，又傾向短篇寫實小說。（縱使篇幅很短，也有近似的極短篇小說）所以，強弱兩端的作品往往被鄰近的文類吸納，唯有中規中矩的，才算生活故事；這使得生活故事的文類特色不明顯。而且，精彩的作品很少，蘇尚耀所編選的生活故事，尤其是民國四十幾年到六十幾年的作品（包括他自己以蘇樺筆名寫的幾篇），說教有餘，趣味缺缺。[3]

3　我曾兩度在「兒童故事」的課選讀討論，學生的反應一致都是負面的。

大陸作家有的作品較引人入勝（如余存先在小兵出版的《山野稚子情》等），而近似小說。至於像《楊小妹在加拿大》一類的作品，對外國生活好奇的讀者覺得興趣盎然，但各書所含各篇，大都接近散文，而不是故事。

歷史故事則不然，鄰近的歷史小說往往是長篇（這是就出版的實況而言，理論上當然可以有短篇的歷史小說。）而且歷史故事來源不虞匱乏，光是正史史傳之中，就有很多精彩動人的故事；正史之外，還有其他材料。而且，真實發生過的歷史故事，教訓的說服力比杜撰的故事要強。它的文類特徵比生活故事明顯，更適合作兒童故事類的主體，而且也最有發展的潛力。

第三節　歷史故事及其評價標準

歷史故事以活潑的文字來敘述歷史，能寓歷史知識於生動有趣的故事之中。歷史故事應該以傳達正確歷史知識為首要目標，文學手法（誇張、想像、虛構）是手段，手段不應妨礙目的。當然，歷史的真實是否可得？文字能否準確重現事件？有沒有自然呈現，未經解釋的歷史？歷史的賦予情節過程與小說有何不同？這些問題都已經受到質疑。兒童歷史故事不是參與這些文學理論的爭議，只是用活潑的文字傳達現有的歷史記載，態度是述而不作，儘量不要去更動史書的說法；史書記載如果極不合理，則不予採錄改寫。當然，在歷史記載的空隙中，仍有相當寬裕的空間可供想像馳騁；有時更很需要合理的想像來填補縫隙，連貫敘事，使故事完整。但這些沒有史料根據的想像，不應違背歷史記載；尤其是不能增強文學效果的改動，更不可取。評論兒童歷史故事的要領，和評論兒童傳記頗有相通之處，可以注意下列各點。

一、改動史實是否合理

寫楚漢相爭的兒童故事，最易出問題的似乎是鴻門宴一幕。這是劉邦命運的轉捩點，當然值得採錄，而《史記・項羽本紀》記載當時各人位置：「**項王、項伯東嚮坐，亞父南嚮坐。亞父者，范增也。沛公北嚮坐，張良西嚮侍。**」東嚮就是向著東面坐，換言之，是坐西朝東，在室中（宴會在帳中如同室中）是尊位。次為坐北朝南（亞父范增），南又次之（劉邦），東為卑（「張良西嚮侍」）。司馬遷把各人座次說得很清楚。在他的時代，何方為尊位是常識，所以他只消說誰坐西、東、南、北，不必交代誰在尊位，讀者自然了解誰在尊位。出席時，自己處在什麼位置，往往代表了自己的態度。劉邦處於南方，執臣禮，擺出低姿態，消弭了項羽的殺機。[4]有人把座次寫成：項羽項伯坐在東面，張良坐西面，范增坐南面，劉邦坐北面。把東向坐（向東坐）理解成坐在東方，顯然沒有了解原文的意思。

有人寫說，張良的位子正好面對營門，也是不合理的。主人（西面）的位子才是對著營門的，所以樊噲闖進來時，才會「**披帷西嚮立，瞋目視項王。**」而項羽則「**按劍而跽**」的戒備。也有人把出餿主意勸劉邦派兵守函谷關的鯫生，改成是張良勸劉邦的，這也削弱了張良的智慧形象。又《史記・張耳陳餘列傳》記載：「**餘年少，父事張耳。**」所以不應把陳餘畫得比張耳老。此外，文帝即位時虛歲不過二十四歲，[5]也不應畫成中老年人的模樣。馬景賢一直把「滕公」寫成「謄公」，把「夏侯嬰」改成「夏侯英」；又說韓信封了楚王衣錦還鄉，第一件事就是先去拜訪救命恩人謄公，可惜謄公早就去世了。韓信聽了非常難過，親自上墳拜祭謄公。其實滕公夏侯嬰曾參與立代王為文帝，直到文帝八年才在太僕任上去世，（《史記・樊酈滕灌列傳》），

4　余英時以為可能是項伯幫忙安排（《史學與傳統・說鴻門宴的坐次》，頁195）他的推測可供參考。不過，他認為南卑於東，卻是誤解。（葉國良《古代禮制與風俗》，頁21-29）

5　據《漢書・外戚世家》及《漢書・諸侯王表》所載，劉恒在漢四年生，漢十一年八歲為代王，立十七年，高后八年為皇帝。

卒年比韓信晚二十多年。這改動混淆史實，於文學效果也沒有必要。

此外，楚國姓熊，楚懷王孫叫熊心，不必改成姓孫名心。這大概誤讀《史記・項羽本紀》的「**乃求楚懷王孫心民間，爲人牧羊，立以爲楚懷王，從民所望也**。」把「孫心」連讀當成姓名。司馬遷原文因為楚王都姓熊，就只敘述其名，不重複說其姓。此外，劉邦所封的異姓王中，有兩個韓信：一個是曾鑽流氓褲襠，耳熟能詳的楚王韓信，後被貶為淮陰侯；另一個是「韓王信」，是韓王韓信，不是韓國的王信。把韓王信改為姓王名信，也毫無道理，可能也由於誤讀原文。此外，項羽把劉邦的父親放在一個很高大的俎（用餐時置肉其上而切之）威脅劉邦，「高俎」也不必改為「十幾公尺高的瞭望台」。「分一桮羹」的「羹」是現在仍常見的食物，也不用改為「湯」。

《史記・高祖功臣侯者年表》記載曹參最先受封（六年十二月甲申，當時以十月為歲首，同時有十人受封），呂后的兩個哥哥是第二批（正月丙戌），等到張良和蕭何等十三人在正月丙午受封，已經是第三批了。受封的先後、排名（蕭一、曹二、張六十二；這些是侯，韓信是王，比侯高一等，不和他們同列排序。）和戶數的多寡無關，曹參有萬六百戶（戶口的稅收就是侯的收入），蕭何是八千戶，張良萬戶。改寫時縱然想帶出張良來敘述，也不必改動受封次序。而且，說封給蕭何的土地最多，也是不符合史實的。也有說蕭何在秦時不得意，只是沛縣縣衙裡主管文書往來的小小縣椽。其實蕭何不是甚麼「縣椽」（ㄔㄨㄢˊ，秦漢皆無「縣椽」官號，「椽」是支撐屋頂的橫木。）而是「**以文無害爲沛主吏掾**」（《史記・蕭相國世家》，「掾」音ㄩㄢˋ，指官署屬員。）蕭何因為文書公事通曉無缺點而被任命為主管人事的官，在縣衙裡，這不是微不足道的小官。不先看看註解，如此信口開河，很容易傳遞給小讀者錯誤的知識。

二、有沒有作必要的補充解釋

改寫歷史故事，要考慮到現代讀者（尤其是小朋友）能否理解。現代人不了解的古代度量衡、官名，都應該斟酌解釋；特別是和情節有關係之處。此外，當時人不言而喻的，時代隔閡，就需要解釋，譬如上一章提到的鴻門宴座次的意義。又如鴻門宴時，范增屢次向項羽打眼色：「數目項王，舉玉玦以示之者三，項王默然不應。」（《史記・項羽本紀》）玉是當時常用的佩飾，人們也常以玉器的諧音喻意，范增以玦的諧音「決」暗示他下決心動手殺劉邦。有的故事沒有提到玦暗示甚麼，這舉動就讓讀者覺得費解。有的故事對鴻門宴的座次沒有說明尊卑和代表的意義，也不夠周詳。而提到陳平以「太牢」招待項羽使者，也該讓讀者了解是牛、羊、豬三牲齊備的盛宴。又如荊軻刺秦王故事，應該說明當時的地圖是卷軸的，有如今日所見的書畫卷軸，讀者才了解。作者常用故事解釋成語，對這常用成語「圖窮匕現」卻沒有說明。

有時若不說明，就不能深切體會故事中人物為何有此舉動。譬如韓信最初在項羽手下當個郎中，寫故事的都了解這是小官，卻沒有說明是多麼小的官。其實這不需要去查《漢書・百官公卿表序》，在《史記・淮陰侯列傳》中，韓信自己的話就說得很深刻：「臣事項王，官不過郎中，位不過執戟。」縱然不知道郎中的俸祿，憑「位不過執戟」一語，就曉得這是侍衛。換言之，韓信所做的，就是鴻門宴時，被樊噲擁盾側身撞倒在地的那種侍衛的工作，要說明這一點，才能了解他所受的委屈有多深！可惜只有一本說項羽任命他做個衛隊的隊員。另一本籠統說他是「執戟郎中」，餘各本多不作解釋。

三、史書精采處有沒有採擇

兒童歷史故事不必鉅細無遺的有聞必錄，作者可以選擇重要和有趣的事件來寫；但有時候史書中本來就敘述得具體而精彩，這些就不宜錯過。細寫韓信，就不應該忽略他的善用兵。韓信以木罌缶渡軍擒魏王豹，以背水陣殺陳餘，決壅囊水淹龍且軍等經過，《史記》本來就有出色的敘述。寫劉邦用陳平的計謀抓韓信，就不宜省略「豫具武士，見信至，即執縛之。」和韓信喊冤卻被反綁得更緊的細節。若細寫韓信微時窮途潦倒，也不該省略到亭長家寄食被嫌棄一事，尤其是相對於發跡後，任命羞辱他的無賴為楚中尉（諸侯王國的國都保安司令），韓信對亭長的「報答」，就很能顯出他的為人。

《吳姐姐講歷史故事》寫陳平家貧，不應該把《史記・陳丞相世家》中，描寫陳平住處的敘述刪棄不用。陳平家住在靠外城牆的陋巷中（「負郭窮巷」）；窮人依郭為家，可以省一面牆。而且家「以敝席爲門」，用破的席子充當門，則室內有沒有值錢的東西，就不言而喻了。而且，張負跟蹤他的敘述，亦不必刪。寫鴻門宴樊噲衝入帳內，項羽賜酒肉，只說樊噲切肉，省略了〈項羽本紀〉中樊噲「覆其盾於地，加彘肩上，拔劍切而啖之。」的描寫，使樊噲的英雄氣概失色不少。又如寫韓信挨餓，《史記・淮陰侯列傳》中敘述漂母「見信有饑色」一句，亦該用而未用。飢餓到能夠被人看得出來，就不僅是一兩頓飯沒吃飽而已，司馬遷原來的敘述言簡意豐。寫蕭何追回韓信之後，再向劉邦推薦時，刪去史傳中劉邦初時「吾爲公以爲將」的勉強態度，和設壇場拜大將前，「諸將皆喜，人人各自以爲得大將。至拜大將，乃韓信也，一軍皆驚。」敘事就較遜色了。

此外，吳涵碧《吳姐姐講歷史故事》講漢文帝故事時，說竇姬當初為呂太后宮女，被送給諸侯王，本來志願是趙，卻誤置代伍中，後來代王（即後來的文帝）一見鍾情，而正妃又早死，竇氏的兒子成為太子，她也成了皇后。這故事最早見於《史記・外戚世家》，兒童故事的作者強調竇氏意外的反禍為福，卻不取史實所載：代王元妃本來生有四個兒子，卻在代王為帝後相繼病死。要提到這一點，才更顯出竇氏出奇的好運。另一則漢文帝的故事，改寫時刪節得不妥：有個侍從告訴漢文帝，能做事的不一定會講話，會講話的不一定能辦事；漢文帝覺得很有道理，撤消了提升小職員的命令。這故事初載於《史記・張釋之馮唐列傳》，「管理員」其實是上林尉（秩三百石），「小職員」是虎圈嗇夫（百石），「侍從」就是張釋之。當時皇帝詔張釋之（時為謁者僕射，秩千石。）拜嗇夫為上林令（六百石，下有八丞十二尉，見《漢書．百官公卿表》），張釋之反對越級擢升嗇夫的理由是：張相如和周勃都是皇帝很肯定的長者，卻都木訥不善辭令，那像虎圈嗇夫「喋喋利口捷給」？如果因為口才好而跳級升官，會造成「爭爲口辯而無其實」（只講求口才好而不問內涵）的風氣，所以皇帝用人的舉動不可不審慎。而上引文經刪節改寫，使得侍從的話變成毫無根據，跡近讒言。以前課本選過張釋之執法很守原則，不因皇帝好惡而私自撓曲，很多小讀者可能會讀到，所以應該把侍從張釋之的姓名寫出來，讀者對歷史人物的印象才會更豐富。下筆之前應該好好把握原故事的精神，上下文要讀得廣一點，才能體會深刻，介紹得比較好。

又如《吳姐姐講歷史故事．呂后嚇壞了自己的兒子》敘述呂后迫害趙王如意，但惠帝擔心生母呂后要害異母弟，作者丟棄《史記．呂后本紀》的生動記載：惠帝「自挾與趙王起居飲食」（這就使得下毒或製造車禍都因投鼠忌器而行不通。）史傳較能刻劃惠帝愛弟之心，母后的陰狠，和趙王如意處境的凶險。改寫就顯得空泛不具體了。而敘述趙王如意貪睡，爬不起來隨哥哥惠帝去打獵，也不應錯過「趙王少，不能早起。」的記載；據《漢書．惠帝紀》載，惠帝十六歲為帝，則其弟趙王時不足十六歲。

四、想像附會是否合理

史料沒有詳細記載的地方，當然容許作家以想像力虛構填補，但仍不應該逾越了史料的空隙，侵犯到有史實記錄的部分。有時雖然不見得一定違反，但虛構的描寫本身若不合理，亦不適宜。譬如蕭何的身高相貌沒有記載，毛貴民《故事版資治通鑑》（卷七）杜撰說他身長七尺，體型略瘦，亭亭如玉樹臨風。雖然我們不敢說蕭何長得如何，但既然杜撰說他七尺高，而當時七尺，不過是現在161公分，就當時的平均身高而言，或者並不算矮，但也實在稱不上玉樹臨風。通常總要比一般人高（再加上骨骼不寬和特別的氣質），才有可能玉樹臨風。再者，仔細讀蕭何的傳，觀其言語行事，實在很難這樣聯想。又如書中描寫張良頷下留著兩縷黑色長鬚，有仙風道骨神韻。把他寫成道士模樣，又有鬚，就和《史記・留侯世家》所說「狀貌如婦人好女」相矛盾。司馬遷在篇末說，沒有想到，看張良的畫像，原來長得像漂亮女子（「好」的意思就是美麗）。杜撰張良像呂洞賓，就跟司馬遷的記載相牴觸了。如果把「玉樹臨風」想像在他身上，或許還比較合理。寫作之前，連最基本的傳記都不參考，實在有欠用心。又如張良找來的刺客，司馬遷原文是用「百二十斤」鐵椎襲擊秦始皇，改寫說這鐵椎重六十公斤，未免太誇張，要把這重量遠遠投擲出去，是不可思議的；其實換算成我們此時此地熟悉的重量單位，是三十公斤。

又如馬景賢寫韓信年輕時的艱苦奮鬥，杜撰有兩個崑崙山來的老者，給他劍和書，暗示他要能忍耐；而一眨眼，老者就消失了。（《前後漢》上冊）這固然能為韓信忍胯下之辱和精通兵法虛構伏筆，但無中生有一個像張良遇圯上老人黃石公的故事，卻未必值得肯定。張良故事只有兩個人參與，其中一個又成了不會說話的石頭，只有張良一個人能說出經過。這可能是為了要販夫屠狗出身的武將，對一介書生的軍事策略死心塌地的遵從，故意造作的神奇故事。既有此傳說，無論司馬遷深信與否，都不妨記載。但如果本無其事，改寫者用不著自己去創作，誤令讀者以為有根據。彷彿一定要遇到奇人異事，才能有一番作為；削弱了韓信沈著不懈、等待時機的人為努力。韓信處逆境而不自暴自棄，這才是有啟發意義的。

有兒童歷史故事說楚懷王孫被項梁立為王時年十三歲，也是沒有根據的。楚懷王晚年入秦不返，至項梁起兵已八十餘年，他的孫子應該不只十三歲。而且，《史記・項羽本紀》敘述他在戰事失利時趁機奪得兵權，親自領軍，並重新調度將領，也不是十三歲少年能夠做的。

《吳姐姐講歷史故事》中，有些據史實而增益附會之處，會扭曲歷史人物的精神，譬如〈朱買臣馬前潑水〉寫朱買臣否極泰來，布衣而為太守；當初四十幾歲時，嫌他窮而離開的前妻，看到買臣現妻錦衣玉食，覺得這都該是自己的享受，厚顏要求收留。買臣使人潑水於地，對前妻說，她若能收水還盆，就可以重做夫妻。前妻哭著跑了，不久上弔自盡。故事最後說：這是太勢利的下場！朱買臣的傳見於《漢書》卷六四，但精神和兒童故事不一樣：

> 初，買臣免（按：坐事免中大夫），待詔，常從會稽守邸者寄居飯食。拜為太守，買臣衣故衣，懷其印綬，步歸郡邸。直上計時，會稽吏方相與群飲，不視買臣。買臣入室中，守邸與共食，食且飽，少見其綬。守邸怪之，前引其綬，視其印，會稽太守章也。守邸驚，出語上計掾吏。皆醉，大呼曰：「妄誕耳！」守邸曰：「試來視之。」其故人素輕買臣者入〔內〕視之，還走，疾呼曰：「實然！」坐中驚駭，白守丞，相推排陳列中庭拜謁。買臣徐出户。有頃，長安廄吏乘駟馬車來迎，買臣遂乘傳去。會稽聞太守且至，發民除道，縣吏並送迎，車百餘乘。入吳界，見其故妻、妻夫治道。買臣駐車，呼令後車載其夫妻，到太守舍，置園中，給食之。居一月，妻自經死，買臣乞其夫錢，令葬。悉召見故人與飲食諸嘗有恩者，皆報復焉。

懷太守印一段很有戲劇性，也很值得寫。史傳中，沒有提到買臣後妻，前妻也沒有厚顏要求復合，買臣更沒有戲弄她。所表現的買臣對前妻是很溫厚的，「報復」指對有恩者報恩。一個月後前妻自經，史家班固沒有記載原因，未必是不料買臣發跡，深受刺激。事實上，二千石的太守並不是朱買臣離婚之後的第一個官職，之前就當過比二千石的中大夫（九卿郎中令的屬官），因觸法而免官，久之，「召待詔」，等待皇帝新的安排。然後，才被任命為太守，官等僅高中大夫一等。史傳中，買臣對妻子的求去，態度與其說是大丈夫的恥辱和含恨，還不如說是無奈和諒解。《吳姐姐講歷史故事》的改寫，前妻後來的勢利、厚顏無恥都是增益的，更把朱買臣寫成羞辱前妻的得志小人。改寫後，女子的婚姻變成純物質的，男子一旦富貴，女子儘管自己有夫，前夫已有新婦，也認為有可能復合，而厚顏提出如此要求。改寫之後的朱買臣夫婦變得庸俗勢利，淺薄不堪。

「覆水難收」的情節並不見於《漢書》，那是傳說中的姜太公與其妻馬氏的故事，見於宋朝王楙《野客叢書》卷二八〈心堅石穿覆水難收〉：「案姜太公妻馬氏，不堪其貧而去。及太公既貴，再來。太公取一壺水傾於地，令妻收之。乃語之曰：『若言離更合，覆水定難收。』光武詔亦嘗引此。」頗有辭書謂姜太公覆水難收故事見於晉王嘉《拾遺記》，然而翻檢《拾遺記》，不僅卷二（夏、殷、周）不載此事，十卷遍翻一過，皆無此事，所載多靈異變怪。亦有辭書謂，事載《鶡冠子》，然而翻檢今本《鶡冠子》十九卷，卻不見此事，未知辭書何據？這件事附會到朱買臣身上，則見於明朝馮夢龍所編《古今小說》卷二七的〈金玉奴棒打薄情郎〉前類似楔子的故事。《吳姐姐講歷史故事》既然是歷史故事，不應捨史實而取後人小說，而又扭曲歷史人物的精神面貌。

此外，吳涵碧寫鴻門宴也有不合理的增益，她寫項羽下去握緊劉邦的手，請劉邦入上座，還頻頻為劉邦佈菜倒酒。此事詳見《史記・項羽本紀》，當時宴會在營帳中，大家在平地上，不是堂上階下，項羽不用「下去」。而且，室中以西為尊（項羽、項伯），次為坐北朝南（亞父范增），南又次之（劉邦），張良坐東朝西為最卑，劉邦並沒有「入上座」。再者，人各一席，西東南北四席的中間能容二人舞劍，可見各席之間不是伸手可及的，項羽不可能為鄰座的劉邦佈菜倒酒；這樣的增益違反歷史知識。又如荊軻故事，《吳姐姐講歷史故事》編派荊軻遲遲不行，所待之「客」為蓋聶，既無根據，也不合理。蓋聶根本不了解、也瞧不起荊軻，怎會願意當他的副手？

五、小結

改寫歷史故事，因為有史書作根據，不是完全的創作發明，本來較易為功，不難寫出不錯的作品，但也不能掉以輕心。寫作時，應該常常為讀者設想，考慮到他們的理解能力，宜作說明之處，就要用淺顯的文字敘述。譬如把「郎中」說成「衛隊的隊員」，就很清楚明白，又不阻礙敘事的流暢。如果有注音，也要儘量多檢查一遍，減少錯誤。而改寫固然可以刪節原文，但精采處則不宜剪裁。文學手法，雖然容許想像虛構，總不該違反史實，違情背理的描寫。因為寫兒童歷史故事的宗旨，是用簡單生動的文字去敘述歷史，介紹歷史知識；如果要比較不受約束的創作，就應該寫歷史小說。

第四節　兒童生活故事及其評價標準

兒童生活故事是狹義的兒童故事之中的一部，指以兒童生活為題材的寫實短篇故事，或相同角色的很多個獨立故事，如王淑芬《新生鮮事多》等六冊校園生活故事；如果各章節故事連貫不獨立，則算小說。除了在報紙副刊，或以故事集的形式出版，也見於語文課文，雖然不如童話、小說引人注目，仍有相當數量。

下文重點不是提出積極的標準，教人怎樣寫好兒童生活故事；而是比較消極的，提醒要避免怎樣的缺點。認為一篇生活故事寫得好，可能比較直覺和主觀，不容易具體舉證；指出一篇生活故事有缺點，則要具體而直截。如果一篇生活故事沒有下述的缺點，較可能是好的作品。

一般而言，故事體裁兒童文學作品，可以從主題（theme）、情節（plot）、人物（character）、環境（setting）、敘事觀點（point of view）、文體（style）、語調（tone）等各方面著眼析論[6]；而閱覽眾

[6] 呂肯絲（Rebecca Lukens）的《兒童文學批評手冊》（*A Critical Handbook of Children's Literature*）就以此七項各立專章，修訂再版多次，仍然維持著這架構；她和卡蓮（Ruth Cline）合著的《少年文學批評手冊》（*A Critical Handbook of Literature for Young Adults*）全書共九章，也是從這七方面

多生活故事，總結所得，其中主題、情節、人物、文體四者，與作品優劣最常相關，而下文要舉的例，人物行動和情節息息相關，所以二者合併一項論述。此外，題材一項，雖然可以分入主題、情節和人物之中，但為了要強調有些題材未被充分運用，所以獨立為一項論述。以下分四項討論：

一、題材和處理方式有無新意

兒童生活故事取材於兒童生活，但生活中有很多方面，作家選擇素材，往往既滿足讀者（小讀者和手握消費決定權的大人）的好奇，又迎合讀者的期待和嚮往。譬如以異國生活（如移民或留學）為題材的故事，主角移居的也常是歐美澳等先進國家，罕見開發中的國家或地區。內容則渲染外國生活的光明美好、物質的富裕、主角的努力和成就；卻很少著墨生存的壓力、種族歧視、校園暴力、身份認同的衝突等題材。偶有記載陰暗艱難一面的，可能也不受編選者青睞。譬如夏祖麗的《海角天涯赤子情——小留學生的故事》，採訪小留學生而寫成，書中寫小留學生的困惑、想家、心情、處境、成長歷程、自由歡樂以及苦悶徬徨。其中有描寫到種族歧視、非法居留的〈鴻平的故事〉，有描寫到校園毒品氾濫的〈理慶的故事〉，至於吸毒上法庭，打架鬧事，在賭場一擲千金的特例，並沒有寫入書中。但馮季眉編《甜雨・超人・丟丟銅——兒童文學故事選集1988-1998》時，並不選這些，而選〈文芹的故事〉，而且只選〈文芹的故事〉三個故事中的兩個：「小子當家」和「成年禮舞會」，不選文芹同學珍妮身份認同嚴重衝突的「中國人？澳洲人？」。可見她編選時還是迴避了沈重的議題，未免抹殺了原作者的苦心。

至於更嚴重的生存壓力：終年無休打工被剝削；冒雨送比薩摔落水

析論敘事作品，各為一章。不過，兩書都沒生活故事一類。
羅素（David Russell）的《簡明兒童文學概論》（*Literature for Children: A Short Introduction*）第五版論文學要素，則把衝突（conflict）獨立為一項，共八項。（見iv）

溝再爬起來推車，一夜才得兩毛五小費；在街頭靠畫像餬口、而被搶劫喪命等，就罕見採用到兒童文學裡。曾任記者的錢寧所寫的《留學美國——一個時代的故事》，尤其是第五章〈月亮的另一面〉，就有報導不少類似的例子。

已經有兒童小說著筆少年飆車死亡[7]、單親家庭[8]、校園霸凌[9]、母親酗酒[10]、少女畸戀[11]等題材，但生活故事還是處理得不多[12]，越南等外籍配偶家庭的題材也少反映在作品中[13]。此外，同性戀、青少年濫交、嗑藥、虐待兒童等題材，也很少有作者去挑戰；可能作者和出版社揣測家長不願接受這些題材。

蘇尚耀曾認為兒童生活故事所呈現的應該是：㈠淨化：去掉現實生活中的紛亂灰暗，在故事中顯示兒童生活的單純、真誠、清潔、樸質、和平與寧靜。㈡美化：希望成長於複雜的現實生活中的兒童，能在生活故事的薰陶裡，培育積極、進取、努力、堅強、樂觀和理想的人格，在生活中展露絢麗的曙光！其實不必完全規避灰暗，假如以生活中較陰暗一面為題材，目的不在於令小讀者更加沮喪，而是鼓勵讀者面對生活中有苦有樂的真實處境，加深對自己處境的瞭解。再者，以弱勢人物故事為題材，我們可以選擇不屈不撓，發人深省的例子，而不是只有怨天尤人的悲苦控訴。康軒文教2006年根據大愛電視台《地球的孩子》系列節目改寫的《聽見最美麗》、《男孩不哭》、《看見心裡的彩虹》、

7 如李潼的〈白玫瑰〉以同情態度敘述少年飆車失事，和後座載的女孩雙雙死亡，全篇一開始就是冥婚場面。女生父親外遇、毆妻而離婚，母親濫交男友，懷孕的導師因為她數學考不好又愛打扮而打她耳光，教務處其他老師只關心股市，女生在校在家都沒有溫暖而跟人飆車。

8 如李光福的《請你嫁給我爸爸》，不過，書中各單元連貫而不獨立，整本書是一個長篇故事，應該算小說而不是生活故事集。

9 如李光福的《我班有個大哥大》，寫十五歲的小六男生欺凌同學，因為受心儀對象激勵而改過。

10 如王文華的《我有媽媽要出嫁》，寫卑南小孩鐵男的父親捕魚失蹤，媽媽去酒家陪酒，常喝醉而失去監護權；這也是分章的小說，不算一組人物的多篇生活故事。

11 如管家琪《折翼天使》，寫國二女生愛上爸爸的學弟（已婚的新鄰居），懷孕後逼婚而被殺。

12 不過，有張友漁1998的《我的爸爸是流氓》寫爸爸不務正業，有前科又打太太，甚至夥同損友假綁架自己的小孩，逼太太跟外家借錢讓他還債。雖然書前沒有目錄，像一氣呵成的兒童長篇小說，其實各部可以獨立，可算生活故事。馮季眉編兒童故事選集，就採用其中三節（頁202-214）；而在原書中，第三節不是緊接第二節末。（見原書，頁81）

13 李光福2008年的《我也是臺灣人》以印尼媽媽的臺灣生活為題材，不過，女主角其實是客家華裔印尼人，而且在印尼家中說客語，嫁的是臺灣客家家庭，在家中沒有嚴重的語言隔閡，衝擊不大。書中各章大多是可以獨立的故事，可算兒童生活故事。

《陽光女孩》、《青草茶的滋味》等，就是明顯的例子。

有的題材，如校園生活，是小讀者最熟悉的題材，常有作家採用；而趙鏡中（筆名值日生）的《三年八班》卻能處理得別出心裁，透過敘述者平靜緩和的語調，從平淡的教室活動中，帶出和兒童關係密切的、發人深省的問題，而不直接提供答案，讓讀者有開放的思考討論空間，是校園生活題材中難得的作品。又如凌拂的〈畫字〉，透過漢字的形體、結構和意義，由兒童敘述者回憶父親教她認字，懷念病逝的父親，也是比較別出心裁的方式。

生活故事不妨多採用新聞報導為題材，譬如消防員下工地救跌傷的工人，卻中沼氣一一昏迷，幸好地面上圍觀的民眾機警，幾個人憋氣把三個消防員背起來接力拉上地面，勇敢的救了幾條性命。又如男子醉倒在鐵軌上，火車駛過竟然無恙；火車以時速56公里進站時，月台有嬰兒車滑落鐵軌，火車緊急煞車，還是碾到嬰兒車拖行一段路，而小嬰兒卻只有不嚴重的割傷。又如載貨火車在大雨中行駛，有經驗的駕駛很謹慎的專注路況，發覺土石流淹沒遠處鐵軌，馬上停止前進，而且立即機警通知急馳而來的兩列客車，避免翻車重大傷亡。這些題材都可能引起小讀者的好奇心；[14]事實上，以前的確有些兒童生活故事，就是取材自報紙新聞內容；蘇尚耀編選的《兒童文學故事選集》就有三篇。

二、主題是否合宜？教訓是否露骨？

兒童文學之中，有的主題被濫用，譬如「有志者事竟成」、「只要努力不放棄就能成功。」這些教訓可能給人錯覺，以為凡事操之在我，不受外在環境的限制。我認為立志要先認識自己的興趣與能力，否則努力半輩子也是徒勞無功；而急流勇退，不要越陷越深無法挽回，是更實在的教訓。兒童生活故事取材於兒童生活，最為寫實，也較直接傳達教

---

[14] 以上例子皆見於2009年九、十兩月的（http://tw.news.yahoo.com）雅虎網路新聞。我曾經把這些新聞講給小二和中班的男孩聽，兩人都興趣盎然，追問細節。

訓。蘇尚耀就強調生活故事最能反映時代、適應時代、切合需要，並且服務於教育。而且，有些作品教育意義遠大於文學趣味。（《兒童文學故事選集・前言》）觀察常見的生活故事，可以讀到勇於說教的作品，譬如魏子華〈三支全壘打〉最末一段描寫球賽的高潮，最後敘述者的結論說事在人為，「天底下是沒有克服不了的困難的。」就是直接露骨而又不合理的教訓，有很多事受到客觀條件的限制，不是胡亂立志就一定能成功的——譬如我要天下所有異性都只愛我不愛別人，本大學十年內要成為世界第一，我國一年後要成為全球第一強國，我要一秒跑完一百米，把月亮摘下來等等。有的政客競選時，以這種昏話來激動人心，讓人昏頭昏腦的盲從，但我們不應該在兒童讀物裡，繼續拷貝這種被濫用的主題。

又如儀言〈夏令衛生最重要〉篇末爸爸教訓的話好像在背書，作者表現主題的方式有欠用心。又有呂紹煒〈音樂比賽〉，說要光復大陸，這一篇寫成的時代已經是1986年，當時的文藝創作已經不必那麼八股了，作者似乎有「時差」。

而林鍾隆〈公路上的皮包〉寫一個小孩拾遺不報，因為一千塊錢（他只拿了零頭，其餘的二十二萬沒有貪心一起拿走。）最後弄得媽媽發瘋，故事講完之後，敘述者說就直接教訓讀者。其實，小孩微罪而重懲，反而讓小讀者忿忿不平，這樣的教訓未必有說服力；主角罰非其罪，好比貝洛筆下的小紅帽，只是不聽告誡，讓大野狼搭訕，就被吃掉了。

有的主題，如「捨己救人」，雖然偉大，但是否值得效法，卻可以斟酌。譬如下文提到的〈見義勇為的林阿發〉，自己生病還頑固的冒死救人，已經體力不支卻執意再潛下水，最後犧牲了寶貴的性命。我認為，運用機智勇敢救援成功的故事，比暴虎馮河、從井救人更值得宣揚。與其誤導小讀者捨己救人，不如教人冷靜衡量情勢——勝算小的時候，應該保存性命，以後才能救更多人。又如寧死不降，以往常歌頌的美德，是否毫無疑問？甚麼樣的情況值得殺身成仁，而不是臥薪嘗膽忍辱負重？如果傳達這些教訓，應該好好用心引導小讀者。又如下文提到的〈涼亭的故事〉，主角為了阻止塗鴉，不惜要以身殉亭，實在不足為訓。以上幾篇，皆見於蘇尚耀編的《兒童文學故事選集》。

兒童故事的主題如果新穎，能增加小讀者對人性（或社會、自然等）的瞭解，最難能可貴。其次，主題雖然不新穎，有很好的故事情節或者令人印象深刻的人物，也會是好的作品。

三、情節有無破綻？人物關鍵行動是否合理？

生活故事既然是故事，情節當然很重要。衝突是情節設計的核心，有些作品的衝突設計得不合理，譬如巫仁和的〈獎學金的故事〉，敘述小兒麻痺的金河一心一意要得獎學金，在申請而等待結果時，上課精神更集中，生活常規更注意遵行。最後卻因為家境好，沒有清寒證明而落選。但既然一開始主任就說各項獎學金獎額和名額也很多，為甚麼金河不去申請不必清寒證明的獎學金？而且學校一定有只論成績（包括操行）、不必清寒的獎學金。前文只說金河很想得到獎學金，成績也平均九十五分以上，沒有說他一定要得某一個特定的清寒獎學金，這樣的情節設計，不太合理。

又如上文提到的林鍾隆〈公路上的皮包〉，主角敏敏檢了其中一千元，買了西裝、皮鞋、領帶等等（1953年一千元的購買力和現在不同），為甚麼媽媽會相信是學校的獎品？學校怎麼可能發這麼好的獎品？文中說這是媽媽十年都賠不出來的錢，尤其是敏敏以前常因成績好得獎，媽媽對學校獎品的行情應該很有概念。

更不合理的是宋修文的〈手足情深〉，這篇生活故事寫小姊姊鍥而不捨尋找被拐賣的妹妹，好不容易才找到失蹤的妹妹，竟然沈得住氣作苦工，來換取本來屬於自己的權利，而不可思議的是父親也默許；同時對方犯法在先，剝削兒童在後，要滿意才放人，這條件的提出、接受與履行，都匪夷所思。何況，既然本來已經報案，如果對方不放人，只要一通電話告訴警方，就可以馬上一家團聚了；尤其是失蹤的妹妹認得姊姊，姊姊根本不必向警察證明自己認對人。假使作者安排這樣的情節來表現主角乖巧善良，效果也突兀不合情理。

又如陳瑞璧〈婚禮中的插曲〉，敘述小康和小裕的叔叔在大飯店結婚，爸爸和叔叔嫌爺爺奶奶俗氣，沒有邀他們來參加婚禮。奶奶實在很想來，所以還是坐車從南部來了，但爸爸卻要她待在客房裡，不邀她去大飯店。小康和小裕兩個小孩從大飯店和爺爺通電話，知道奶奶原來已經在他們家裡，於是心生一計，在喜宴已開始後，大人沒有注意他們時，偷偷坐車回家，謊稱奉爸爸之命，來帶奶奶去大飯店，到達後把她介紹給賓客。因為爸爸和叔叔在商場上小有名氣，所以客人一聽是爸爸和叔叔的母親，就忙著向奶奶誇獎她賢淑、能幹，調教出這麼傑出的兒子。晚上等奶奶睡著後，爸爸和叔叔把小康和小裕擁在懷裡，高興地謝謝他們替爸爸做了一件最有意義的事情。

這故事的一廂情願天真得失實，如果兒子覺得父母俗氣，連婚禮都不要讓他們參加，又怎麼會因為兩個小孩擅作主張，就全然改變？假使要設計小兵立大功，就需要更豐富有力的鋪敘，細寫爸爸叔叔內心轉變的過程，人物的行為才不致於突兀。更根本的是，如果兒子有成就，別人自然會奉承；讚美的話聽多了，老太太恐怕不容易有自卑感，而有自信往往表現得從容大方，不致於讓兒子難為情。如果孩子不孝，以出身為恥，回報小康和小裕的，應該是惱羞成怒的責打，而不是感激。

有的故事情節，作者未察覺讀者可以讀出迥然不同的意義，譬如張彥勳〈阿民的雨鞋〉，敘述一個小學生阿民的父親在八二三砲戰捐軀，家境困難，媽媽身體本來就很弱，但很早就起來賣豆腐，還要替人家洗衣，四十歲還不到，已經是半頭的白髮，一臉的皺紋。阿民買不起雨鞋，寡母只好讓他穿著爸爸的舊雨鞋去上學，同學嘲笑他的大雨鞋，捉弄他，搶了他的大雨鞋，把鞋掛在黑板上邊的鐵釘上。正鬧著，一聲吆喝，老師出現，提醒大家，張阿民的父親是八二三的勇士，民族的英雄，阿民孝順而節儉的行為堪為大家表率。於是大家幡然覺悟，紛紛道歉。作者張彥勳1979年發表此作，可能要宣揚為國捐軀的光榮偉大，但同樣的情節，換個角度來看，卻反映出政府對烈士遺屬未善盡照顧之責：為國犧牲的民族英雄，身後遺孤竟然買不起雨鞋。

又如林良的〈旗手〉，也有類似情形。此篇雖名為散文，卻是首尾完整的故事，其實屬於生活故事的範圍。故事敘述「我」有一天在學校偶然遇到父親來看校長，因為跟校長已經有好幾個月沒見面了。而父親心情也很好，好像也很珍惜這一次的見面，掏出一毛錢給他，他拿一毛去福利社買五分錢三個的麵包，店員同學誤以為是二毛，找錢時多找了一毛，本來打算一聲不響的走出福利社，但又覺得行徑像小偷，難道要讓父親變成小偷的爸爸？後來他交還那可怕的一毛錢，店員同學告訴老師，老師告訴校長，第二天升旗時校長表揚他，讓他當旗手。作者可能對此事印象深刻，對英年早逝的父親也充滿孺慕，但就事論事，如果一毛就能有那樣的榮譽，恐怕每天都有人說多找了錢，排隊受表揚當旗手了；關鍵不在一毛，而在父親的身份和與校長的關係。

有的生活故事，關鍵轉變缺乏說服力，如李懿朋的〈浪子回頭金不換〉的浪子車禍後變好，也欠缺說服力。車禍大難不死當然有可能讓人反省人生的意義，改變遊手好閒吃喝玩樂的惡習，問題是作者對人物的內心轉變應該加以著墨，才能使這麼關鍵的轉變顯得合理。

有的生活故事，人物的舉動有違常理，如洪緒〈涼亭的故事〉，主角為了維護自己粉刷裝飾過的涼亭，不讓一群不良少年在亭壁上刻字，寧願以身代亭，和同學一起請惡少在他們肉身上刻字，最後惡少感悟離開。一群小孩為了涼亭的美觀而以身殉？幸好故事到底是作者編的，而不是現實世界，所以那些不是隨興傷人毫無悔意的惡少，最後沒有真的在他身上刻字，反而感動得自行消失。如果要描寫主角與眾不同，異於常兒，恐怕要先著墨埋下伏筆。

此外，又如王家興〈見義勇為的林阿發〉，寫主角林阿發奮不顧身拯溺，但作者對他的異常舉動，欠缺深入描寫，同時配角的舉動也難以理解。自始至終，去拯救溺水的幾個人，都是老闆和主角林阿發兩個人的事，其他人只是袖手旁觀，而老闆也不找人幫忙。林阿發力不從心，也沒有其他救生員、消防隊來幫忙，老闆一直找到天黑了，卻不求救請人支援？此外，前文雖然埋下伏筆，說主角少時溺水被軍人救起，發願救人，犧牲性命在所不惜；但他難道沒有家人？世上沒有值得眷戀的人和事？彷彿活著就只為了藉著救人來尋死。

四、行文是否通順？

文學作品，最起碼文字要通順；但有的作品，雖經編輯篩選，仍有明顯的缺點，單就蘇尚耀1989年所選的《兒童文學故事選集》的生活故事部分，就有很多文句不通順的例子。[15]

至於語言的標準化，則不必像幾十年前那麼拘泥：譬如1966年出版的教師研習會講稿中，就有講者王玉川（《三百字故事》的編者）談「兒童讀物的文學標準」時，舉例說「外婆」是方言，國語要說「姥姥」或「外祖母」；不可說「暗」，要說「黑」；「在等」、「在想」的「在」可刪除或是改成「正在」，不然就要說成「在等呢」、「在想呢」；「一起」要改成「一塊兒」，「好好」要改成「好好兒的」；而且要多用「兒化」，因為一般口語都是「兒化」的。縱使這些看法在當時不算很過火，現在早已不合時宜了。

上文羅列了很多有缺失的例子，其中文字不通順的，僅取材於一本選集，就有如此之多，而且這已經是編者篩選過的。周曉波介紹兒童故事的特徵有四：1.結構單純，脈絡清晰；便於小讀者理解。2.情節曲折新奇，趣味性強；引讀者步步入勝。3.主題集中明朗，有針對性。4.語言質樸、明快、口語化。就我所讀的生活故事而言，能做到1、3點的很多，有的作者做不到第4點，而能符合第2點的很少。

生活故事如果情節太簡單，事件沒有凸顯，就會像散文；如果情節曲折，敘事手法突出，又傾向短篇寫實小說。所以，故事性強弱兩端的

---

15 可參考廖卓成〈試論兒童生活故事的評價標準〉，頁23-28，文刊《兒童文學學刊》20期，2009年11月。前述各項所舉的例，也在這篇論文中有詳細的原文引文。

作品往往被鄰近的文類吸納，唯有中規中矩的，才算生活故事；這使得生活故事的文類特色不明顯。1993年王淑芬六冊校園生活故事以來，繼踵者多，貫串全書甚至系列書的大都是同一組角色，每篇故事則輪流動用部分角色（主角當然常出現），但也有往校園寫實小說靠攏的情形——故事連貫而不獨立。當然，縱使獨立，也可以視為結構鬆散的長篇小說。篇幅短少，又急切教訓，就很容易直接說教，再加上迎合報紙的立場和篇幅，譬如早年執政黨經營的《中央日報》——蘇尚耀所選多出自此報副刊，作品往往粗糙。當然說教作品正反映了寫作時代的兒童教育觀，和主流的意識型態。近十幾年的作品，給人的印象，比較契合小讀者的心理，少見政治說教和直接宣導的作品。但有時編者仍不免揣摩讀者的刻板印象和期待，縱使眼前就有作品能拓寬視野、加深讀者對世界的了解，編者還是不願意優先選採——上述留學移民題材就是明顯的例子。

故事的情節設計很重要，但單篇作品引人入勝的不多，有時作者失察，沒有料到情節設計可以讀出背道而馳的意義。有時於關鍵處又缺乏鋪敘，對人物心理沒有用心刻畫，使得故事發展不合情理。蘇尚耀在民國七十七年曾慨嘆四十年間的生活故事，內容竟如此單薄。如果想要寫好生活故事，應該先避免上文所舉的毛病。若是評價一篇生活故事，不妨先注意文字通不通順，題材選採與處理方式是否新穎，主題的內容是否合理、傳達方式是否說教，和情節是否吻合。題材和主題不易新穎，但文字通順，衝突的化解合情合理，情節不要有破綻，卻是好故事的起碼標準。

第六章
神話與寓言

第一節　神話

學者認為，神話源於上古先民對自然現象的想像：「昔者初民，見天地萬物，變異不常，其諸現象，又出于人力所能以上，則自造眾說以解釋之：凡所解釋，今謂之神話。」（魯迅《中國小說史略》）俄羅斯學者李福清指出，這個術語中國從日本借用過來，大概最早在1903年日本把西方用的myth（英、法、德、俄文同）譯為「神話」；但是myth是古希臘詞，希臘語把所有講的故事稱為myth，此詞無神的意義，有的中國學者解釋神話為關於神的故事是不正確的。他綜覽世界各地的神話，認為神話主要的特點是：描寫特定的時間範圍，即是所謂開天闢地，史前的時代。神話時間並非歷史時間，譬如「孟姜女」的故事情節與萬里長城及秦始皇時代是分不開的，所以孟姜女當然也不是神話人物。神話描述人類的起源及制度、慣例、生活規矩、環境周圍，包括地形、河、海，是怎麼形成的。神話可以分為兩類：㈠較原始的神話，其人物是動物。㈡較先進的古文明民族神話，如古希臘神話、古印度神話中，人物是各種神，神話則描述他們行為。神話的典型人物是所謂的文化英雄，即獲得各種「財富」，如取火、食物等，或作發明，如伏羲發明漁網，或教人類工藝、耕田等，如神農。神話中英雄作的事一定為全人類（全部落）。如后羿射日，是因為人類受不了十個太陽之熱；大禹治水並不是為自己，而是為全人類；伏羲造漁網等東西也是為全人類。神話一定有情節、可敘述的內容，以故事的型態表現，也有特殊結構及特殊情節的展開。……

至於神話和傳說的差別，李福清也有扼要的說明：傳說（legend）

形成約比神話晚一些，傳說描寫的是歷史時代，人物常常也是歷史人物。傳說解釋一些不那麼重要的東西的來源，如魯班怎麼發明鋸子；或一道名菜來源，一處地名的由來等等。傳說往往以歷史事件和人物為描寫對象，有其真實性與可信性，具有紀念功能。傳說講的是一個人物的事，一個小地方；如一條村、一個鎮發生的事，或一個氏族的事，含著濃厚的地方性；特別是地名、名勝傳說及特產傳說等。所以傳說流傳的一般不是全國，而是有限的地區；如蘇州傳說、北京傳說等。傳說往往與各種行業有關係，差不多每個行業都有自己的傳說，如木匠、皮匠、中醫師及礦工等都有自己的傳說。傳說與宗教有關係，有一類宗教的傳說，其中又有一類是廟宇傳說。

大陸的神話學者袁珂認為原來認定的古代神話是「狹義的神話」，他提倡「廣義的神話」，擴大了神話的範圍，同時也模糊了神話與傳說等等的差別。據大陸2007年出版的首本神話教科書所載，袁珂1982年提出的廣義神話講法已經漸漸沒落了。

如果想對神話故事有方便的了解，或許可以閱讀河洛出版社的（白話本）中國神話故事（後來桂冠和國家出版社的版本，三本書的內容一致。）假如進一步想了解原文，可以按照註解的資料回溯原出處。

此外，王孝廉有《中國的神話世界：各民族的創世神話及信仰》（時報出版社1987年初版），上下冊共844頁，上冊是東北族群、西南族群的創世神話。下冊是中原民族的神話與信仰，記載了很豐富的神話故事，可以參考。

學者對神話的論述，或者可以讀袁珂的《中國神話史》（時報出版社1991年初版），全書518頁，前十二章從原始社會寫到明清，十三到十八章寫民間流傳的神話、神話研究史、少數民族的神話（兩章），中國神話對文學的影響。如果想參考外國漢學家視野廣闊的論述，有俄國學者李福清的《從神話到鬼話：臺灣原住民神話故事比較研究》（臺中晨星出版社1998初版）。

關於神話的學術論述甚多，相對的，兒童文學作品的數量就很有限。早年蘇樺改寫的《中國神話》（國語日報1980初版）共246頁，字密密麻麻，插圖簡單，版面很不悅目。以圖畫書形式製作的有薇薇夫人文，奚阿興、馮健男圖的《中國傳家故事寶庫：神話》（四冊，臺灣格林文化1994初版）繪本只有故事，沒有說明故事出處。另有薄薄的親子手冊，但〈前言〉編印有誤，寓言的〈前言〉談神話，神話親子手冊的〈前言〉談寓言。神話篇的親子手冊和繪本故事不太相應，所附的出處原文和繪本故事有時相差甚遠（譬如后羿宓妃故事）。

《中華兒童叢書》中有趙雲的《開天闢地：中國神話故事》（1981，六年級），沒有注音，字不大，版面相當清晰，更早的《鄉土神話》（1968，五年級，有注音，婁子匡著。）則近似地方傳說。此外，有《山地神話》兩冊（1980，三年級，有注音，陳天嵐、包可蘭合著。）和《雅美族神話故事》（1996，高年級，雅美族周宗經著）。

較新出版的有一人撰文，多人繪圖的《我最喜愛的中國神話》（曾文娟文，吳健豐、賴馬等十一人插圖，天下遠見2006）全書161頁，由〈盤古開天〉到〈大禹治水〉，共有16個故事，每頁有大小插圖。[1]

整體而言，現在罕見神話的創作，如有中文新著，多為非漢語神話的整理寫定；大概科技時代，已經沒有孕育神話的沃土了。

第二節　寓言

一、情節與寓意

早在先秦的《莊子》一書就有〈寓言〉篇，開篇就說：「寓言十九，重言十七。……寓言十九，藉外論之，親父不爲其子媒；

[1] 其中〈愚公移山〉、〈牛郎織女〉的插圖最為遜色，織女長髮披散，像穿著厚浴袍彈鋼琴的高大白人；牛郎雙足既非赤足，又非鞋非襪。

親父譽之，不若非其父者也。」把要勸說的話寄寓在故事中，比較容易被人接受；如果直接說，不易被人接受。就像父親為兒子作媒，稱讚兒子多麼好的情況類似；要換成別人來稱讚推薦，才有說服力。不直接針對聽的人說教，而是說一個表面上和聽者不相干的故事，讓聽者觸類旁通，好像自己領悟；這就是寓言的作用。

寓言的寓意受到情節的約束，有如主題與情節的關係，有時作者或早期讀者附加的寓意（如《伊索寓言》），未必是唯一的讀法；同樣的故事，著眼點不同，有不同的讀法。如果語文教學運用寓言，應該要注意可能的各種合理讀法，所謂合理，指和情節吻合。以下舉《伊索寓言》（頁碼據沈吾泉中譯）的一些故事為例說明，譬如《伊索寓言》中的〈小羊和（吹笛的）狼〉，寫一頭離群的小羊被狼追趕，回頭對狼說：「狼先生，我一定會成為你的食物，可是請不要讓我死得太慘，請你吹笛讓我跳舞給你欣賞欣賞吧！」於是狼就吹起笛子，小羊也開始跳舞。許多狗聽到笛聲，跑來把狼趕走了。狼臨走時對小羊說：「我實在太大意了，不該隨便聽信你的話。」寓意說：許多人分不清眼前最重要的事是什麼，捨本逐末，結果失去已到手的東西。就狼而言，固然可以得到「不要得意忘形」的教訓；就小羊而言，卻有「臨危勿亂，設法脫險。」的啟發。把小羊比作幼稚的孩童，啟發他們遇到危險要鎮定想辦法尋求救援，這樣的寓意應該是比較貼切的。

又如編號166的〈烏鴉和狐狸〉，說一隻烏鴉偷到一塊肉，停在樹上正要吃，狐狸看到了，也想要吃，就到樹下對烏鴉說，你非常美麗，如果聲音也好聽，就是萬鳥之王了。烏鴉想顯示自己的聲音好聽，開口大叫一聲，嘴裏的肉就掉了。狐狸把肉撿起來說：「烏鴉啊，如果你會思考，就可以成為萬鳥之王了。」寓意說這個故事最適合說給愚蠢的人聽。但就情節而言，更貼切的說法是：不要被人家的甜言蜜語沖昏了頭，而疏於防範，以致被騙。如果從狐狸方面立意，可以說：要打敗敵人，可以先讚美他，鬆懈他的戒心。

以上這兩則寓言，如果著眼另一個角色，會有不同的寓意。有的情況，不是只知其一，不知其二，而是寓意未切中情節的特點，譬如編號65的〈天文學家〉，說一個習慣晚上觀察天象的天文學家，有天晚上在郊外觀察星座，因為只顧著看天上，不小心掉進水井裡。他大聲呼救，剛好有人路過，問清事情的原委之後，對天文學家說：「先生，你顧著看天上的東西，竟忘了注意地上了。」寓意說這故事可以說給只知道吹牛嚇唬人，卻連普通事情都辦不好的人聽。其實故事裡的天文學家並沒有自命不凡，向人吹噓自己的能耐，所以不應該這樣說他。他只是注意天邊而忽略眼前，或許可以說：不要只顧遙不可及的事，反而忽略了眼前切身的安全。

又如編號173的〈蝸牛〉說一個農夫的孩子，在烤蝸牛時，聽到殼炸開的聲音就說：「真可怕，自己的房子著火了還唱歌。」寓意說做事不合時宜定會受到責備。這個寓意令人為蝸牛不平，受虐待還被嫌叫得太大聲。就情節而論，應該是加害者的行為令人印象比較深刻，不妨說寓意是：無知的人不了解帶給人多大的痛苦，還覺得人家好奇怪。

又如編號266〈運鹽的驢〉：有一頭驢揹著鹽走過一條河，因為河底很滑，不小心跌倒了，因此鹽在河裏化掉一部分，當驢站起來的時候，感覺貨物比以前輕了許多，牠非常高興。下一次當牠載著海綿來到河邊時，以為跌倒後再站起來貨物又會變輕，就故意滑了一跤，可是因為海綿吸了很多水，驢沒有辦法站起來，當場就淹死了。寓意說人就像這樣因為自私自利，常不知不覺陷入不幸的泥沼裏。批評驢子自私自利，是從人自私的本位來立論。人奴役驢子（而不是為了驢子的健康鍛鍊身體），驢子想用省力的方法來做事，用心無可非議。事實上，人類很多機械發明都由於想偷懶省力氣，驢子的錯誤在於不了解東西的不同特性，不知應變罷了。

另有一種情況，是情節欠周延，未考慮到關鍵之處，如編號142的〈馬和驢〉說有個人擁有一匹馬和一匹驢。一天，馬和驢在路上走著，驢對馬說：「如果你想救我的命，就分擔一些我身上的行李吧！」可是馬沒有答應，結果驢累死了，主人就把驢身上的行李放到馬上，還把剝下的驢皮也放上去，馬痛苦的說：「唉，本來是想偷一點懶，而現在不但要馱全部的行李，甚至連驢皮也要馱。」寓意說人類只要攜手合作，再大的困難都能安渡，而且利人利己。這個故事的關鍵，其實在於驢子是真的瀕臨死亡，抑或誇大其詞，只想誑騙同伴分擔它自己的工作；所以，馬不見得是見死不救，可能只是低估驢的話。情節設計方面，要排除誇大其詞的可能，才能有現在這樣的寓意。不然的話，也要包含這樣的寓意：不要低估同伴的求助，拒絕幫忙，不然自己會更辛苦。

又有一種情況，人物一直被人譏笑，但換個角度想想，未必是蠢事，譬如編號32〈狐狸和葡萄穗〉，是耳熟能詳的「吃不到的葡萄是酸的」，這寓意已經融入現代中文，譬如說人「酸葡萄心理」。雖然使用時都是貶抑，其實倒符合心理衛生；如果得不到的事物，無論具體的東西或者抽象的愛，自己都把它想得多好多美，念茲在茲，恐怕日子就不好過了。

《伊索寓言》只有寥寥幾則沒有附載寓意，有的其實不難設想，如編號114〈被去勢的男人和神祇〉寫一個被閹的男人去找神，請求使他能成為孩子的父親，並願意奉上豐富的貢品。而神跟他說：「我看到貢品以後，會祈禱使你能成為父親。可是看你的樣子，並不像一個男人嘛！」無寓意。這個故事的情節並不難想出寓意，我們可以說：不要祈求不可能的事。也可以說：不可能的事，就算求神也沒用。甚至說：過分要求，反而受辱。

有時情節和寓意令人費解，但仍可代為設想合理的說法，如編號116〈蝮蛇和狐狸〉說一條蝮蛇坐在薔薇上，順著河水流下去。狐狸從河邊經過，看到了，笑著說：「他們真像船和船員一樣的相配。」寓意說這適合說給狼狽為奸的人聽。但從情節看不出來誰在結夥做壞事。當然，還是可以針對狐狸的舉動而讀出（或者是發明）主題：「有些人好發議論，卻不知所云。」《伊索寓言》中好些〈寓意〉是「這是適合說給……人聽的故事。」往往都是主題不明確的。

有些故事的角色設定和附載的寓意，有種族歧視和職業歧視的嫌疑，如編號113〈赫米斯的貨車和阿拉伯人〉，說赫米斯神載滿了一車的說謊和詐欺，開到全世界去，打算平均分給每個國家。可是到了阿拉伯時，貨車突然壞了，阿拉伯人把貨物全都搶走了。寓意說，所以阿拉伯是全世界最會說謊和欺騙人的國家。又如編號112的〈赫米斯和工人們〉，說宙斯神命令赫米斯，把說謊的藥撒在所有工人身上。赫米斯把藥磨碎後，就在每一個人身上撒了相等份量的藥，撒到最後一個是鞋匠，藥還剩很多，赫米斯就把剩下的藥全撒在鞋匠身上。從此以後，工人都成了愛說謊的人，尤其是鞋匠。寓意說這是說給愛撒謊的人聽的故事。這些故事都寓載了當初作者的偏見。

有的寓言則在寓意和故事兩方面，都有待商榷，譬如編號353，大家熟悉的〈龜兔賽跑〉：烏龜和野兔爭執誰跑得快，於是比賽跑步，野兔因為生來就跑得很快，一點也不著急，就在路邊睡著了。烏龜知道自己跑得很慢，就一直不停地走，結果超越了酣睡的野兔，得到最後的勝利。寓意說努力不懈可以彌補先天上的不足。這個寓意下得不準確，因為疏忽了情節中很關鍵的一點——兔子大意睡著了，而且睡得夠久。所以，寓意應該是：如果努力不懈，對手又疏忽大意的話，還是有機會取勝。或者針對兔子立意：不要因為有才能而驕傲自滿，疏忽大意，不然會反勝為敗。而周作人的寓意譯文說天生才力如或疏忽，常為辛苦努力所勝。（據說由希臘文直譯，不是轉譯自他國文字。）比較吻合情節，因為這是著眼於兔子立論，比較合理，對小讀者也比較有意義。

不過，故事本身更基本的問題是：為甚麼烏龜要跟兔子爭論誰跑得比較快？如果烏龜要跟兔子比劃，不應該選自己先天上就比較遜色的項目。他不自量力的要和健跑的兔子挑戰賽跑，實在是不智之舉，最後能贏，主要由於僥倖；這樣的成功，不足為法。有的改寫給兒童看的寓言，譬如世一書局編輯的《短篇寓言故事》，還是強調龜兔賽跑故事的寓意是有志者事竟成。

有學者介紹兒童文學的寓言時，認為寓意是靈魂，故事只是軀殼。這可能讓人誤會，以為故事情節並不重要。其實有時縱使寓意不明，無礙故事趣味，譬如編號87的〈老婆婆和醫生〉說有一個患眼疾的老婆婆，請人去找醫生來，答應治療後給一大筆錢。醫生來了，在治療當中，趁著老婆婆眼睛閉上時，把房子裏的傢俱一件一件搬走，等傢俱都搬光以後，他的治療也結束了。醫生要求老婆婆付錢，可是老婆婆不給，醫生就把老婆婆帶到法院。老婆婆對法官說，她確實答應治好眼睛就給錢，可是經過治療後，眼睛反而更壞了，以前還能看到家裏的傢俱，可現在反而看不到了。寓意說人因貪心而犯下的錯誤，總會在不知不覺中露出破綻。這個寓意和故事情節並不吻合，因為壞醫生不是設計了本以為天衣無縫的詭計，卻百密一疏露出破綻。老婆婆張開眼睛，當然就發現東西被偷了。縱使我們說不出好教訓，故事本身的趣味就有單獨存在的價值。所以，不應過份貶低故事，獨尊教訓。

二、改寫給兒童看的寓言

中國古代典籍中有豐富的寓言，先秦諸子就有不少精彩的寓言故事，很多被改寫成兒童文學，其中《中華兒童叢書》的幾本寓言作品，相當用心，尤其是賴芳伶的《中國古典寓言故事——莊子》（1988），故事之後說明寓意時，很清新脫俗，譬如其中第十一篇〈鳳凰和腐鼠〉的〈言外之意〉：

> 鄙棄名利和追求名利基本上沒有好壞之分，只是人生觀的不同而已。但重要的是；「為什麼？」有人淡泊慾望，覺得性靈自由完美；有人名利雙收，覺得大丈夫當如是也。只要不出於憂愁憤世、巧取豪奪，都可以說是生命的自我完成。
>
> 莊子不喜歡名利場中的追求，惠施無意於自然田園的消遙，這是他們性情上的差異，不會構成互相攻擊的理由。前面的故事，重點在表達莊子的遺憾：老朋友惠施居然誤會我搶他的位子。故事不一定是在凸顯莊子的清

> 高或惠施的渾濁。當然，幾千年來，有人傾向莊子，有人效法惠施，很難説誰對誰錯。任何一種選擇，只要最能接近自己的才性，委屈的感覺少，充實的體驗多，應該都是好的。更何況，在名利和淡泊之間，尚有一大片的領域，可以讓我們去調和、適應呢！

這個故事很容易給人「做官庸俗，隱逸清高。」的教訓，但作者引導小讀者說：「**重點在表達莊子的遺憾：老朋友惠施居然誤會我搶他的位子。故事不一定是在凸顯莊子的清高或惠施的渾濁。**」如果是平庸寡學的作家，很難把這樣的意思轉達給讀者。

同一套叢書，陳萬益改寫的《中國古典寓言故事——戰國策》也有可觀之處，能引導讀者多向思考，譬如在開篇〈狐假虎威〉故事之後的〈言外之意〉，說狐狸在危險的一刻，能夠冷靜機智的快速想出計策，使自己脫離虎口，保住一條命，讀者不僅不該嘲諷狐狸，還應該多向牠學習才對。同時他還提醒讀者，寓言常有多重寓意，只是流傳很久以後，其中一層意思特別突出，其他的意思就不被注意，或者完全被人遺忘，讀者不必墨守慣用成語的意思，而應該還原到故事本身來設想意義。有時候，作者引伸發揮，請讀者換個角度想，譬如〈驚弓之鳥〉故事之後的〈言外之意〉：

> 換另一個角度來説，這隻從東方飛來的孤雁，飛得慢，叫聲慘，顯然和雁群的齊飛翺翔不同，很容易被敵人識破，虛發一弓，就不免驚落在地。當然，故事裡描述的「驚弓之鳥」的表象——徐飛悲鳴，只是個比喻，我們可以加以引申。有一句俗諺説：「一朝被蛇咬，十年怕草繩。」受過打擊，有過創傷，一定會影響個人的行徑和精神，在心有餘悸下，變得謹言慎行，處處小心，但是，愈小心，愈怕事，有時候，更會成為敵人打擊的弱

> 點，很容易舊傷復發而不可收拾。所以，我們如果不想作「驚弓之鳥」，不想成為從東方飛來的孤雁的話，我們應該學習面對事實，從舊創中振作起來，不要讓一次失敗的經驗把我們永遠擊倒。

這樣的改寫比較用心，並不拘限於把文言翻譯成白話而已。不過，作者有時太心切要教育小讀者，不免在行文中一再直接呼喚：「你讀了這一則寓言以後，是不是也會和我一樣感受到下面的寓意呢？」「聰明的你，行事不可不慎哦！」如果能夠從容一點，留給小讀者自在的空間，讓人慢慢的體悟，不要迫切的要讀者認同作者的意思，可能會更好。我們不必假設小讀者閱讀時的狀態，會喜歡有人帶領閱讀，而模擬現場導讀；也可以設想小讀者喜歡個人安靜的默讀，不受打擾的細細玩味。所以，縱使作者想要引導讀者，不妨用自言自語的方式，而不是你/我對話，我要說服你的方式。換句話說，說教最好盡量不著痕跡，不要呼喚讀者，不要催促讀者表態，效果或許更好。此外，書中寫〈曾參殺人〉，漏了重要的補充——古代一人犯法，家人也連帶受罰，缺了這樣說明，曾母爬牆逃走就變得突兀費解了。

此外，叢書中的中國古典寓言，還有吳璧雍寫的《呂氏春秋》，李宗慬的《韓非子》，和范文芳寫的《中國古典寓言故事——列子》（皆1989出版）。

有的作者改寫或創作寓言未得要領，譬如李光福的《動物寓言真有趣》，動輒十幾頁，冗長鬆散，讀來注意力渙散，未能領略寓言的精髓。吳聲淼《兒童植物寓言》則以植物作為主角，故事充滿教訓意味，但其中頗有牽強之處，譬如〈蛇瓜報恩〉，寫一對老夫妻醫治被黃鼠狼咬傷的青蛇，青蛇感激而許諾要報答他們，後來青蛇傷重不治，老夫婦安葬青蛇在菜園中。一年後，葬蛇的地方長出碧綠的植物，結了好多蛇一樣的絲瓜，除了夫妻自己食用，還可以拿到市場販賣，讓夫妻生活過得很好。這時，老夫妻才想起當初青蛇所說報恩的話。作者說寓意是知道感恩的人總會找機會報恩。全書瀰漫著傳遞本土植物知識給小讀者的用心，而文中卻沒有交代動物怎樣變成植物，而且死後還能報恩。這樣的說教，恐怕缺乏說服力。

而李炳傑編著的《中國寓言故事》，很像詞語解釋例句本，在故事中大量運用成語、詞語，然後在正文中一一加以括弧解釋，有時三頁之中，就用括弧解釋了「標緻」、「齊人之福」、「任勞任怨」、「垂涎」、「喜出望外」、「搭訕」、「挑逗」、「色授魂與」、「輕佻」、「慇懃」、「打情罵俏」，卻沒有解釋「苟且私通」是甚麼，大概囿於語文教育，心存說教，以致進退失據。而寫到〈曾參殺人〉，雖然補充了不少解釋和描寫，卻漏了重要的補充——當時一人犯法，家人也連帶受罰。

文壇前輩林海音也寫過《中國傳家故事寶庫：寓言》（臺灣格林文化1994初版）。全套四冊以繪本製作，張世明的繪圖大體上也生動出色。正文只有故事，另有薄薄的親子手冊談出處和寓意，但不算很精審；譬如螳螂捕蟬的故事，其實早在《莊子》就有了。故事的文字比較活潑生動，但可能沒有兼顧小讀者的理解力，譬如〈千里送鵝毛〉，〈人心不足蛇吞象〉二則，如果不看親子手冊的話，不會曉得故事與題目有何關係。最末的〈莊周夢蝶〉很少人選錄，作者卻選為壓軸之作，全書最後的幾句話，說夢蝶就是「形象幻變」，恐怕連成人讀者也不明所以。作者自己對莊子的理解和體悟，可以是很個人的，不必與積學之士相同；但要寫給讀者看，起碼要用清楚明白的話來講，如果連中文系畢業的教師都莫名其妙，更何況是小讀者。

管家琪也有《寓言：古人的智慧》（幼獅文化2003初版），但也不算特別用心之作，翻檢其中〈刻舟求劍〉、〈遠水救不了近火〉、〈千里送鵝毛〉、〈南柯一夢〉、〈螳螂捕蟬，黃雀在後〉等可知。

此外，有童承基、江皎選編，徐亦君、王重升等插畫，《新編寓言365》（正中書局2005年臺初版，浙江少年兒童出版社原版。）365個寓言故事，一頁一個，圖畫得不俗，大字講故事，小字談寓意和評論，大體上改寫得不錯，能考慮小讀者的理解而增飾與說明，但寫〈曾參殺人〉，也漏了古代一人犯法，家人也受連帶處罰的補充說明。

研究寓言的論著，遠不如神話，相對的寓言兒童讀物卻遠比神話兒童讀物豐富，這大概也反映了哪個文類比較能改寫成兒童文學。不過，其中有不少是《伊索寓言》的故事，無論是文字書或圖畫書。其中吳憶帆譯（封面題「改寫」）的《伊索寓言》（志文出版社新潮少年文庫1993初版），有方便翻檢的分類，首輯為〈著名的故事〉25則，之後各輯以動物分類。不過，譯者沒有說明翻譯所根據的原本為何。

我們講寓言故事給小讀者聽，不必依賴今人改寫的兒童讀物，也可以直接讀古人的寓言，然後轉化成淺近的日常語言來講，視讀者情況斟酌補充說明。古書中何處薈萃寓言，可以參考如陳蒲清《中國古代寓言史》（湖南教育出版社1983，臺灣駱駝出版社1987。）一類的書，譬如書中提到《韓非子》寓言有325則，就會列出各篇寓言目錄和所在的篇章，很方便檢索。他又著有《世界寓言通論》（湖南教育出版社1990，臺灣版改名《寓言文學理論．歷史與應用》，駱駝出版社1992。）

除了中國古典寓言、《伊索寓言》之外，俄國的克雷洛夫、法國拉封登，義大利的達文西，都有寓言集。

第七章
兒歌與童詩

第一節　兒歌

兒歌又稱童謠。以前的童謠，有部分類似政治預言，和兒童生活毫無關係；現在所指兒歌，主幹不是指這些作品。以前的兒歌，多出自民間，沒有特定的作者，蒐集之後印刷出版的民間兒歌，可能會標示口述者，以註明來源根據；但口述者不是創作者，只是轉述記憶中聽過的兒歌。現在有很多新出的兒歌是作家創作的，尤其是透過徵文以獎金鼓勵創作而來。[1]兒歌有時以歌謠形式流傳，有曲調可以歌唱，更多的作品則以可朗誦的韻文方式流傳。徵獎所得的兒歌，有時亦請音樂家譜曲，以便傳唱。

兒歌和童詩不同之處，在於兒歌常沒有特定作者，音樂感比童詩明顯，文句比較淺顯，上下文可以沒有意義的關係，只有聲音押韻的關連。譬如好些方言裡，都有用「月光光」開頭的兒歌，但為什麼「檳榔香」就要「買紫薑」？為什麼「紫薑辣」就要「買蒲達」？不見得有關係。同樣的，蒲達苦、買豬肚、豬肚肥、買牛皮、牛皮薄、買菱角、菱角尖、買馬鞭等等，只是粵語諧音押韻的關係，在意義上不見得有何道理。一般所謂連鎖歌，就是這種方式，而兒歌有不少連鎖歌。兒歌上下文可以只有聲音的關連，沒有意義的關連；換言之，往往只求押韻。所以不同方言有類似兒歌，內容不盡同，但上下文以本身方言來念，都各自押韻。

有些兒歌歌詞諧謔之中，對他人的不幸毫不同情，反似引以為

1　譬如文建會曾主辦兒歌徵選，作品集為《愛的風鈴：臺灣（2000年）兒歌一百》。

樂。如果要培養兒童的同情心，在介紹這些作品時，應該要注意其中的趣味，有時夾雜了幸災樂禍的成分。

面對眾多的材料，難免要分類。兒歌的分類，卻常常不很嚴謹，譬如有學者把兒歌分為：催眠歌、遊戲歌、知識歌、逗趣歌、勸勉歌、抒情歌、生活歌、故事歌。這樣的分類，在同一層次就用了好幾個分類標準：有按照用途的分類，有按照內容的分類，有按照讀者感覺的分類，有按照情節有無的分類。無論理論上或事實上，可能有作品兼二者或三者而有之。不過，我們可以不必太在意分類不夠嚴謹，而是從中得到印象，兒歌有很多面貌和特色，不拘限於一端。

相關的著作，可以參考朱介凡《中國兒歌》（純文學出版社1977，小字426頁），分類收錄了各省兒歌，內容豐富。馮輝岳有《童謠探討與賞析》（國家出版社1982，小字213頁）和《兒歌研究》（臺灣商務1989），中華民國兒童文學學會1991年出版的《認識兒歌》（林文寶主編），收錄21篇文章，書末有林武憲的〈兒歌創作選目〉，選錄了1962-1991的45種現代人創作兒歌的書目。論述的專書，以陳正治的《中國兒歌研究》（親親文化1984年出版；啟元1985年增訂版；五南出版社2006年增訂新版更名《兒歌理論與賞析》）最便初學。

作品方面，有施福珍詞曲，康原撰文，王灝繪圖的《臺灣囝仔歌的故事》（玉山社1996）收66首，每首有詞（有些不是施福珍作詞）有曲，有一頁文字說明來歷或內容，王灝的插圖稚樸可愛。又有林金田主編，臺灣省文獻委員會印行的《臺灣童謠選編專輯》（1997）其中有閩南童謠90首，客家童謠60首，國語童謠29首，原住民童謠17首，每首有註解，有王萬富（王灝）彩色插圖。此外，也有客家兒歌等編選作品。

兒歌很能喚起鄉土的感情，縱使不是自己鄉土的兒歌（不見得會喚起自己童年的回憶），也能在可愛的歌詞和旋律之中，欣賞和感受豐富的童趣。我閱聽過的作品中，以1998年信誼基金出版社的《紅田嬰：臺語傳統兒歌集》、《火金姑：臺語傳統兒歌集》兩冊及CD最為出色。每首先念一遍，然後再唱，詞曲（盧雲生、呂泉生、陳達儒、郭芝苑、施福珍、陳中申、劉學軒等）可愛動人，可惜沒有記載大小歌者為誰。書每篇有賞析（莊永明、林武憲、李紫蓉）、註解，有時有背景說明，插圖（曹俊彥、徐素霞、劉伯樂、張哲銘、張振松、江彬如、劉鎮豪）大半亦不錯。兒歌既然是歌，有聲資料更適合介紹給小讀者。

第二節　童詩

童詩指適合兒童閱讀的詩，無論作者是兒童抑或成人。有人認為童詩是現代詩的一個分支，等於排除了古典詩中適合兒童讀的那些作品。就道理來說，如果兒童文學指適合兒童的文學作品，無論作者是古人或今人，是老是幼，都不排斥；那麼，適合兒童閱讀的詩，應該也包括適合兒童閱讀的古典詩。但一般提到兒童詩，往往指現代詩，尤其以成人寫給兒童看的為多。

一、了解童詩的入門書

談兒童詩的入門書，我認為最合適的還是1986年詩人陳木城的《童詩的秘密》，作者藉著捉迷藏比喻讀詩和寫詩，就像捉迷藏的遊戲一樣，寫詩的人要把秘密躲藏得恰到好處，要讓讀詩的人不容易找到，卻又不能一直找不到，所以要知道躲藏，也要知道恰到好處的暗示一下。（〈後記〉）讀詩的人如果一時找不到，要靜下心來，仔細觀察有什麼暗示。而一旦赫然發現了詩人的祕密時，那份既驚又喜的感覺，正是讀詩的動人之處。作者這淺顯生動的比喻，很恰當的說明詩的特質；事實上，《童詩的秘密》全書都用淺白的比喻來介紹童詩，有很多活潑生動的說明。

他強調，用白話寫詩，一定要注意兩種情形：第一不要把白話寫成古詩的樣子，弄得不古不今，其次要用白話寫出有情意的句子。他用有點怵目驚心的「怪胎」來形容這兩種壞詩，很能警惕小讀者不要重蹈覆轍。

他又告訴讀者，寫詩要用具體的描寫來取代抽象的說明，才會有感動人的力量。他解釋「意象」，直截了當的定義說：「**能傳達作者情意的圖象。**」詩人和畫家有相似之處，畫家用色彩線條來表現圖像、傳達情意，詩人則透過名詞組成的畫面，來表達心裡的情意，這些能使人想起一個情境的名詞就是「意象」。而沒有情意的名詞，名詞就只是名詞，只是原始的形象，有了情意的名詞就是意象。詩人透過加工過的象，表現心中特有的情意。所謂「加工」，往往就是在名詞之上添加了形容詞，使得名詞具體生動。詩人隨著心情的好壞，產生「移情作用」，對外界的景物添加了個人的情意，創出可以表現詩人性情的「意象」。這些都是言簡意賅的解說，很容易讓讀者抓住要領。

此外，陳木城、凌俊嫻等合著的三冊《童詩開門》（國語日報，1992），也是不錯的入門書，每冊有很多短篇，分述童詩的相關問題；譬如第一冊有十五篇，依次談詩的定義、分行、分段、形式、標點、轉折連詞、節奏、意象、主題、意趣、語言、詩與散文的分別、圖象詩、抄襲、詩人的修養等。第二冊十五篇專門講修辭技巧，第三冊則談形式技巧，和賞析示例。

中華民國兒童文學學會出版的《認識兒童詩》（鄭明進主編，1990）收錄18篇文章，也是可以參考的入門書。另有邱雲忠《童詩叮叮噹》（漢禾，1993，後改名《童詩創作園》），介紹童詩的寫法，舉例說明明喻、暗喻、閱兵、排比、擬人、摹聲、假如、誇張、疑問、象徵、畫龍點睛等方法。以大學教科書方式著作的，則有陳正治《兒童詩寫作研究》（五南，1995）。此外，曾經風行一陣的小學生寫童詩，林煥彰曾於1982年撰文檢討，他認為早期兒童寫詩的方法，不僅比喻平凡，又多流於空泛、不夠具體，詩的意味甚為淡薄。兒童的詩作多以純真自然的直覺來表現，即興而發，妙語天成，貴在天真無邪的心境，和異想天開的想像，以及稚拙的言語所產生的情趣。（林煥彰〈試論早期臺灣兒童寫作的詩〉）此外，洪志明的〈十一年來兒童詩歌的演化〉對兒歌和童詩有較新的觀察。

作品方面，個人專集和眾人合集都不少，其中中國海峽兩岸兒童文學研究會編選的《打開詩的翅膀——臺灣當代經典童詩》（維京國際，2004）是不錯的入門選集，選了十位詩人各兩首詩，由十位畫家繪製插圖。入選的詩人按年齡長幼為序有詹冰（1921-）、林良、林鍾隆、林煥彰、馮輝岳、謝武彰、杜榮琛、陳木城、洪志明、方素珍（1957-），常出現在其他選集的林武憲沒有入選。此外，以童話聞名、童詩選集不常見的林世仁（1964-），他2004年出版的三本童詩集《地球花園》、《宇宙呼拉圈》（皆民生報社出版）和《文字森林海》（圖象詩，蟲二閱讀文化出版），皆有可觀之處。

二、童詩常見的敘事破綻

童詩常用小孩子的口吻來說自己的故事，方便直接表現兒童天真的想法；但有時候忽略了敘述者的觀察角度沒有前後一致，如小四學生吳淑蕊〈茶壺〉：

我家的茶壺
像鄰居那個婦人
一隻手插著腰
一隻手指著我
好像在罵我

「我」既然被「茶壺」指著，我的視線和壺嘴、壺把成一直線，就不應該同時又從側面觀察到壺嘴（鄰居婦人指著我的那隻手）、壺把（插著腰的那隻手）。作者可能聽過人形容潑婦罵人，一手扠腰一手指人的樣子像茶壺，成詩時失覺以「我」為角色；如果敘述者「我」是旁觀者，不是被罵的人，就沒有敘述的破綻了。

又如余皓華的〈說謊〉，這首詩應該是描寫小孩「我」說謊後愧對媽媽，無言以對。敘述者既然是故事中的小孩，不應該說自己「臉兒通紅」，因為那是視覺的，如果不是照鏡子，不應有如此的觀察。敘述者應該表現自己感覺到臉熱，才不會有視角的破綻。如果不想用全知觀點，而選用自述的內聚焦視角來縮短讀者和角色之間的距離，可以考慮描寫「我」看著媽媽的項鍊、腰帶、鞋子，來表現「我」不敢和媽媽的目光相接，慚愧得抬不起起頭來。這樣的話，就可以維持視角的一貫，而且不必由「我」直接來說「我錯了！」反而比較含蓄，更符合詩的表現手法。又如謝美珍的〈大地之歌〉最後一段說五線譜上的音符是我瞇瞇的眼睛，但是，這樣敘述應該是視覺的描述，而「我」不能既是被觀察者，同時又是觀察者。身為幸福家庭一員的敘述者，描述自己如何幸福，頗不自然。文學作品當然可以表現自己知足幸福，但在詩裡應該用婉轉含蓄的方式；如果用現場報導的方式，則不妨設計敘述者「我」不是幸福家庭的成員，而是旁觀者，這樣的話，直接的描寫這個家庭幸福和樂的情形，反而比較自然。如果敘述者不是角色，不在故事中，就可避免如此的破綻。

上述的情況是視角不統一，視角的破綻是位置的不統一；而有一種情形，位置沒有破綻，是由人物兼敘述者來敘事，但時間不統一，出現破綻，如方素珍的〈拜訪〉：

> 媽媽提著籃子／牽著我／我抱著黃菊花／牽著媽媽／路途很遠／天色很灰／腳步很重
> 外婆的家／在荒野中／好多人住／都不往來／都很孤單／常常／我陪媽媽／來看外婆
> 端出飯菜／擺些葡萄／再插上菊花／媽媽點了香／告訴外婆／我們來了／外婆沒回答／媽媽／眼光很遠／媽媽／眼中有淚／我靜靜地／看著／等著／香短了／外婆吃飽了

我問媽媽／菜都沒動／外婆怎麼飽了／媽媽說／小雯乖／外婆捨不得吃／統統留給小雯
媽媽提起籃子／牽著我／我回頭看看／菊花在風裡／搖搖擺擺／是外婆向我說/再見嗎

作者筆下懵懂無知的兒童主角，自述經歷一件新鮮事時，以當時口吻敘事，以便產生陌生化效果，卻無意中露出破綻：其中第二段的「**常常**」破壞了整首詩的敘事設計，如果「**我**」（即第四段的「**小雯**」）有來過，當然曉得外婆已經死了，就不能用這樣無知的口吻來敘述。這是敘事時間立足點游移，遠離了事件時間，把往後多次掃墓的經驗，滲入初次「拜訪」外婆的視角中，而露出破綻。只要把「**常常**」刪去，就不會有上述的缺點。

有時不是視角有破綻，而是沒有選好敘述者，誤以為童詩總是要由小主角現身說法，才有說服力，忽略了敘述者其實可以另有其人，例如小六學生謝忠言的〈自信〉，詩中的「我」自敘美德，但自伐其美常常缺乏說服力，反而達不到訓勉小讀者的效果。這首詩可以換成其他人，譬如主角小孩的鄰居或老師，來敘述一個懂事的小孩家貧但努力讀書、分擔父母責任（做家事和教導弟妹），「我」只是觀察和說故事。這樣來勸勉小讀者要像主角一樣的體諒父母、努力上進，應該會比較有說服力。與其說自己有多好，有多自信，不如由旁人來說，來得自然而有力。除非那是言不由衷的反諷技巧，作者刻意設計一個不可靠的敘述者，言不由衷，來產生幽幽的怨懟，那就複雜得多了。

此外，有一種情形，是比喻和具體描寫不吻合，譬如曾妙容的童詩〈月亮〉共三段，第一段說月亮是慈愛的母親，第二、三段卻說月亮是孩子。第二段描寫主體是「**頑皮的孩子**」，但她具體的舉動卻沒有頑皮，沒有硬要跟著進屋子裡搗蛋，而是乖乖的在外等候。第三段形容月亮是「**纏人的淘氣**」，但她具體的舉動卻沒有淘氣，而是跌到水池裡卻倔強不求助。除此之外，這首詩還有可商榷之處：首先，「頑皮」和「淘氣」有何不同？其次，第一段以「慈愛母親」為喻，二三段卻是「頑皮」和「淘氣」，與第一段過於懸殊，不妨改為慈愛的另兩種不同面貌；如果要廣設譬喻，可以考慮用組詩的方式。

三、臺灣童詩的基本情調

臺灣的童詩自楊喚（1930-1954）以來，大體上維持著活潑、樂觀、光明、善良的正面態度，縱使關注的人生面相不夠寬廣深刻，卻避免流於政治的說教（其他的說教難免）。以楊喚的童詩為例，譬如〈森林的詩〉，沒有鬥爭，沒有批判，人與人之間充滿著溫情和體貼，本來現實世界裡動物自利的行為，到了他的童詩世界裡，都變成了利他的行為。小菌子宛如小學集體做早操的小朋友，健康、光明、可愛。童話世界的反派角色也改過自新，幾乎成了好人好事代表，是用功合群的模範生。頑皮的白兔（想想Potter女士筆下的Peter兔）不做危險的淘氣事，聽話、勤勞、珍惜生命、愛健康。又如〈水果們的晚會〉，詩人筆下的水果店有如童話，現實世界在午夜變成魔法世界，水果擬人，角色外型鮮明，全詩色彩豔麗，動感十足。現代的年輕讀者，或者覺得如此簡陋的晚會，連基本的音響、燈效都沒有，有何歡樂之處？但作者身處六十年前剛撤退來臺灣的克難時代，這樣的晚會已經可以讓人雀躍了。楊喚的童詩，最負面的也不過如〈小蝸牛〉中，小蝸牛對太陽的抱怨——為什麼太陽不來照一照牠「住的那樣又濕又髒的鬼地方？」這已經是楊喚童詩裡最強烈的負面話了。據說他幼年喪母，和後母處得不好，童年並不快樂；但他表現在童詩裡的，不是個人經驗裡的負面情感，而是彌補了自身的匱乏和嚮往，處處有溫情，和積極樂觀、活潑愉快的情緒。

反觀大陸的情況，大不相同，很有分量的編者出版的代表性選集，譬如蔣風編選兩巨冊的《兒童文學大系：詩歌》，其中充滿政治意識型態的作品，有歌頌兒童放下鋤頭殺老蔣，也有敘述媽媽在寒冷的冬夜，懷裡揣一把菜刀去殺省長，結果被抓住，吊在樹上三天三夜，敘述者所懷念的母親，和殺人與被殺的情境一起深深烙印在記憶中。也有小孩立志要宰保長，抗美援朝詩甚至有「**狗雜種，開槍吧！**」作者大概要教導小讀者認清階級敵人，而編者也認為很得體，政治意識正確最重要，顧不得文辭粗鄙。至於被毛澤東鬥死的國家元首劉少奇，在四人幫垮台後，得到平反，也有作者用童詩來懺悔，題目就直截了當叫〈少奇爺爺，原諒我吧！〉。諸如此類，在選本中尚且可見，尋常的詩集，恐怕不勝枚舉，很慶幸臺灣的童詩還不必寫成這樣。

臺灣也曾經歷高壓戒嚴、風聲鶴唳的年代，楊喚也寫過黨八股的詩如〈零下四十度〉：「**等到打回大陸去，讓爸爸媽媽帶著我跟春天一起回家鄉。**」可見楊喚不是不會寫，也不是從來不肯附和，但他堅持在兒童詩裡，不要這樣寫。或者有人認為，他的詩之中，哪些算兒童詩，不見得是他本人的分類，而是身後編者的分類；但起碼可見編者和後人心目中的童詩，應該是怎樣的。之後臺灣兒童詩的發展，沒有強烈的政治趨向，倒是比較健康的。當權者難免想染指兒童讀物，灌輸對自己有利的意識型態，從事文學教育者卻不必乖乖就範。

第八章
其他體裁

第一節　散文

廣義的兒童文學散文類幾乎包括所有不押韻的兒童文學文字作品，狹義的兒童散文僅指其中和童話、小說、寓言等等並列的一類。本節介紹狹義的兒童散文，這是兒童文學次文類之中，界線比較不明顯的一類，尤其容易和情節較弱的兒童故事混淆，和部分知識性讀物的界線也不明顯。如果有一篇文學作品，適合兒童閱讀，但不是詩歌、劇本，也沒有故事，又不是介紹知識的說明，那大概就是狹義的兒童散文類了。

有的散文作品，很可能內中也包含故事。作家除非應徵比賽，或應編輯邀稿，不然的話，不必心中先有強烈的自覺，寫的到底是散文還是故事。一般而言，故事比較能吸引小讀者。單純寫景、說理、抒情的短篇，要能吸引小讀者，很不容易。不少被分類到散文的作品，常常還是在說故事，譬如早年兒童讀物裡的散文，有不少就是資深作家寫他們童年時候的事。有不少作品，情節不連貫，零星敘述童年往事的片段，同樣充滿懷舊氣氛。直到現在，懷舊散文仍然數量可觀，未嘗褪色。譬如行政院文建會贊助，臺東大學兒童文學研究所廣發問卷票選出來的「臺灣（1945-1998）兒童文學100」裡的散文類11本作品，其中《琦君說童年》、《天霸王》（謝武彰）、《阿公的八角風箏》（馮輝岳）、《林良的散文》、《童年懺悔錄》（王淑芬）、《屋簷上的秘密》（林芳萍）七本，大多是童年往事的回憶。[1]

[1] 其餘四本，《方向》（魏廉、魏訥兄弟）是說教的短文。《爸爸的十六封信》（林良）也是對小讀者說教，但透過故事來說，比較生動活潑。《楊小妹在加拿大》（卜貴美）寫異國生活，《蔚

有些前輩作家，懷念大陸故鄉故人，寫來可能情不自已；但有時記事平淡，感情隔閡，缺乏吸引力。有的作家集中寫特別的經驗，譬如林玫玲的《我家開戲院》（民生報，2001），全書各篇的場景是作者童年時（1969），父輩在美濃新開的戲院，環境新鮮（很少兒童文學以此為場景），語言又活潑生動，讀來比較有趣。此外，有一些是遊記。

有一類兒童散文，寫的是異國的生活，這類散文一反回顧敘事，多寫現在發生在新環境裡的生活點滴，旅遊見聞。有的由兒童或少年執筆，更多的是大人作者以兒童身份敘事，這些作品，寫的幾乎都是先進國家生活的美好，一方面迎合多數讀者的期望，一方面也推波助瀾，形塑小讀者對這些國家的片面印象。同時，也示範怎樣教育小孩，寫他們的光榮事蹟，以饗讀者。譬如路安俐的《中國孩子在美國》（1992年國語日報初版），主角是音樂資優生，媽媽（作者）能教他彈琴，常得大獎，小小年紀，一再在紐約卡內基音樂廳演奏，受記者採訪，連妹妹也是有史以來年紀最小的冠軍，家有游泳池。至於異國語言文化障礙，則因為人在美國土生土長，根本不必操心。而且，不必上班的外公外婆在美國和他們同住，教他中文，所以連中文演講也得冠軍。外公見多識廣，曾遊歷亞、歐、美、澳各洲，帶他旅行時，總讓他吃蟹肉燕窩羹、蝦球等等。

楊小妹系列的《楊小妹留洋記》（純文學1982）《楊小妹在加拿大》（九歌，1985）《楊小妹看歐洲建築》（國語日報，1994）、《哥哥姊姊和我》（國語日報，1991）也類似。譬如《哥哥姊姊和我》的主角，讀天資優異學校，全班十八個同學，是從多倫多市二十多個小學選出來的。大姊二姊得校長獎，小弟得總統獎，照片登報，專文訪問。不看書成績也得A。不只如此，連身高也是優秀的，女生165、175公分，哥哥更高，最小的初一生也168公分，住家更是怡人，飯廳

藍的太平洋日記》（李潼）則以太平洋為敘述者，來說臺灣近海的古今人間事。而《美麗眼睛看世界》（桂文亞）則是配搭五十多張照片的散文集。

是六角形的小圓屋，五面有窗，窗外是後院的游泳池、花圃、菜園。一家有四台新車。光是讀一個暑假課程，可以花上八千美金。[2]

相對而言，林方舟以孫女為敘述者寫的書信體獨白《中國孩子在紐西蘭》（國語日報，1993），比較沒有這方面的問題。

第二節　圖畫書

有些畫家認為，圖畫書和插畫豐富的書常被混淆，譬如波蘭插畫家舒樂維茲（Uri Shulevitz）在〈何謂圖畫書？〉（*What Is a Picture Book?*）一文中指出：一般人觀念中的圖畫書就是字數較少、有圖、面積不是標準尺寸的書。他認為不應把分類建立在版式（format）上，混淆了圖畫書（picture book）的版式和圖畫書的概念（concept）。在他看來，不依靠圖畫而可以獨立講故事的不算圖畫書，那是有豐富插圖的圖畫書版式的故事書。波特（Potter）女士的《兔子彼得》是有插圖的故事書，插圖提昇了書的品質，但那不是圖畫書。真正的圖畫書，文字不能完整表達故事，如果沒有圖畫，故事就不清楚；換言之，圖畫提供的資訊沒有包含在文字中。圖畫書的圖畫能說故事，有的圖畫書甚至可以沒有文字。文字和圖往往互補，圖畫不像電影能表達連續的動作，圖畫書的文字就幫助表達，故事書的文字既表現聲音又描寫畫面，而圖畫書就由文字來描述聲音。他強調：兩者無所謂誰高誰低，但理解兩者差異，對兩者的發展都會較好。真的圖畫書是不能在收音機廣播的。圖畫書是書籍中獨一無二的一種文類，故事書和圖畫書不是圖畫或文字多寡的程度差異，而是本質的差異。不過，雖然舒樂維茲如此強調，一般讀者，包括出版社或圖書館員，往往還是根據版式來分辨，大概都把《兔子彼得》視為圖畫書；換言之，圖畫書往往由於它的製作形式，而不是

2　見《楊小妹看歐洲建築》第一頁，1988年的八千美金購買力比現在更可觀，在當時也等於臺灣專任講師八個月薪水。

它的文字內容，構成它的文類界線。

公元2000年前，在臺灣能讀到最好的論圖畫書的中文章節，是Perry Nodelman的書*The Pleasure of Children's Literature*劉鳳芯中譯本《閱讀兒童文學的樂趣》的〈圖畫書〉一章，這一章薈萃了他對圖畫書論述的大概。他能在通論兒童文學整體的書中一章，能有如許的心得，由於他本身曾對圖畫書有深入的研究。他1988年出版的*Words about Picture: The Narrative Art of Children's Picture Books*論圖畫書的圖畫如何說故事，是這領域的重要代表作。[3]

不過，我們不見得把他的意見全都奉為圭臬。譬如他說一般人看圖時是由左到右，因此人們也會認為故事裡的時間是從左到右進行——圖左邊的事發生在右邊之前。因觀看者假定時間軌跡是由左向右移動，故也假定當角色朝右邊時，就表示正在行進。之前他還比較謹慎的說，習慣閱讀像英文字由左到右的讀者，看圖時的方向也會由左到右。原本立論僅限於慣讀橫向右行文字的讀者，後來又推衍為普遍習慣。他引Gaffron的說法，說看圖的人通常先看圖的左下方，然後以弧形移至右上方，所以很多主要角色出現在左下方。[4]這也是武斷的、違反經驗的一偏之見，經不起常識的考驗。此外，他說無法單靠圖畫來表現事情發生在古早（long ago），或只是夢境或臆測。[5]這也令人納悶，只要看過漫畫，就會覺得他的說法想當然爾。漫畫常畫夢境與臆測，不勝枚舉。至於古早的過去，看人物的衣著、人為景物就可以分辨。甚至要由現在回到過去，也可以由圖畫表現，譬如由彩色的現實回到黑白的過去，也能以此表現臆測、夢境。或者參考電影分鏡的方式，也可以表現夢境、臆測和過去。

本世紀以來，在臺灣可以讀到的中文相關著作漸多，譯作有Martin

3　中譯本《話圖》已於2010年11月由財團法人兒童文化藝術基金會出版。
4　見Nodelman & Reimer著*The Pleasure of Children's Literature*. p.290，新版中譯頁345。新版中譯也增加了一位譯者，修訂後的新版譯文比舊譯好。這一章中譯初版的圖比原作少。修訂版原作的圖更新，而數量減少，由12幅減為5幅；中譯新版維持原來舊譯的5張圖，沒有更新。
5　見Nodelman & Reimer著*The Pleasure of Children's Literature*. p.277，新版中譯頁331。

Salisbury著，周彥璋譯的《彩繪童書：兒童讀物插畫創作》（視傳文化，2005初版，英文原版，2004），全書144頁，分為九章：1.簡史 2.素描 3.表現手法、材料及技巧 4.角色設定 5.圖畫書 6.給高年級孩童的圖畫 7.非文學類插畫 8.設計與版面編排 9.準備出版，正文之後有〈專有名詞：參考資料〉，全書內容豐富，是論圖畫書製作的重要中文參考書。

此外，珍・杜南（Jane Doonan）著，宋珮譯的《觀賞圖畫書中的圖畫》（雄獅美術，2006年初版，英文原版，1993），也值得一讀。全書139頁，其中有36頁以兩本圖畫書為例，說明讀圖畫書的方法，又有近30頁談圖畫書在課堂的應用，更有十幾頁介紹幾本基本的重要參考書，並且，有25頁是討論圖畫書的相關術語摘要。

目前比較常用的入門書，可能是彭懿的《遇見圖畫書百年經典》（信誼，2006年12月初版）。作者是大陸的作家兼學者，原書《圖畫書：閱讀與經典》（南昌二十一世紀出版社，2006年9月初版）與臺灣版略有出入，除了字體繁簡不同外，編排、版面、文字、書名中譯、選圖也略有差異，舉例的書大陸版64冊，臺灣版有66冊。大體而言，臺灣版的版面和印刷比較悅目。正文有274頁，上篇63頁是圖畫書通論，介紹了圖畫書的各部分名稱（如封面、糊貼頁等）、形態（開本、摺頁、散頁等）和表現方式（如圖文關係、文字排列、畫面連貫等等）。下篇〈經典圖畫書〉介紹了66本圖畫書，由波特女士的《小兔彼得的故事》開始，每篇先顯示書的封面，簡介內容，然後解讀作品，最後介紹作者（大陸版大部分作者的照片臺灣版沒有保留）。附錄介紹了相關獎項和書目。不過，作者對圖畫書構圖的分析還不夠深入。

我覺得讀來最有收穫的，是郝廣才的《好繪本如何好》（格林文化，2006）。他本身不是畫家，而是多本繪本的文字作者，而且曾策劃出版過很多出色的繪本，更是西方國際圖畫書書展的評審。他對圖畫書的看法頗有見地，尤其是對構圖製作過程的說明。全書203頁，舉例貼切，言必有物。他談版面設計、造型、閱讀本質、視點、畫面連貫、故事、語言應用、想像與邏輯、動作、配角、用畫面喚起意念、懸疑與驚奇、荒謬與合理、伏筆、背景、呼應、意義、翻頁技巧、暗號、道具、韻律、細節與整體構圖的配合、分段、情節雙線交叉、跳脫既有形式等等，深入淺出，快人快語，很有見地。

此外，Mary Renck Jalongo著，葉嘉青編譯的《幼兒文學：零歲到八歲的孩子與繪本》（*Young Children and Picture Books*，心理出版社，2008初版），全書248頁，論〈繪本的吸引力〉、〈繪本的品質〉、〈帶領孩子進入繪本的世界〉、〈幼兒對於繪本的回應〉、〈透過繪本獲得讀寫能力〉、〈家庭和繪本〉、〈繪本與課程的結合〉，內容偏重如何帶領幼兒閱讀圖畫書，關注幼兒閱讀和教學，作者是教過幼稚園和小學的教授，譯者增補了很多臺灣的圖片，是目前在這方面比較重要的中文參考書。

林美琴的《繪本有什麼了不起？》（天衛，2009）全書144頁，也是談繪本閱讀的入門書。作者對圖畫書的析論雖然沒有後出轉精，但全書明白淺顯，彩圖悅目，亦可一讀。此外，也有資深繪者出版相關書籍，介紹其他繪者或圖畫，內容比較欠條理，論述不夠深入，但亦偶有零星可取見解。中文期刊之中，《繪本棒棒堂》季刊載有較多關於圖畫書的文章，最為可讀。

第三節　知識性讀物

知識性讀物（informational book）包羅甚廣，專門介紹知識的，大概都屬於這個範圍。據2010年新出的《夏綠蒂．胡克兒童文學概論》，現在學者又傾向稱這一類作品為「非虛構作品」（nonfiction），書中引了柯爾曼（Colman）的意見：因為「知識性」的稱謂，容易使人聯想到百科全書、教科書，而忽視了這類作品的文學性。[6]這一類作品，其中包括兒童字典、辭典等，譬如謝武彰的《國語日報圖畫字典》（2000年初版），上下冊共872頁，每頁一個字，有彩色插圖（吳知娟繪）；沒有一般字典的解釋字義，而用近似童詩的方式說明用法。

字典、辭典外，常見的是百科全書：有中文編寫的，有翻譯的，有中英對照的。中英對照的，往往左右頁圖畫重複，沒有多大意義；除非圖中就有文字，或是地圖可參見英文地名。翻譯的兒童百科，如果以英文字母順序編排，雖然符合原著，也比較省事，但對中文小讀者而言，不如分類編排。

國人自己編寫的兒童百科全書，流通最廣的是臺灣省教育廳於1978-1986年編印出版的《中華兒童百科全書》，共13冊（第14冊為索引），16開銅版紙布面燙金，最初是配送本，贈送小四至國一每班一套；另有翠綠色封面的販售本。全書橫排，外國人名地名，都附外文。此外，嘉義明山書局也從1984-1987年陸續出版了《中國兒童大百科全書》36 冊，第37冊為索引（1989年初版），至1994年續編補遺出齊38-42冊，43冊為索引。這兩套兒童百科全書各有長短。[7]

知識性讀物很多是叢書，譬如光復書局的《光復兒童百科圖鑑》有10冊（1982再版），東方出版社翻譯的《口袋世界探索》（1992再版）有60冊，內分生活、風土、自然等等系列；華一出版社的《華一兒童知識寶庫》（1989）更有100冊之多。

有的更專門介紹科學知識，如《光復科學圖鑑》有25冊（1983），《小牛頓科學館》（2002）有60冊，圖文出版社的《自然圖書館》（1991再版）有100冊。此外，也有以兒童生活為中心，介紹各國風土人情的，如故鄉出版社35冊的《世界兒童生活圖鑑》（1995），每冊封面都是一個小孩的笑臉，內容則是介紹這個小孩在

6　見Kiefer & Tyson合著*Charlotte Huck's Children's Literature: A Brief Guide.* p.239

7　我有論文〈評論兩種兒童百科全書〉，見《高雄師大學報》45期（預計2018年12月出刊）。

他（她）國家的生活。

有些叢書本身也是圖畫書，其中有充分利用圖書製作方式來介紹知識的，最明顯的如理科出版社的《第一個發現》叢書（1993，原書義大利1992出版）的第28冊《基本概念》，每一跨頁中有圖畫的透明頁分別和前或後頁圖畫搭配，很清楚的顯示了前後、上下、左右等等基本概念。

知識性讀物，有不少翻譯自外國作品，而補充或置換本土的資料。譬如上文提到的《世界兒童生活圖鑑》，有34冊翻譯自日文，加上第35冊介紹臺灣。有些則是內文零星的抽換，這本來也無可厚非，但有時顧此失彼，反而疏忽了更重要的資料更新，譬如牛頓出版社的《21世紀世界地圖館》（1993,1999李俊秀譯）原出版社為日本小學館（1992），其中有關臺灣大篇幅的資料，大概是臺灣中文版編輯抽換的；但部分資料沒有更新，譬如222頁的人口資料，只有東京是1990的調查年，其他九個城市，有的還是1980的資料。這一類與時俱進的數據，都應該更新。

有時，抽換之後，忽略了前後呼應。如秋雨文化的《小小世界通：全方位認識今日世界》（2006，譯自法國巴黎Éditions Nathan 2005原版）101頁介紹「**成功的發展：南韓模式**」時，提到在30年內，南韓搖身一變成為獨立自主的經濟強國，國民生產毛額是以前的七倍，跟歐洲國家旗鼓相當，並註明「（**見第91頁**）」，但翻回到91頁，所列「國民生產毛額超級比一比」的圖中八國，根本沒有南韓，卻有臺灣；很可能臺灣版改換了本土的資料，卻忽略了前後照應。

知識性讀物可謂包羅萬象，以兒童為對象的英語學習字典也有多種。此外，介紹文學、歷史、宗教、法律、生活常識，甚至理財簡要知識的書，都不罕見。有的會透過有趣的故事來引導，譬如《校園風雲：律師們寫給校園師生的法律故事書》（向陽公益基金會，2007），全書180頁，分成12篇，每篇先有一個簡單生動的校園故事，然後有詳細的〈專家怎麼說〉，剖析其中牽涉的法律問題，建議師生遭遇類似問題時，如何維護自己的法律權益。類似的如行政院青年輔導委員會編印的八冊《法治播種服務參考叢書：小執法說故事》（1993），配合三至六年級，一學期一冊，故事之後，有簡短的〈小執法的話〉、〈問題討論〉，和較詳細的〈參考法條〉。又有法務部與世一文化合編的五冊《執法小先鋒》（1996），每則六頁的故事之後，有兩頁的〈法律條文解析〉。世一2001又有兩套各三冊類似的書，一為《好兒童法律故事》，另一為《學生啟蒙法律故事》，編排和《執法小先鋒》相同。這些書，就其故事部分而言，與兒童生活故事並無兩樣。反過來看，兒童生活故事當然可以包含各種題材、主題的故事。

有些不僅記載知識，也兼顧較抽象的問題，譬如《有很多為什麼的書》（飛寶文化，2009，譯自法文），問題涵蓋了「地球」、「天空」、「動物」、「花和水果」、「身體機能」、「小毛病」、「社會生活」、「小孩子日常生活」、「情感」、「信仰和死亡」、「古怪的問題」，如〈為什麼有人很窮，有人很有錢？〉〈為什麼會哭呢？〉〈為什麼我怕黑？〉〈為什麼我們一下子很愛，過一下子又不愛了？〉〈為什麼要把門關起來？〉〈為什麼故事書裡的巫婆都是壞心腸？〉〈為什麼會有戰爭？〉有的答案很不錯，如〈親愛的人死了，我們該怎麼辦？〉又如另一則〈為什麼我們在學校裡學了一堆沒用東西？〉也很有意思。

各種知識性讀物，內容包羅萬象，編寫繁簡不一。敘述簡要，版面疏朗，字大有注音的，比較適合國小讀者。有的知識性讀物，敘述詳細，內容也不淺顯，連一般國中讀者，都可能覺得不易理解。更有字小而密，收的詞條接近成人工具書的。我們引導小讀者，或者可以由淺入深，先閱讀簡要版，覺得不足，再閱讀更詳盡的版本。

參考書目

中文

1. （不著改寫者），《史記》，臺南：世一書局，1996。
2. （宋）王楙，《野客叢書》，北京：中華書局，1987年初版。
3. （宋）岳珂編，王曾瑜校注，《鄂國金佗稡編續編校注》，北京：中華書局，1989年初版。
4. （宋）蘇軾，《東坡全集》，收錄於《影印摛藻堂四庫全書薈要》集部三十一至三十三冊，臺北：世界書局，1988。
5. （周）莊周著，郭慶藩輯，《莊子集釋》，臺北：河洛，1974年臺影印一版。
6. （明）馮夢龍編，《古今小說》，臺北：世界書局，1958年初版。
7. （明）羅貫中，《三國演義》，臺北：里仁書局，1994。
8. （晉）王嘉，《拾遺記》，見（清）王謨編，《漢魏叢書》，臺北：大化書局，1983。
9. （晉）陳壽著，（宋）裴松之注，《三國志》，北京：中華書局，1959年初版、1982年二版、1994。
10. （清）錢彩編次，金豐增訂，平慧善校注，《說岳全傳》，臺北：三民書局，2000年初版。
11. （漢）司馬遷著，（日本）瀧川資言考證，《史記會注考證》，太原：北岳文藝出版社，1999年初版。
12. （漢）司馬遷著，（宋）裴駰，（唐）張守節、司馬貞等注，《史記》，臺北：鼎文書局，1993年八版。
13. （漢）班固著，（唐）顏師古注，《漢書》，臺北：鼎文書局，1979。
14. 卜貴美，《哥哥姊姊和我》，臺北：國語日報，1991。
15. 卜貴美，《楊小妹看歐洲建築》，臺北：國語日報，1994。
16. 大眾書局編輯部，《國父傳》，高雄：大眾書局，1978年再版。
17. 子魚，《革命先行者——孫中山》，臺北：三民書局，2008年初版。

18. 小野，《布袋開門》，臺北：皇冠出版社，1994。
19. 小野，《尋找綠樹懶人》，臺北：皇冠出版社，1991。
20. 不著撰人，《中國名人故事》，臺南：光田書局，1981年6版。
21. 不著撰人，《國父傳》，臺北縣：鐘文書局，缺出版時間。
22. 中國國民黨中央黨史史料編纂委員會編輯，《國父畫傳》，臺北：中華民國各界紀念國父百年誕辰籌備委員會，1965年出版。
23. 方素珍，〈拜訪〉，見陳木城等編，《國語日報童詩選》，頁238。
24. 毛貴民故事撰寫，《故事版資治通鑑》（卷七），臺北：天衛文化，1995。
25. 王文華，《我有媽媽要出嫁》，臺北：小兵出版社，2005年初版。
26. 王玉川講，張希曾記，〈評判兒童讀物的標準〉，瞿述祖主編，《國語及兒童文學研究》，臺中：臺中師範專科學校出版，1966年初版，頁233-236。
27. 王孝廉，《中國的神話世界：各民族的創世神話及信仰》，臺北：時報出版社，1987年初版。
28. 王家珍，〈月亮過生日〉，見《孩子王‧老虎》頁29-34，臺北：民生報社，1992。
29. 王家珍，〈孩子王大鬧閻王殿〉，同上，頁45-54。
30. 王家珍，〈腳趾頭的怪事〉，同上，頁55-66。
31. 王家珍，〈螃蟹的守護神〉，同上，頁35-44。
32. 王家珠，《星星王子》，臺北：格林文化，2001。
33. 王家興，〈見義勇為的林阿發〉，蘇尚耀編，《兒童文學故事選集》，頁138-141。
34. 王瑞琴譯（阿拉伯文中譯），《天方夜譚》，北京：人民文學出版社，1998。
35. 王增永，《神話學概論》，北京：中國社會科學出版社，2007年初版。
36. 世一書局編輯部，《司馬遷》，臺南：世一書局，1991年初版。
37. 世一書局編輯部，《兒童歷史故事館2：短篇寓言故事》，臺南：世一書局，1979年初版，1999年修訂新版三刷。

38. 世一書局編輯部，《邱吉爾》，臺南：世一書局，1979年出版。

39. 包蕾，〈豬八戒學本領〉，見郭恩澤、謝又榮編《世界優秀童話寶庫——中國童話卷》，長春：東北師範大學出版社，1991。

40. 史泰格（William Steig）著，張澄月譯，《老鼠漂流記》，臺北：民生報社，1985。

41. 申丹，《敘述學與小說文體學研究》，北京：北京大學出版社，1998年初版。

42. 伊索（Aesop）著，吳憶帆譯（封面題「改寫」），《伊索寓言》（新朝少年文庫），臺北：志文出版社，1993年初版。

43. 伊索（Aesop）著，沈吾泉譯，《伊索寓言》，臺北：志文出版社，1985年初版，1991再版。

44. 伊索（Aesop）著，周作人譯，《全譯伊索寓言集》，北京：中國對外翻譯公司，1999、2002。

45. 安徒生（Hans Christian Andersen）著，葉君健譯（丹麥文中譯），《安徒生童話全集》，浙江文藝出版社（版權頁缺地址），1995。

46. 朱介凡編著，《中國兒歌》。臺北：純文學出版社，1977年初版，1985。

47. 朱秀芳，《齒痕的祕密》，臺北：書評書目出版社，1984、1987。

48. 朱傳譽改寫，《孫中山》，臺北：東方，1994年6刷（約1966年初版）。

49. 米恩（A. A. Milne）著，張艾茜譯，《噗噗熊溫尼》，臺北：聯經，1994，1997。

50. 西木正明，《孫文の女》，東京：文藝春秋，2008年初版。

51. 何鳳儀、樊瑋編撰，〈創建中華民國的元勳——國父的故事〉，見《奮鬥的人生10——濟世救民的故事》頁68-77。臺北：嘉新，1988年初版。

52. 余英時，《史學與傳統》，臺北：時報出版社，1982年初版，1983年三版。

53. 余皓華，〈說謊〉，見林文寶等，《兒童文學》，頁110。

54. 余棼蘭編劇，王建興漫畫，《孫文》，臺北：牛頓出版社，1990年初版。

55. 吳相湘，《孫逸仙先生傳》，臺北：遠東，1988年初版。

56. 吳英長，〈兒童傳記文學的分析〉，《國立中央圖書館臺灣分館館訊》，第七期，頁27-31, 1990年。

57. 吳淑蕊，〈茶壺〉，見陳正治，《兒童詩寫作研究》，頁178。

58. 吳涵碧，《吳姐姐講歷史故事》，臺北：中華日報社，1986年初版，1991年八版。

59. 吳新勳，〈鞠躬盡瘁的諸葛亮〉，見《中國歷史名人》（小標題「小學生經典人物傳記」）頁78-121，臺北縣：風車圖書，2008年初版。

60. 吳鼎，《兒童文學研究》，臺北：遠流出版社，1980。1965年臺灣教育輔導月刊社初版。

61. 吳聲淼，《兒童植物寓言》，臺北：小魯文化，2002年初版。

62. 呂紹煒，〈音樂比賽〉，蘇尚耀編，《兒童文學故事選集》，頁203-205。

63. 宋修文，〈手足情深〉，蘇尚耀編，《兒童文學故事選集》，頁168-171。

64. 巫仁和，〈獎學金的故事〉，見《三個怪醫生》頁131-133。彰化：彰化縣文化局，2001初版。

65. 李光福，《我也是臺灣人》，臺北：小兵出版社，2008年初版。

66. 李光福，《我班有個大哥大》，臺北：小兵出版社，2006年初版。

67. 李光福，《動物寓言真有趣》，臺北：小魯文化，2002年初版。

68. 李光福，《請你嫁給我爸爸》，臺北：小兵出版社，2008年初版。

69. 李俊秀譯，《21世紀世界地圖館》，臺北：牛頓出版社，1993年初版。

70. 李炳傑編著，《中國寓言故事》，臺北：國語日報社，2000年初版。

71. 李福清，《從神話到鬼話：臺灣原住民神話故事比較研究》，臺中：晨星出版社，1998年初版。

72. 李慕如、羅雪瑤，《兒童文學》，高雄：復文書局，2000年初版。

73. 李潼，〈白玫瑰〉，見張子樟編，《沖天炮VS.孩子王：兒童文學小說選集1988-1998》頁334-353，臺北：幼獅文化，2000年初版。
74. 李潼，《少年噶瑪蘭》，臺北：天衛文化，1992年初版。
75 李潼，《四海武館》，臺北：圓神出版社，1999年初版。
76. 李潼，《阿罩霧三少爺》，臺北：圓神出版社，1999年初版。
77. 李潼，《無言的戰士——林旺與我》，臺北：圓神出版社，1999年初版。
78. 李潼，《獨臂猴王》，臺北：國語日報社，1988。
79. 李潼，《魔弦吉他族》，臺北：圓神出版社，1999年初版。
80. 沈永嘉，《項羽傳》，臺北：益群書局，1985。
81. 沈從文，《從文自傳》，重慶：重慶出版社，1986。
82. 貝洛（Charles Perrault）著，齊霞飛譯，《貝洛民間故事集》，臺北：志文出版社，1997年初版。
83. 辛夷、成志偉編，《中國典故大辭典》，北京：燕山出版社，1991年。
84. 兒童日報出版部編寫，《司馬遷》，臺北：光復書局，1991年初版。
85. 周異斌等編，《國父孫中山先生畫傳》，香港：香港各界紀念孫中山先生百年誕辰大會，1965年初版。
86. 周曉波，〈兒童故事〉，見黃雲生主編，《兒童文學概論》，頁86-93。臺北：文津出版社，1999年初版。
87. 拉封（Martine Laffon）、夏朋雷斯（Hortense de Chabaneix）著，邱瑞鑾譯，《有很多為什麼的書》，臺北：飛寶文化，2009。
88. 易萃雯譯，卡洛・羅林金尼（Carlo Lorenzin）著，《木偶奇遇記》，臺北：聯經出版社，1997年初版。
89. 林文寶主編，《臺灣（1945-1998）兒童文學100》，臺北：行政院文化建設委員會，2000年初版。
90. 林文寶等，《兒童文學》，臺北：五南出版社，1997。（1996年初版）
91. 林守為，《兒童文學》，臺北：五南出版社，1988。1964年初版。
92. 林良，〈童話的特質〉，見吳鼎等著，《兒童讀物研究第二輯「童話研究」》頁7-34。臺北：小學生雜誌社，1966。

93. 林良，〈旗手〉，見馮輝岳編，《有情樹——兒童文學散文選集1988-1998》頁144-147。

94. 林良，《淺語的藝術》，臺北：國語日報社，1985。

95. 林良編寫，《七百字故事》，臺北：國語日報社，1963年初版。

96. 林玫玲，《我家開戲院》，臺北：民生報社，2001。

97. 林滿秋，《浴簾後》，臺北：小魯文化，2010年初版。

98. 林昭瑾編，李進坤畫，《司馬遷》，臺北：牛頓出版社，1990年初版。

99. 林海音文，張世明圖，《中國傳家故事寶庫：寓言》（四冊），臺灣格林文化、香港迪茂國際，1994年初版。

100. 林煥彰，〈試論早期臺灣兒童寫作的詩〉，見所編《臺灣兒童詩選》，嘉義：全榮文化，1986。

101. 林樹嶺、陳東和、張天賜主編，《史記裏的故事》，臺南：金橋，1983、1987。

102. 林樹嶺編著，《司馬遷》，臺南：啓仁書局（無出版年）。

103. 林鍾隆，〈公路上的皮包〉，蘇尚耀編，《兒童文學故事選集》，頁10-17。

104. 林鍾隆，〈美麗的鴨子〉，見洪文瓊編，《兒童文學童話選集》頁11-30，臺北：幼獅文化，1999年初版。

105. 柯劍星，《中國名人傳記：張良》，臺北：國語日報，1977、1982。

106. 柯劍星，《中國名人傳記：蕭何》，臺北：國語日報，1980年初版。

107. 柯劍星，《中國名人傳記：韓信》，臺北：國語日報，1988。（1976年初版。）

108. 段寶林，《中國民間文學概要》，北京：北京大學出版社，2004。

109. 洪汛濤，《童話學》，臺北：富春文化，1989。

110. 洪進業（主要撰文），戴仁、王紹基（繪圖），《項羽和劉邦楚漢相爭》，臺北：光復書局，1990、1992。

111. 洪緒，〈涼亭的故事〉，蘇尚耀編，《兒童文學故事選集》，頁

183-186。

112. 科洛迪（Carlo Collodi）著，任溶溶譯（義大利文中譯），《木偶奇遇記》，北京：人民文學出版社，1998年初版。

113. 胡亞敏，《敘事學》，武漢：華中師範大學出版社，1994、1998。

114. 值日生（趙鏡中），《三年八班》，臺北：毛毛蟲兒童哲學基金會，1993年初版。

115. 凌拂，〈畫字〉，見馮季眉編，《甜雨．超人．丟丟銅——兒童文學故事選集1988-1998》頁114-124。

116. 夏祖麗，《海角天涯赤子情——小留學生的故事》，臺北：民生報社，1995年初版。

117. 孫幼軍，〈炸糕和滑翔機〉，見《冰小鴨的春天》頁148-160，石家莊：花山文藝出版社，1998。

118. 徐守濤，〈兒童戲劇〉，見林文寶等，《兒童文學》頁389-435。

119. 桐生操著，許家祥譯，《令人戰慄的格林童話》，臺北：旗品文化，1999年初版。

120. 格林兄弟（Jacob and Wilhelm Grimm）著，李旭等譯，《揭開格林童話原始面貌》，臺北縣：大步文化，2004。2000年初版。

121. 格林兄弟（Jacob and Wilhelm Grimm）著，許家祥等譯，《初版格林童話》，臺北：旗品文化，2000。

122. 格林兄弟（Jacob and Wilhelm Grimm）著，楊武能譯（德文中譯），《格林童話全集》，臺北：國際少年村，1996。

123. 格林兄弟（Jacob and Wilhelm Grimm）著，齊霞飛譯，《格林成人童話全集》，臺北：志文出版社，1999年初版。

124. 格林兄弟（Jacob and Wilhelm Grimm）著，魏以新譯（德文中譯），《格林童話全集》，北京：人民文學出版社，1997。

125. 浦漫汀主編，《兒童文學教程》，濟南：山東文藝出版社，1995。（1991年初版）

126. 袁珂，〈從狹義的神話到廣義的神話〉，見袁珂《神話論集》，頁63-

71，成都：四川大學出版社，1996年初版。

127. 袁珂，《中國神話史》，臺北：時報出版社，1991年初版。
128. 貢東（Odile Gandon）著，馬向陽等譯，《小小世界通：全方位認識今日世界》臺北：秋雨文化，2006年初版。
129. 郝廣才，《小紅帽來啦》，臺北：格林文化，1998。
130. 郝廣才，《拯救獨角人》，臺北：格林文化，1999。
131. 馬丁（Wallace Martin）著，伍曉明譯，《當代敘事學》，北京：北京大學出版社，1989。
132. 馬景賢，《小英雄與老郵差》，臺北：天衛文化，2004。
133. 馬景賢，《前後漢》上冊，臺北：東方出版社，1985、1991。
134. 崔載陽，〈國父傳略〉，見周異斌等編，《國父孫中山先生畫傳》頁6-17。
135. 張子樟編，《沖天炮VS.彈子王——兒童文學小說選集1988-1998》，臺北：幼獅文化，2000年初版。
136. 張友漁，《我的爸爸是流氓》，臺北：小兵出版社，1998年初版。
137. 張彥勳，〈阿民的雨鞋〉，見蘇尚耀編，《兒童文學故事選集》頁306-313。
138. 張素貞文、胡文賢圖，《革命的先鋒》，臺北：近代中國出版社，1982年初版。
139. 張漢良，《比較文學的理論與實踐》，臺北：東大圖書，1986年初版。
140. 梅沙，〈兒童故事〉，見浦漫汀主編，《兒童文學教程》，頁78-85。
141. 許義宗，《兒童文學論》，臺北：自刊本，1982。（1978年初版）
142. 連雅惠譯，馬文・柏吉斯（Melvin Burgess）著，《嗑藥》（Junk），臺北：小魯文化，2000。
143. 郭寶玉，《韓信》，臺北：童年書店，1976。
144. 陳木成等編選，《國語日報童詩選》，臺北：國語日報社，1992。
145. 陳木城，《童詩的秘密》，臺北：民生報社，1986年初版。
146. 陳正治，〈兒童小說〉，見林文寶等，《兒童文學》頁347-388。

147. 陳正治，《兒童詩寫作研究》，臺北：五南出版社，1995年初版。
148. 陳正治，《兒歌理論與賞析》，臺北：五南出版社，2006年初版。
149. 陳正治，《童話創作研究》，臺北：五南出版社，1992。
150. 陳立文，《北辰之星——國父小傳》，臺北：國立國父紀念館，2004年初版。
151. 陳亞蘭文、沈禎圖，《孫中山》（與鄭成功合冊），臺北：光復書局，1989再版（初版可能是1985年）。
152. 陳秋帆改寫，《諸葛亮》，臺北：東方出版社，1993年。初版約1966年。
153. 陳素宜，《狀況三》，臺北：國語日報社，1998。
154. 陳素燕，《少年曹丕》，臺北：九歌出版社，1994年初版；2009年修訂版。
155. 陳瑞璧，〈婚禮中的插曲〉，《兩隻小豬》頁136-141。臺北縣：富春文化，1999年初版。
156. 陳萬益，《中國古典寓言故事——戰國策》（中華兒童叢書），臺北：臺灣省政府教育廳兒童讀物出版部，1989。
157. 陳蒼杰，《劉邦傳》，臺北：益群書局，1985。
158. 陳慶浩、王秋桂，〈出版前言〉，見所主編《中國民間故事全集首冊》，頁1-8，臺北：遠流出版社，1989年初版。
159. 陳錫祺，《孫中山年譜長編》，北京：中華書局，1991年初版。
160. 陳鵬仁譯著，《宮崎滔天論孫中山與黃興》，臺北：正中書局，1977年初版。
161. 陳麗如文、汪家齡圖，《歷代著名宰相》，臺南：世一書局，1996年初版，2000年修訂一版。
162. 陰法魯、許樹安，《中國古代文化史》，北京：北京大學出版社，1989年初版，1993年。
163. 普羅伊斯拉（Otfried Preussler）著，王石安譯（德文中譯），《大盜賊霍震波》，臺北：志文出版社，1993。

164. 普羅伊斯拉（Otfried Preussler）著，王石安譯（德文中譯），《大盜賊霍震波三次現身》，臺北：志文出版社，1996。
165. 曾文娟編寫，吳健豐等繪圖，《我最喜愛的中國神話》，臺北：天下遠見，2006年初版。
166. 曾永義，《俗文學概論》，臺北：三民書局，2003年初版。
167. 曾妙容，〈月亮〉，見林文寶等《兒童文學》，頁135。
168. 曾琴蓮編，吳福漳畫，《諸葛亮》，臺北：牛頓出版社，1990。
169. 童承基、江皎選編，徐亦君、王重升等插畫，《新編寓言365》，臺北：正中書局，2005年臺初版。（原版浙江少年兒童出版社）
170. 馮季眉，〈編者的話〉，見《甜雨・超人・丟丟銅——兒童文學故事選集》頁13-18。
171. 馮季眉編，《甜雨・超人・丟丟銅——兒童文學故事選集1988-1998》，臺北：幼獅文化，2000年初版。
172. 馮輝岳編，《有情樹——兒童文學散文選集1988-1998》，臺北：幼獅文化，2000年初版。
173. 黃虹堅，《楚漢相爭》，臺北：天衛文化，1996。
174. 黃雲生主編，《兒童文學概論》，臺北：文津出版社，1999年初版。
175. 黃濤編著，《中國民間文學概論》，北京：中國人民大學出版社，2004年初版。
176. 黑澤明導演，《羅生門》，日本：大映，1950。
177. 敬恒改寫，《史記》，臺北：聯廣圖書，1981、1987。
178. 楊宗珍，《中國歷史上的名臣賢相》（上），臺北：臺灣省政府教育廳，1986年再版。
179. 楊宗珍，《中國歷史上的英雄國士》（上），臺北：臺灣省政府教育廳，1978。
180. 楊喚著，歸人編，《楊喚詩集》。臺北：洪範書局，2005年初版。
181. 楊殿奎、夏廣洲、林治金編著，《古代文化常識》，濟南：山東教育出版社，1988。

182. 葉國良，《古代禮制與風俗》，臺北：臺灣書店，1997年初版。
183. 葉聖陶，〈稻草人〉，《葉聖陶童話故事集》，銀川：寧夏人民出版社，1998，頁93-101。
184. 葛琳，《兒童文學——創作與欣賞》，臺北縣：康橋出版社，1980年初版。
185. 路安俐，《中國孩子在美國》，臺北：國語日報，1992年初版。
186. 達爾（Roald Dahl）著，任溶溶譯，《巧克力工廠的祕密》，臺北：志文出版社，1993。
187. 達爾（Roald Dahl）著，冷杉譯，《玻璃大升降機歷險記》，臺北：志文出版社，1998。
188. 廖卓成，〈論兒童傳記資料的剪裁——以居禮夫人的緋聞為例〉，見《國立臺北教育大學語文集刊》17期，頁191-233，2010年1月。
189. 廖卓成，《自傳文研究》，臺北：國立臺灣大學中國文學研究所博士論文，1992、1993。（新北市：花木蘭出版社，2012。）
190. 廖卓成，《敘事論集：傳記、故事與兒童文學》，臺北：大安出版社，2000年初版。
191. 漢聲出版社，《中國童話》，臺北：漢聲出版社，1983年初版。
192. 管家琪，《折翼天使》。臺北：理得，2007年初版。
193. 綠野，〈日行一善〉，蘇尚耀編，《兒童文學故事選集》，頁30-33。
194. 豪夫（Wilhelm Hauff）著，傅蕸寰譯（德文中譯），《豪夫童話》，北京：人民文學出版社，1998。
195. 趙敏修改寫，《楚漢相爭》，臺北：聯廣圖書，1984、1986。
196. 儀言，〈夏令衛生最重要〉，蘇尚耀編，《兒童文學故事選集》，頁45-48。
197. 劉中和編著，《國父傳》，臺北：益群書局（出版頁破損，不詳出版時間。）
198. 劉守華、陳建憲主編，《民間文學教程》，武漢：華中師範大學出版社，2002年初版。

199. 劉象愚譯，韋斯坦因（Weisstein）著，《比較文學與文學理論》（*Comparative Literature and Literary Theory*），瀋陽：遼寧人民出版社，1987年初版。
200. 熱奈特（Gérard Genette）著，王文融譯（法文中譯），《敘事話語．新敘事話語》，北京：中國社會科學出版社，1990年初版。
201. 蔣風主編，《中國兒童文學大系：詩歌》，太原：希望出版社，1990。
202. 蔡宜容，《邊城兒小三——兒童版沈從文傳》，臺北：天衛文化，1992。
203. 蔡尚志，〈兒童故事〉，見林文寶等，《兒童文學》頁163-220。臺北：五南出版社，1997。
204. 鄭小凱，〈黃瓜架下的謀殺案〉，見浦漫汀編，《中國童話選1980-1986》頁35-50，北京：中國少年兒童出版社，1988。
205. 鄧廣銘，《岳飛傳》，北京：三聯書店，2007年北京1版。
206. 魯迅，《中國小說史略》，香港：新藝出版社，1985。
207. 盧曉光、趙淑蘭改寫，《史記》下冊，臺北：智茂文化，1993。
208. 蕭本雄改寫，《司馬遷》，臺北：東方出版社，1993年出版，初版約1966年。
209. 諾德曼（Perry Nodelman）、萊莫（Mavis Reimer）著，劉鳳芯、吳宜潔譯，《閱讀兒童文學的樂趣》，臺北：天衛文化，2009。
210. 諾德曼（Perry Nodelman）著，劉鳳芯譯，《閱讀兒童文學的樂趣》，臺北：天衛文化，2000。
211. 賴芳伶，《中國古典寓言故事——莊子》（中華兒童叢書），臺北：臺灣省政府教育廳兒童讀物出版部，1988。
212. 錢寧，《留學美國——一個時代的故事》，臺北：麥田出版社，1997年初版。
213. 鮑姆（L. Frank Baum）著，林美雪譯，《歐茲法師地底歷險》（*Dorothy and the Wizard in Oz*）（1908），臺北：水牛出版社，1988年再版。
214. 薇薇夫人文，奚阿興、馮健男圖，《中國傳家故事寶庫：神話》（四冊），臺灣格林文化、香港迪茂國際，1994年初版。
215. 謝宜英文字主編，《彩繪中國歷史全集》，臺北：牛頓出版社，1992。
216. 謝忠言，〈自信〉，見陳正治，《兒童詩寫作研究》，頁233-234。
217. 謝武彰著、吳知娟繪，《國語日報圖畫字典》，臺北：國語日報，2000年初版。
218. 謝武彰編選，《中國兒歌三百首》，臺北：聯經出版社，1982年初版。
219. 謝美珍，〈大地之歌〉，見陳木城等編《國語日報童詩選》，頁21。
220. 謝新福，《兒童文學的理論與創作》，桃園：四維國小，1995年初版。
221. 魏子華，〈三支全壘打〉，蘇尚耀編，《兒童文學故事選集》，頁120-123。
222. 魏崇新故事撰寫，《故事版資治通鑑》（卷一），臺北：天衛文化，1995。
223. 羅夫登（Hugh Lofting）著，吳憶帆譯，《杜立德醫生非洲歷險記》，臺北：志文出版社，1993。
224. 羅琳（J. K. Rowling）著，彭倩文譯，《哈利波特與神秘的魔法石》，臺北：皇冠出版社，2000。
225. 蘇尚耀，〈前言〉，見《兒童文學故事選集》，頁17-30。
226. 蘇尚耀編，《兒童文學故事選集》。臺北：幼獅文化，1991出版；1989年初版。

英文

1. Baum, L. Frank. *The Wizard of Oz*. Ware Hertfordshire: Wordsworth Editions Ltd., 1993.
2. Benton, Michael. "Readers, Texts, Contexts: Reader-Response Criticism." *Understanding Children's Literature*. Ed. Peter Hunt. London: Routledge, 1999. 81-99.
3. Booth, Wayne C. *The Rhetoric of Fiction*. Chicago: The University of Chicago Press, 1961.

4. Bottigheimer, Ruth B. ed. *Fairy Tales and Society: Illusion, Allusion, and Paradigm*. Philadelphia: University of Pennsylvania Press, 1986.
5. Bredsdorff, Elias. *Hans Christian Andersen: The Story of His Life and Work*. New York: The Noonday Press, 1975.
6. Carpenter, Humphery, & Mari Prichard. *The Oxford Companion to Children's Literature*. Oxford: Oxford University Press, 1984.
7. Carpenter, Humphery. *Secret Gardens: The Golden Age of Children's Literature*. Boston: Houghton Mifflin Company, 1985.
8. Carroll, Lewis. *Alice in Wonderland*. New York:W.W. Norton&Company
9. Chatman, Seymour. *Story and Discourse: Narrative Structure in Fiction and Film*. Ithaca: Cornell University Press, 1978.
10. Connolly, Paula T. *Winnie-the-Pooh and The House at Pooh Corner: Recovering Arcadia*. New York: Twayne Publishers, 1995.
11. Duvoisin, Roger. *Petunia*. 1950. New York: Alfred A. Knopf, 2000.
12. Egoff, Sheila, et al., eds. *Only Connect: Readings on Children's Literature*. 3rd ed. Oxford: Oxford University Press, 1996.
13. Forster, E. M. *Aspect of the Novel*. New York: Harcourt Brace & Company, 1927.
14. Frey, Charles, & John Griffith. *The Literary Heritage of Childhood: An Appraisal of Children's Classics in the Western Tradition*. New York: Greenwood Press, 1987.
15. Gaarden, Bonnie. "The Inner Family of The Wind in the Willows." *Children's Literature* 16 (1988): 148-56.
16. Grahame, Kenneth. *The Wind in the Willows*. New York: Bantam Books, 1982.
17. Green, Peter. "Introduction." *The Wind in the Willows*. By Kenneth Grahame. Oxford: Oxford University Press, 1983.
18. Griffith, John W. & Charles H. Frey. *Classics of Children's Literature*. 3rd ed.

New York: Macmillan Publishing Company, 1992.

19. Hunt, Peter. *Criticism, Theory, and Children's Literature*. Oxford: Blackwell Publishers, 1991.
20. Hunt, Peter. *The Wind in the Willows: A Fragmented Arcadia*. New York: Twayne Publishers, 1994.
21. Jacobs, Joseph. "Jack and the Beanstalk." Ed. Griffith, John W. & Charles H. Frey. *Classics of Children's Literature*. 3rd ed. New York: Macmillan Publishing Company, 1992. 751-5.
22. Kiefer, Barbara Z, & Cynthia A. Tyson. *Charlotte's Literature's Children's Literature: A Brief Guide*. New York: McGraw-Hill, 2010.
23. Lang, Andrew. ed. *Perrault Popular Tales*. Oxford: Oxford University Press, 1888.
24. Lewis, C. S. *The Lion, the Witch & the Wardrobe*.臺北：書林出版社，1995。
25. Lodge, David. *The Art of Fiction*. New York: Penguin, 1994.
26. Lowry, Lois. *Number the Stars*. New York: Yearling, 1989.
27. Lowry, Lois. *The Giver*. New York: Dell Laurel-Leaf, 1993.
28. Lukens, Rebecca J. *A Critical Handbook of Children's Literature*. 8th ed. Boston: Allyn and Bacon, 2007.
29. Lukens, Rebecca J., & Ruth K. J. Cline. *A Critical Handbook of Literature for Young Adult*. New York: HarperCollins, 1995.
30. Marshall, Cynthia. "Bodies and Pleasures in The Wind in the Willows." *Children's Literature* 22 (1994): 58-69.
31. Martin, Wallace. *Recent Theories of Narrative*. Ithaca: Cornell University Press, 1986.
32. May, Jill P. *Children's Literature & Critical Theory: Reading and Writing for Understanding*. New York: Oxford University Press, 1995.
33. Milne, A.A. *Winnie-the-Pooh*.臺北：書林出版社，1997。

34. Muller, Gerhardo. W. "The Criminological Significance of the Grimms' Fairy Tales." *Fairy Tales and Society: Illusion, Allusion, and Paradigm*. Ed. Ruth B. Bottigheimer. Philadelphia: University of Pennsylvania Press, 1986. 217-27.
35. Nodelman, Perry, & Mavis Reimer. *The Pleasures of Children's Literature*. 3rd ed. Boston: Allyn & Bacon, 2003.
36. Nodelman, Perry. *The Pleasures of Children's Literature*. 2nd ed. New York: Longman, 1996.
37. O' Dell, Scott. *Island of the Blue Dolphins*. New York: Bantam Dobleday Dell Books for Young Readers, 1997.
38. Rand, Ayn. *The Art of Fiction: A Guide for Writers and Readers*. New York: Plume, 2000.
39. Rouger, Gilbert. ed. *Contes de Perrault*. Paris: Garnier, 1967.
40. Russell, David L. *Literature for Children: A Short Introduction*. 3rd ed. New York: Longman, 1997.
41. Russell, David L. *Literature for Children: A Short Introduction*. 5th ed. Boston:Allyn and Bacon, 2004.
42. Sale, Roger. *Fairy Tales and After: From Snow White to E. B. White*. Cambridge: Harvard University Press, 1978.
43. Shulevitz, Uri. "What Is a Picture Book?" Egoff, Sheila, et al., eds. *Only Connect: Readings on Children's Literature*. 3rd ed. Oxford: Oxford University Press, 1996. 238-241.
44. Tatar, Maria M. *The Hard Facts of the Grimmes' Fairy Tales*. Princeton: Princeton University Press, 1987.
45. Tomlinson, Carl M., & Carol Lynch-Brown. *Essentials of Children's Literature*. Boston: Allyn and Bacon, 1993.
46. Weisstein, Ulrich. *Comparative Literature and Literary Theory*. Bloomington: Indiana University Press, 1973.臺北：書林出版社，1988。
47. White, E. B. *Stuart Little*.臺北：書林出版社，1988.

48. White, E. B. *Charlotte's Web*.臺北：書林出版社，1988.

49. White, E. B. *The Trumpet of the Swan*.臺北：書林出版社，1988.

50. Wilde, Oscar. *The Happy Prince and Other Stories.* London: Puffin Books, 1962.

Note

Note

國家圖書館出版品預行編目資料

兒童文學：批評導論／廖卓成著. ——二版.
——臺北市：五南，2018.08
面； 公分
ISBN 978-957-11-9833-0（平裝）

1.兒童文學 2.文學評論

815.92 107012187

1X3D 兒童文學系列

兒童文學——批評導論

作　　者— 廖卓成（333.9）
發 行 人— 楊榮川
總 經 理— 楊士清
副總編輯— 黃惠娟
責任編輯— 蔡佳伶
封面設計— 王麗娟
出 版 者— 五南圖書出版股份有限公司
地　　址：106台北市大安區和平東路二段339號4樓
電　　話：(02)2705-5066　傳　　真：(02)2706-6100
網　　址：http://www.wunan.com.tw
電子郵件：wunan@wunan.com.tw
劃撥帳號：01068953
戶　　名：五南圖書出版股份有限公司

法律顧問　林勝安律師事務所　林勝安律師

出版日期　2011年10月初版一刷
　　　　　2018年 8 月二版一刷
定　　價　新臺幣320元